j'agis pour les forêts*!

IGB Édition soutenant ***Reforestaction***,
l'impression originale de ce roman
a permis de planter 20 arbres.

LE
MANUSCRIT

DU MÊME AUTEUR :

Total Chaos. Fayard. 2007.
Requiem. Fayard. 2008.
Requiem. Le Livre de poche. 2008.
Repentirs. 2012.
L'excès de bonheur nuit gravement à la santé. 2012.
Le ravaudeur de puzzles. 2014.
Crash Test. 2014.
Invitations. 2014.
Concentriques - Premier cercle. 2014.
Concentriques - Deuxième cercle. 2015.
Concentriques - Troisième cercle. 2015.
Marche ou rêve. Le Ver à soie. 2015.
Dans le vif, 2017.
Anonyme. Le Ver à Soie. 2018.
La Manufacture des histoires. Éditions Baker Street. 2018.
Ouvertures. 2021.
Votre dossier est incomplet. 2021.
Fables d'aujourd'hui. Éditions Jouvence. 2021.
Le Manuscrit. IGB Édition. 2022.

LUC FIVET

LE MANUSCRIT

IGB EDITION

Photographie de l'auteur : Fivet
Illustration de couverture : *Shutterstock.*
Conception de la couverture : Claire Izard pour IGB Édition.
Maquette intérieure : © 2022 IGB Édition
ISBN : 978-2-491770-67-9

Cet ouvrage est une œuvre de fiction s'inspirant néanmoins de certains évènements autobiographiques. Les noms des personnages n'étant pas liés à des faits historiques sont totalement imaginaires. C'est pourquoi, toute ressemblance avec des personnes vivantes serait pure coïncidence.

Pour Dominique, toujours.

On ne devrait écrire des livres que pour y dire des choses qu'on n'oserait confier à personne.

Emil Cioran

1. Philosophe et écrivain roumain (1911-1955).

1

Restez bizarre !

Il faut toujours être précis dans les termes.

Hervé, éditions du Carré d'or, penche pour « murge ».

Nico, éditions de l'Essor, se borne au traditionnel « cuite ». Il fait toujours trop simple, trop accessible. Ça manque de souffle. C'est son défaut, je le lui ai dit mille fois.

Moi, je revendique haut et fort « mufflée ». Ambitieux et coquin. Pas de doute possible, c'est le mot le plus approprié pour désigner ce vers quoi nous nous dirigeons ce soir, à savoir une biture carabinée. Il est 20 heures, l'ambiance grimpe en flèche et le comptoir bombé du Baron commence à prendre des formes intéressantes. La centaine d'invités triés sur le volet luttent contre la musique pour hurler leur joie d'être là et de boire à l'œil. Pour preuve, l'alcool coule à flots. Dehors les curieux écrasent leur visage contre les vitres et contemplent les happy few qui s'ébattent dans la lumière, ce qui est aussi le but de ce genre de soirée. Faire la distinction entre les élus et les autres, et leur donner envie de nous rejoindre en achetant le livre que nous fêtons tous. Bref, tout va bien. Je mélange un peu les prénoms mais ça n'a aucune importance puisque demain j'aurai tout oublié. Il suffit de dire à chacun « Ah, tu es là aussi, c'est trop génial ! » en lui tapant la bise et on garde son rang et sa réputation. Que les choses soient claires : en tant que fondateurs et uniques membres de la confrérie des éditeurs-buveurs-ambianceurs, Nico, Hervé et moi avons l'obligation de nous soûler sans perdre une once de dignité. Mot d'ordre de la soirée : restez bizarre.

De toute façon, ce sera « mufflée », comme je le crie à Hervé et Nico par-dessus le dernier tube d'Aya Nakamura, pour la bonne raison que ce sont les éditions Galibier qui régalent ce soir. Cyril Jiniac sort son nouveau roman, *Encombrement*, et l'occasion est trop belle de rappeler à tout Saint-Germain-des-Prés que moi, Paul Miller, je suis non seulement son éditeur, mais aussi l'homme à suivre de l'édition française. Qu'on se le dise, l'Interallié raflé trois ans plus tôt avec *Infarctus* n'était pas un accident. Cent mille exemplaires grand format, cinq cent mille en poche et quinze traductions. Des articles de presse par centaines. Et voilà le travail. D'un geste, je demande trois autres verres à Aurore, la barmaid. Vodka pour moi, gin-tonic et mojito pour les deux autres.

Je jette un œil vers Cyril. Très décontracté dans sa veste de couturier italien, il parade au milieu de ses admiratrices. Jiniac, le rêve de tout éditeur : la trentaine décomplexée, quelques cheveux gris aux tempes pour rappeler la maturité, plutôt beau mec mais avec de la culture, une bonne dose d'auto-dérision, et une connaissance très fine du marché qui lui permet de doser l'audace et comprendre jusqu'où interpeller tout en restant accessible. Ses livres sont faciles à lire, mais gardent ce léger vernis d'intelligence qui distingue l'auteur en prise avec les enjeux de son époque du simple remplisseur de pages. Un vrai talent d'équilibriste qui nous garantit des critiques du style « Un bon moment de lecture » ou « On n'est jamais déçu avec Jiniac » sur les réseaux sociaux. Sa facilité à parler de tout et de rien avec les journalistes fait le reste. Une pompe à fric, Cyril. Je sais que Nico et Hervé crèvent de jalousie. Plutôt agréable comme sensation.

— Belle performance, estime Nico, toujours fair-play.

— Sacré coup de bol, oui, grogne Hervé dans son dixième mojito.

— Reconnaissez le talent et finissez vos verres, les moustiques. Je vous rappelle que personne ne voulait de Jiniac chez Galibier. J'ai dû faire le forcing pour convaincre Savin qu'on tenait un bon client. Et on n'était pas trop de deux pour persuader le big boss, Merchant.

— Ça, j'admets, c'est un exploit, reconnaît Nico.

— C'est vrai, ce qu'on dit de Merchant ? s'enquiert Hervé. Qu'il est totalement imbuvable ?

Je prends mon temps pour asséner la bonne formulation.

— Disons qu'un coffre-fort a plus d'humanité. Mais quand on arrive à le manipuler avec douceur, en appuyant sur les bons boutons, il peut s'ouvrir en grand.

— Et toi, tu sais y faire ?

— Sans problème. Vous avez devant vous la Lamborghini de l'édition. Profilé pour le succès. Voilà qui justifie amplement un nouveau verre.

Un signe à Aurore, qui remplit mon verre sans hésiter. Je crois bien qu'elle est amoureuse de moi.

Autour des tables, petits fours et coupes de champagne font l'objet d'une compétition acharnée. Tout ce que Paris compte de journalistes et d'influenceurs est là. Adèle Plaisance est là. Lauren Malka est là. Fred Fontès est là. Même Gwenaëlle Miraval, du Monde des livres, est là, occupée à roucouler avec Cyril pendant qu'il signe des exemplaires d'*Encombrement* à tour de bras. Le public averti a répondu présent, le bouche à oreille est lancé. Un tourbillon de sourires s'agite sur des corps assoiffés d'amour. Les vêtements bigarrés cachent à peine les désirs. Émeraude, cobalt, carmin, turquoise, ivoire, que des jolis mots virevoltant d'un coin à l'autre de la salle. Voilà ce que j'appelle une soirée de lancement réussie.

Une jolie blonde traîne dans les parages. Tout à fait mon genre : l'air innocent mais un décolleté qui en dit long sur son expérience. Je me dirige vers elle, bien décidé à lui parler, surtout de moi. Ces cinq secondes d'inattention suffisent. Un jeune type m'aborde. Il me signale qu'il vient de finir un roman. Il tient absolument à me le faire parvenir. Il commence à me raconter l'intrigue, un homme qui rencontre une femme, je cesse vite d'écouter et je lui conseille de me l'envoyer aux éditions Galibier, je me chargerai de son manuscrit dès réception, promis. Il me tient encore la jambe et Hervé comprend que je suis en position délicate. Il m'appelle au téléphone. Je décroche et je m'éloigne.

— Ah salut, comment ça va ? Dis donc, ça fait plaisir de t'entendre…

Je fais signe au parasite que je le rappelle et je l'abandonne à ses rêves. La blonde a disparu dans la foule. Et merde.

— C'est ça, le problème, avec les Lamborghini, ricane Hervé en rangeant son téléphone. Tout le monde a envie de les essayer.

— La rançon de la gloire. Vous, les gars, vous ne connaîtrez jamais…

— Monsieur Paul Miller ?

La voix féminine a jailli dans mon dos. Chaude, un peu rauque. Mes deux compères dévisagent l'origine du phénomène. Ils ont les yeux et la bouche grands ouverts. Je me retourne, l'air décontracté.

Elle ne cadre pas avec le décor. C'est le moins qu'on puisse dire.

C'est une jeune femme d'une trentaine d'années, entièrement vêtue de noir. Casquette noire à visière d'où s'échappe une longue chevelure châtain foncé, tee-shirt noir tendu à l'extrême limite de la rupture par une poitrine bien dessinée, pantalon noir posé à même la peau, baskets noires. Et une paire de lunettes de soleil sur sa frimousse d'ange. Le tout agrémenté d'un sourire 36 carats — à peu près autant de dents que je peux en compter.

Je reprends très vite mes esprits. Encore une qui a trop lu d'histoires de vampires.

— Vous êtes bien informée, mademoiselle.

— Je dois vous remettre quelque chose.

— Eh bien, les agences de coursiers ont fait des efforts de recrutement, à ce que je vois.

— Je ne suis pas une coursière. Tenez.

Elle me tend une clé USB.

— Merci. C'est gentil. Je peux savoir ce que contient cette clé ?

— Aucune idée. Quelqu'un m'a simplement demandé de vous la faire parvenir. Faites-en l'usage que vous voulez. Je vous souhaite une bonne soirée.

Nouveau sourire, puis elle me tourne le dos. Sa silhouette se fond dans la masse des invités, passe la porte, disparaît dans la nuit.

Nico est le premier à refaire surface.

— Qu'est-ce que c'était que ça ?

— Une apparition, fait Hervé en reprenant une longue gorgée de cocktail. Elle, je lui fais signer un contrat d'édition les yeux fermés.

Je glisse la clé USB dans la poche intérieure de ma veste.

— Sauf que c'est moi qu'elle est venue voir. C'est ce qui arrive avec les hommes, les vrais. Les jolies femmes accourent, c'est magnétique.

Aurore a monté le son de la musique tout en tamisant la lumière, les corps se rapprochent, les rires fusent, les yeux des femmes captivent les hommes ou les autres femmes. Cyril a épuisé sa pile de bouquins. Il a fait son boulot, il peut se soûler sans manière. Je lève mon verre.

— Aurore, un autre ! Ce soir, il va se passer des choses qui ne sont pas dans le catalogue des bonnes manières !

J'ai oublié ce qu'est une bonne manière mais comme le comptoir du Baron est en train de s'élever dans les airs, ça n'a plus aucune importance.

2

Un coup de poing dans le ventre

Quelques jours plus tard. Le blues du lundi.

Le boulevard Montparnasse flotte dans une douceur indécente. On est mi-septembre, l'été est toujours bien présent et pourtant personne n'a l'air de s'en réjouir. C'est tout bonnement scandaleux. Les gens sont vraiment blasés. Ils préfèrent continuer leur petite vie, le nez dans le guidon. Les voitures s'entassent dans les embouteillages, les scooters hurlent comme de gros insectes malfaisants, les visages stressés trahissent déjà la résignation de la routine. Je me jure pour la millième fois que jamais, je dis bien jamais, je ne m'abaisserai à pratiquer un boulot ordinaire. Mon destin, c'est la marge. De toute façon, je ne vivrai pas jusqu'à quarante ans. C'est ce que j'ai tenté d'expliquer à Vanessa samedi soir. Ou Nadia ? J'ai oublié. C'est le problème avec Tinder, on mélange les prénoms. Je me souviens juste que ça l'avait beaucoup fait rire. Je me suis senti froissé. C'était Vanessa.

Je pénètre dans les locaux de Galibier, le légendaire immeuble haussmannien. Six étages de parquets grinçants, de bureaux grands comme des placards et d'informatique dernier cri dédiés à la littérature. Des génies comme s'il en pleuvait. Des prix littéraires à foison. La façade ne paie pas de mine, mais on ne compte plus les aspirants à la gloire littéraire qui sont venus rêver devant la célèbre plaque en laiton « Éditions Galibier ». La plupart se contentent de pousser la porte et de déposer un manuscrit. Rares sont ceux qui montent dans les étages. Moi, j'en fais partie. Pas comme auteur, comme éditeur. Mais j'en connais plus d'un qui rêverait d'être à ma place.

Geneviève, la réceptionniste, m'accueille avec un grand sourire moqueur.

— Bonjour, Paul ! J'espère que vous avez passé un bon week-end, j'ai du travail pour vous, petit veinard !

Elle me tend une pile de manuscrits. Son expression est clairement ironique. J'avais oublié, je suis de corvée « Tirer la chasse » ce matin. La poisse.

— Merci, Geneviève. Vous me faites trop plaisir.

— Je sais, petit galopin. Amusez-vous bien !

Elle rit en refermant d'un coup sec le registre où elle note chaque matin les titres des manuscrits reçus par courrier et les coordonnées de l'auteur. La preuve irréfutable que nous avons bien reçus leurs bouquins. Quant à les lire… Je prends l'ascenseur jusqu'au quatrième et je comprends que la journée va être pourrie : Sylvain Grandpierre rôde dans les couloirs. Toujours égal à lui-même, c'est-à-dire l'apparence d'un sac de chiffons. Chevelure hirsute, chemise froissée et jean tirebouchonné aux chevilles. Ne pas se fier à son air de brave type pas trop éveillé : son esprit tourne à la vitesse d'un hachoir électrique et avec un tranchant comparable. Comme d'habitude, il se met à déblatérer à toute vitesse.

— Salut, Paul, tu vas bien ? Tu as vu ce soleil ! Bon week-end ?

— Oui, merci, j'ai…

— J'ai lu un truc génial, il faut qu'on en parle, on déjeune un de ces jours, ça va cartonner, on verra ça en comité de lecture mais vraiment, c'est… c'est génial, je n'avais…

Son téléphone sonne.

— … jamais lu un truc pareil, allô, salut, comment vas-tu ? Oui, quelle coïncidence, j'ai lu ton texte ce week-end et…

Tout l'étage est au courant : Sylvain Grandpierre est déjà à fond dans le boulot. Il peut s'enfermer dans son bureau. Puéril.

Avant tout, un café. Je me rends à la machine et je sélectionne un grand crème sans sucre. Il me faudra bien ça pour supporter la matinée. Comme prévu, je sens une présence discrète se matérialiser sur ma droite. Jeanine de Ribécourt, petite souris dans son tailleur bleu clair et son chemisier fermé jusqu'au col. Sans oublier les lunettes cerclées d'acier et les lèvres serrées en une moue de pur mépris.

— Comment arrives-tu encore à parler à ce gougnafier de Grandpierre ? Tu as vu comment il est fagoté ? Un vrai pignouf. Et malodorant, avec ça !

— Bonjour Jeanine. Tu vas bien ?

— Ce type me casse les genoux ! Sinon je vais bien.

Jeanine de Ribécourt est la doyenne des éditrices de Galibier : elle y travaille depuis le début des années 1980, ce qui nous l'amène aux alentours des 65 ans. Une éditrice à l'ancienne, qui ne vit que par et pour les livres : en une décennie de pratique, je ne l'ai jamais entendue parler d'autre chose que de littérature, d'écrivains ou du dernier coup réalisé par tel ou tel éditeur. À force de vivre dans les bouquins, elle a fini par leur ressembler : sèche comme une couverture cartonnée, un visage pâlichon et une peau diaphane qui rappelle la texture du papier bible. Sa seule fantaisie, c'est une broche en or incrustée de lapis-lazuli qu'elle arbore fièrement au revers de sa veste. Avec sa particule et ses lèvres qui ne laissent échapper que le plus distingué des vocabulaires, elle fait un peu penser à une duchesse en fin de course tombée d'un roman de Proust. Sa place serait plutôt dans un magasin d'antiquités. Il est pourtant impossible d'imaginer les couloirs de Galibier sans le bruit discret de ses talons sur le parquet ciré et ses chuchotements furieux.

— J'ai eu un week-end épouvantable, grince-t-elle en sélectionnant son premier expresso de la journée. Mes voisins du dessus se sont disputés sans interruption. Tu les verrais dans la rue, tellement distingués, tellement irréprochables… Monsieur dans la banque, madame dans les œuvres charitables… Mais quand ils se retrouvent en tête à tête, c'est la foire d'empoigne. Et avec ça, un vocabulaire qui ferait rougir le pire des soudards ! Je pressens là-derrière un petit drame à la Simenon qui ne serait pas fait pour me déplaire… vu que cela mettrait un terme définitif à ces criailleries. Tu sais ce que m'a dit un jour Simenon, justement ? « Jeanine, si les femmes soupçonnaient le degré de lâcheté de leurs hommes, elles les quitteraient dans la seconde. » Je te rassure, il ne m'a fait aucune proposition malhonnête.

— Tu n'avais qu'à sortir te promener si tu ne supportais plus le bruit de tes voisins.

— Tu plaisantes ? fait-elle en m'observant par-dessus ses lunettes. J'avais un manuscrit à terminer. Et puis je tenais à savoir qui finirait par avoir le dessus.

— Tu parles de position sexuelle ?

Jeanine ouvre de grands yeux ravis et se pose une main devant la bouche. Elle étouffe un petit rire de poule pondeuse.

— Paul, tu es une rosse !

Si elle m'avait si vite adopté à mon arrivée, c'est précisément en raison de mes impertinences qui de son propre aveu la faisaient pouffer. Que les choses soient claires : nul autre que moi ne peut se permettre la moindre familiarité en sa présence, sinon son œil vire au noir et elle se métamorphose en rapace à l'affût de la plus minuscule faute de goût. Raison pour laquelle elle n'a jamais supporté Grandpierre, ses vêtements mal assortis et les restes de sandwich oubliés sur ses manuscrits. Une hérésie aux yeux de Jeanine pour qui le monde se divise en deux catégories : ceux qui vénèrent les livres et les autres.

Même si elle peut se révéler fatigante à la longue, Jeanine de Ribécourt offre une utilité incontestable : comme son univers se résume aux trois cents mètres séparant son domicile du boulevard Raspail et le boulevard Montparnasse, elle est au courant de tout ce qui se dit à Saint-Germain-des-Prés. Chaque matin elle se fait donc un devoir de me décrire les moindres faits et gestes des uns et des autres, sans omettre une couche d'interprétation très personnelle et généralement fielleuse. Grandpierre, de son côté, m'a affirmé que dans un siècle on retrouverait le squelette de Jeanine oublié dans son bureau. Ça m'a fait beaucoup rire, je l'admets.

Jeanine désigne la pile de manuscrits sous mon bras.

— Oh, c'est toi qui es chargé de la collecte du jour ! Merveilleux ! Tu vas peut-être découvrir la nouvelle Sagan, qui sait ? Au fait, à propos de Sagan… Je ne t'ai pas dit ? Un soir, à un cocktail, elle m'a avoué qu'elle se souvenait encore du matin où elle avait appris que *Bonjour, tristesse* allait être publié. Elle en avait les larmes aux yeux ! Bon, d'accord, elle avait déjà pas mal forcé sur le champagne…

C'est reparti pour une nouvelle volée d'anecdotes… Je prends le large et je m'enferme dans le cagibi qui me sert de bureau. Un vrai foutoir, je ne m'en cache pas. Outre le fait que ça me donne un air occupé, je confesse que je ne m'épanouis que dans une quantité raisonnable de bordel. Cela me pousse à aller à l'essentiel. Un peu comme dans ma vie privée, ai-je expliqué à Nadia. Ou Barbara ? De ce côté-là, peut mieux faire.

Je fais de la place à droite sur mon plan de travail et j'y pose ma pile de manuscrits. Tout en cherchant une bonne position dans mon fauteuil, j'écoute les messages sur ma boîte vocale. Une dizaine de gens me demandent de les rappeler de toute urgence. Très bien. Je lance mon chronomètre et j'ouvre la première brochure de l'arrivage du jour, *La vie est nulle et non avenue*. Dans sa lettre d'accompagnement, son auteur m'explique que cette œuvre capitale est le fruit de plusieurs années de réflexion et de labeur acharné, et qu'il laisse une chance à Galibier de le publier malgré les offres alléchantes de nombreuses maisons concurrentes, blablabla.

« *Chapitre 1.*

Alors que l'aube pointait et que les oiseaux, poussés par on ne sait quel instinct atavique et surgi du fond des âges, prenaient leur envol vers un horizon qu'ils espéraient plus clément et qu'Antonio, qui avait les pieds bien sur terre, lui, savait pour sa part provisoire, mais auquel il n'avait jamais assisté sans un pincement au cœur puisque cela signifiait que les beaux jours appartenaient eux aussi à un passé qui... »

Je pose la brochure sur ma gauche, du côté des refus. Dans trois mois l'auteur recevrait une lettre l'informant qu'après un examen attentif, et malgré d'évidentes qualités littéraires, le comité de lecture avait décidé de ne pas publier son œuvre. Et l'encourageait vivement à abandonner l'écriture de romans, avais-je envie d'ajouter en post-scriptum.

Je parcours à la même vitesse *Je est une autre*, *J'aimerais que quelqu'un vienne éteindre la lumière*, *Amour et choléra*, *Dégueulis privés* et *Journal dérangeant d'un fou qui a compris bien des choses*. Comme souvent, pour ne pas dire comme toujours, il manque un ton, un regard personnel, quelque chose qui allume l'étincelle dans l'esprit du lecteur, qui l'amène à penser : ça, je ne l'avais jamais envisagé de cette façon. Les plus habiles arrivent à concocter une bouillie insipide à partir de recettes toutes faites. En règle générale, je ne dépasse pas la deuxième page. Je stoppe le chrono : un quart d'heure. Belle performance. Mon record, c'est douze minutes pour dix brochures. Je rapporte le paquet de papier à Héloïse, mon assistante, une femme d'une quarantaine d'années à l'élocution zozotante.

— Bonzour, Monsieur.

— Bonjour, Héloïse. Vous pouvez m'archiver tout ça ?

— Je m'en sarge immédiatement.

— Merci, Héloïse.

— C'est un plaizir, Monsieur.

C'est elle qui enverra le courrier de refus, une lettre type qu'elle paraphera d'un gribouillis très professionnel. La principale qualité d'Héloïse est de retranscrire les noms des auteurs sans faute. Son petit défaut de prononciation a parfois des conséquences fâcheuses, vu qu'elle se trompe de temps en temps dans les titres, mais comme nous recevons environ 6000 manuscrits par an, dont un seul ira jusqu'à publication, il ne manquerait plus que ça que l'intitulé soit rigoureusement exact.

J'en finis avec l'opération « Tirer la chasse » avec un manuscrit envoyé par mail. J'ignore comment les auteurs parviennent à obtenir mon adresse professionnelle. Neuf fois sur dix, il s'agit d'écrivains pistonnés par un autre écrivain ou par un éditeur. Je jette un coup d'œil par acquit de conscience. Ce roman-là s'intitule *Fragments dérisoires*. Dans son mail, l'auteur m'informe que cet ouvrage s'inscrit dans un cycle de trois romans qui blablabla. « *Chapitre 1. Du bruit. Entre deux murmures. Qu'est-ce qui est le plus assourdissant ? Le bruit, dit-on. Pour moi, c'est le murmure. Le murmure hurle. Il n'y a pas de mot pour…* » Corbeille. Je ne réponds jamais aux envois par mail sinon je suis mûr pour une fusillade de dix messages furieux, moralisateurs ou implorants. Temps total : dix-huit minutes. J'ai mérité une clope.

Je pars à la recherche de mon paquet quand je tombe sur un petit objet, tout au fond de la poche de ma veste : la clé USB qu'on m'avait donnée au Baron. Je l'avais complètement oubliée, celle-là. Je profiterai de ma pause pour la faire vérifier par Rachid.

Rachid, notre directeur informatique, a le don de m'énerver. Gueule d'ange et œil de velours, c'est le beau gosse générique, champion toutes catégories des sites de rencontres, sans oublier les stagiaires qui se succèdent chez Galibier. Il paraît que c'est un informaticien de première force. Admettons. Entre nous, il est assez facile de frimer devant des éditeurs pour qui l'informatique se résume le plus souvent à ouvrir un fichier, intégrer des corrections et fermer un fichier.

D'un index distrait, il prend son écran à témoin.

— La clé contient un document pdf créé il y a deux semaines. Tu peux l'ouvrir, il n'y a pas de virus. Qu'est-ce que c'est ? Un roman porno ?

— Si celle qui me l'a donné est le personnage principal, je le publie tout de suite.

— Tu me dis quand tu la reçois dans ton bureau ? Je parie que j'aurai une intervention à faire sur ta bécane ce jour-là.

— Je te vois venir. Tu en es à combien ?

— 126 depuis ce week-end.

Incontestablement, Rachid a remporté haut la main notre concours de succès sur Tinder.

— Fais attention. À force de solliciter ton membre, tu risques l'élongation.

— J'espère bien !

J'ouvre le fichier. *Le Manuscrit* d'Alexandre Mascaret. Bizarre : l'auteur a scanné un texte tapé sur une vieille machine à écrire. Le roman fait environ 250 pages. Je commence à lire, sans grande illusion.

« La mort n'est pas une question de temps. C'est une affaire de circonstances.

Ce dont je me souviens lorsque le corps de l'enfant est entré en contact avec la voiture, c'est le son. Un choc mat, compact, noir. Juste avant, il y avait eu le crissement des freins, pareil au hurlement d'une mère. Une stridence effarante. Puis le choc. Et le silence, soudain. Voilà comment meurt un enfant.

C'est ce silence dont je voudrais parler. »

Un coup de poing dans le ventre.

Je prends une grande inspiration et poursuis ma lecture.

« Le trafic était aussi dense qu'à l'ordinaire sur le boulevard. Gabriella était venue me chercher au bureau et, une nouvelle fois, je me disputais avec elle. Nous n'étions pas d'accord sur la suite à donner au mouvement. Elle rêvait tout haut d'émeutes, de drapeaux, de barricades. Je pensais aux innocents qui perdraient la vie dans cette aventure. Elle me jugeait sentimental, insulte suprême dans sa bouche. La rage des révolutionnaires à sauver des concepts comme le prolétariat ou la classe ouvrière me faisait ouvertement ricaner. Cela durait depuis des semaines. Nous n'étions d'accord sur rien. Nos discussions se gorgeaient de reproches

inutiles. Dans la chaleur de l'été, nos corps ne s'unissaient que pour nous rappeler l'évidence de notre éloignement. Adieu, la belle révoltée sud-américaine. Adieu, le poète inspiré. Nous étions redevenus des étrangers l'un pour l'autre. Nous nous aimions comme on n'aime qu'à vingt-trois ans : pour découvrir que, fondamentalement, nous sommes seuls.

Est arrivé ce moment où j'ai tourné la tête pour prendre la parole. Répondre à une remarque blessante, je suppose. Ou une insinuation malveillante. Tous ces serpents qui lui sortaient des lèvres avec un naturel parfait. Peut-être ai-je été tenté de la regarder. Me demander par quel sortilège sa beauté m'était devenue odieuse. Cela n'a duré qu'une fraction de seconde. Le temps d'une inspiration. À cet instant précis, l'enfant s'est engagé sur la chaussée. Cela aurait pu tomber sur la voiture précédente. Ou la suivante. C'est tombé sur nous. Gabriella a hurlé. J'ai écrasé le frein. Le choc. »

Je refais surface. Mes mains serrent les accoudoirs de mon fauteuil. Mon cœur bat à toute vitesse. Une espèce de nausée me remplit la bouche. Je comprends aussitôt que j'aurais préféré ne pas avoir lu cela. Mais je ne peux plus revenir en arrière.

Il faut croire que Jeanine est entrée dans mon bureau car elle se tient à côté de moi. Captivé par ma lecture, je ne l'ai même pas entendue frapper à la porte.

— Oh là là ! Paul, te décideras-tu un jour à ranger ton antre ? Une vache n'y retrouverait pas ses petits ! Bref. Tu veux apprendre la dernière de Sylvain Grandpierre ? Je… Paul, je te parle.

Je lève enfin les yeux de mon écran.

— Oui ? C'est pour quoi ?

Je dois vraiment avoir une sale tête : Jeanine se met une

main devant la bouche.

— Que se passe-t-il ? Des mauvaises nouvelles ?

— Non, c'est juste que… je suis en train de lire un truc incroyable.

— Je peux jeter un coup d'œil ? dit-elle en s'approchant d'un air gourmand.

Je remets le texte au début. Dans le reflet de mon écran, je vois les yeux d'épervier de Jeanine parcourir les lignes à une vitesse stupéfiante. Mais très vite elle cesse de sourire. Ses mâchoires se serrent de dégoût. Sa voix tremble.

— Non, pas lui.

Je lève les yeux : elle est encore plus pâle que d'habitude.

— Il a recommencé, murmure-t-elle.

Je n'ai pas le temps de réagir. D'un geste vif, elle arrache la clé USB du disque dur, se rend dans le menu Documents et efface *Le Manuscrit* de l'historique de lecture.

— Attends, tu peux me dire ce que…

Puis, sans que je puisse esquisser un geste, elle écrase rageusement l'embout de la clé contre la table. Ça fait un boucan dingue. Je me mets à crier.

— Qu'est-ce que tu fais ? Tu es folle ? Rends-moi ça !

Elle jette la clé sur mon bureau. À son regard j'ai l'impression qu'elle se tient face à un serpent. Puis elle hurle soudain, tellement fort que sa voix doit résonner dans tout l'étage.

— Tu es inconscient, Paul ! Totalement inconscient ! Ce que tu fais, c'est de la folie pure !

Elle sort de mon bureau, ses talons martèlent les lattes du parquet, sa porte claque. Des têtes apparaissent dans le couloir. Kléber Savin, le directeur littéraire, apparaît. Il lève un sourcil interrogateur.

— Un souci, Paul ?

— Je ne sais pas ce qui lui a pris… Elle a…

La porte de Jeanine se rouvre brusquement. Elle surgit comme une furie et se plante devant moi, les traits déformés par la haine. Sa voix est rauque, cassée.

— Ce qui m'a pris ? Je te sauve la vie, Paul ! Voilà ce que je fais !

Et elle regagne son bureau sans prêter la moindre attention à un Kléber Savin éberlué. Sa porte claque encore plus fort.

Sylvain Grandpierre apparaît dans le couloir. Il se tapote la tempe de l'index, un geste dépourvu d'ambiguïté.

3

La beauté du malheur

J'ai été incapable de me concentrer les jours suivant l'altercation. J'ai travaillé comme un automate. Répondu à des mails. Téléphoné à des journalistes pour m'assurer qu'ils avaient bien reçu leur exemplaire dédicacé d'*Encombrement* — façon subtile de leur signaler qu'on espérait une critique positive dans les plus brefs délais. Déjeuné avec un autre de mes auteurs, Gilles Marionnet, qui m'a parlé pendant plus d'une heure de son prochain livre dont je n'ai rien retenu sinon qu'il se passait juste après la Seconde Guerre mondiale. Lu vaguement quelques manuscrits qui seraient débattus en comité de lecture.

Mes recherches sur Alexandre Mascaret n'ont rien donné — inconnu au bataillon. J'ai passé en revue tous les réseaux sociaux. Personne ne répondait à cette identité. L'auteur pouvait très bien avoir utilisé un pseudo. Dans ce cas, je n'avais aucune chance de le retrouver.

Depuis cette fameuse matinée, Jeanine arrivait tôt le matin, s'enfermait dans son bureau et n'en sortait que tard le soir. Elle ne venait plus prendre le café avec moi. D'ailleurs, elle ne parlait à personne. Je savais que notre dispute alimentait la plupart des conversations. « Comment, tu ne sais pas ? Jeanine, avec son petit chouchou… Il fallait entendre ça ! C'était explosif ! » J'ai sondé deux ou trois collègues dans l'espoir d'en apprendre un peu plus sur l'état d'esprit de Jeanine. Chou blanc. En vieux briscard de l'édition, Kléber Savin a levé au ciel ses yeux qui avaient tout vu et s'étaient fermés sur plus de choses encore.

— Vous essayez de comprendre les femmes ? a-t-il fait de sa voix de basse. Moi, j'ai renoncé depuis longtemps. Ne vous inquiétez pas, Paul. Ça passera, comme tout le reste.

Sylvain Grandpierre, qui a l'art de traînasser dans les couloirs pour attraper la moindre rumeur au vol, s'est empressé de m'inviter à prendre un verre au tabac du coin afin de me donner son avis.

— Je ne sais pas ce que tu lui as fait, à la vieille, mais… Oh là là, ça bardait ! L'autre jour, je l'entendais secouer les puces à ses auteurs pour qu'ils rendent leur livre, je peux te dire que… Il va falloir être gentil avec elle !

J'ai tenté le coup auprès de Colette Jamet, une femme vive et perspicace qui a la double casquette d'éditrice et d'auteure Galibier. Je me disais naïvement que si la collègue n'avait aucune idée de ce qui se passait, l'écrivaine pourrait au moins l'imaginer.

— Ne vous fiez pas à ses airs revêches, a-t-elle fait en appuyant sur le bouton d'appel de l'ascenseur, Jeanine est quelqu'un de fragile. Elle a ses failles, comme nous tous.

— Mais que voulait-elle dire par « Je te sauve la vie » ?

— Elle vous a dit cela ? Là, j'avoue que je ne saisis pas trop… Il faudra lui demander. Quand ce sera le moment, bien sûr.

En désespoir de cause, j'ai décidé d'aller consulter la mémoire des lieux.

Lucien Chavard n'a pas vraiment d'âge. À vue de nez on lui donne dans les 70 ans, à quelques années près dans un sens comme dans l'autre. Son titre officiel, directeur des services techniques de Galibier, le fait toujours ricaner. En bon militant anarchiste, Lucien ne se voit pas directeur de quoi que ce soit.

— Et pourquoi pas directeur de conscience tant qu'on y est ? Moi, je m'occupe de ce qui n'a pas de cerveau dans cette foutue baraque. Les palettes de bouquins, la plomberie, les ampoules. Parce que c'est pas un intello qui va s'en occuper, je te le dis comme je le pense !

Le tout débité dans le plus pur accent parigot, avec l'indispensable nuance de moquerie vacharde dans la voix et sans oublier le haussement d'épaules réglementaire. À l'abri dans son atelier, Lucien semble tout droit sorti du Paris des années 50. De temps à autre, nous échangeons des potins au détour de clopes partagées dans la cour tout en observant les trois manutentionnaires occupés à charger des palettes de livres dans un camion. Sous une avalanche de critiques de Lucien, cela va sans dire.

— En parlant de ce qui n'a pas de cervelle… Mets-la dans l'autre sens, ta palette, Totor ! Ça te prendra moins de place ! Pas besoin d'être sorti de Saint-Cyr pour piger ça ! Pense plus avec tes yeux et moins avec ta tête ! D'ailleurs, pour ce qu'elle te sert, hein…

Lucien affecte évidemment un dédain très prolétarien à l'égard du milieu pour lequel il travaille depuis près d'un demi-siècle. Pourtant ce petit cachottier aime bouquiner à ses heures perdues. Un jour, j'ai aperçu un recueil de nouvelles de Julio Cortázar dans son cagibi de pseudo-directeur. Mais ce qui me motive aujourd'hui, c'est d'apprendre ce que Lucien sait de mon engueulade avec Jeanine. Il est au courant de tout, à croire que les rumeurs de la maison rampent le long des couloirs et dégringolent discrètement les escaliers pour aboutir dans son service.

Comme d'habitude, il extrait son mégot de Gitane maïs de sa bouche et se met à ricaner.

— Il paraît que c'est la foire avec ta copine Jeanine de Machin-Truc ? Un sacré pistolet, la Jeanine ! On ne dirait pas ainsi, toute petite et toute menue. Mais c'est vraiment pas le genre à se laisser marcher sur les arpions. Il paraît que même le vieux Merchant l'évite autant que possible.

— Elle a déjà eu des problèmes avec des auteurs ? Je veux dire : de gros problèmes ?

— C'est pas à mézigue qu'il faut demander ça. Tout ce qui se trame dans vos bureaux, ça me regarde pas. Moi, mon boulot, c'est transbahuter le produit fini à gauche et à droite. Et envoyer les bouquins au pilon quand vous pouvez plus les voir en peinture. Le reste, les trucs d'intello tourmenté, c'est votre business. Eh, Momo, t'as vu l'heure ? Tu crois pas qu'il serait temps de comprendre comment on se sert de ses jambes ? Oui, t'y vas. Heureusement que je te le dis ! Bref. Jeanine, c'est une bonne femme difficile à cerner. D'accord, je t'aide pas. Mais j'ai toujours trouvé bizarre son obsession des bouquins. Je l'ai jamais vue avec un mec, tu imagines ça ? Les bouquins, rien que les bouquins. Comme si ça cachait quelque chose. Tu crois pas ? Ben non, t'es pareil. Pas un pour rattraper l'autre…

Je ne suis pas plus avancé. Le problème, c'est que le prochain comité de lecture a lieu dans deux jours. Je nous vois déjà assis à un mètre l'un de l'autre, prêts à nous hurler dessus en présence d'Antoine Merchant, de Savin et des autres éditeurs.

Lorsque je regagne mon bureau, un post-it est collé sur mon écran.

« Demain 13 heures, déjeuner chez Marcel. Jeanine. »

Chaque éditeur a son restaurant de prédilection. L'endroit

où il se sent chez lui, en confiance. C'est là qu'il emmène déjeuner ses auteurs pour parler de leur dernier livre ou qu'il cherche à corrompre un journaliste à l'aide d'une côte de bœuf et d'une bonne bouteille de beaujolais. Chez Marcel se trouve rue Stanislas. Boiseries, nappes blanches et cuisine de terroir, l'établissement a tout du bouchon lyonnais typique — son petit côté suranné ne peut que plaire à Jeanine de Ribécourt, ses broches de vieille fille et ses chemisiers fermés à double tour. Il faut préciser que les plats sont à des prix abordables et la canette aux choux à se damner.

Je jette un bref coup d'œil par la fenêtre avant d'entrer. Jeanine se tient très droite sur sa chaise, immobile, perdue dans ses pensées. Il n'y a encore personne à cette heure-ci. Je pousse la porte du restaurant, sur mes gardes. Elle se retourne vivement et m'adresse un sourire timide.

— Bonjour, Paul. Comment vas-tu ? Tu prendras un apéritif ?

— Volontiers. Après tout c'est Galibier qui invite.

— Non. Cette fois, c'est moi.

Elle dit cela sur un ton grave, solennel. Tout dans son attitude trahit sa nervosité. Je commande un guignolet — un joli mot qui met de bonne humeur et je pressens que je vais en avoir besoin. Nous papotons quelques minutes à propos des dernières publications. Jeanine, qui se tient informée de toutes les sorties de nos principaux concurrents, évalue nos chances pour les prix littéraires de l'automne. Elles ne sont pas nulles, selon elle. J'écoute poliment en attendant qu'elle se décide à entrer dans le vif du sujet.

Soudain, elle se met à gratter une tache imaginaire sur la nappe. Son irritation est palpable.

— Il va falloir la changer, cette nappe. Quelle négligence, elle est dans un état… Il faut croire que nous sommes tous à cran. À ce propos…

Profonde inspiration. Elle poursuit, toujours sans me regarder.

— Tu dois t'interroger sur ma réaction de l'autre jour. Je comprends ta surprise. Je ne m'y attendais pas moi-même. Mais ce texte… Il m'a rappelé des souvenirs. De très mauvais souvenirs.

Elle reprend une gorgée de Vittel et continue, les yeux baissés.

— Cela remonte à près de quarante ans. Oui, c'était en 1980, je m'en souviens parfaitement. Je venais d'arriver chez Galibier. J'étais une jeune éditrice ambitieuse, bien décidée à faire mon trou dans un milieu qui restait encore assez machiste, il faut bien le dire. Par chance, tout le monde n'était pas à mettre dans le même panier. C'est ainsi que j'ai sympathisé avec un collègue. Il était un peu plus âgé que moi. Il s'appelait Vincent Caume.

Bref soupir, avant de poursuivre.

— Il avait déjà réussi deux ou trois jolis coups. Son avenir était tout tracé chez Galibier. Le directeur de l'époque, Louis Grenier, comptait beaucoup sur lui.

— Votre relation était purement professionnelle ?

— Bien sûr ! Que vas-tu insinuer là ? Vincent était marié et son épouse, Liliane, était une femme exquise. Ils étaient parfaitement assortis l'un à l'autre et venaient d'avoir une petite fille. Non, notre complicité était réelle, mais sans ambiguïté. C'était un homme plein de vie, qui avait toujours le mot pour rire. Un type épatant.

Son visage s'est brusquement creusé d'ombres.

— Un matin pourtant, je l'ai trouvé dans son bureau dans un état… comment dire ? Effroyable. Les yeux hagards, les mains tremblantes. Il arrivait à peine à aligner trois mots. J'ai réussi à le ramener au calme. Il m'a expliqué qu'il venait de recevoir un texte par la Poste. Un livre à la fois extraordinaire et terrifiant. J'ai aperçu le manuscrit devant lui. Il avait lu la moitié environ, mais il était clair qu'il ne sortirait pas de son bureau avant de l'avoir terminé. J'avoue que ça m'a fait un choc de le voir ainsi. Littéralement possédé par sa lecture. D'un autre côté…

— Tu brûlais d'envie de le lire aussi, ce bouquin.

— Tu me comprends. C'est un peu notre rêve à tous, de recevoir le manuscrit d'un inconnu qui se révèle être un écrivain hors du commun… Les jours ont passé, mais aucune nouvelle de Vincent et pas de trace du *Manuscrit*, puisque tel était le titre. Et je peux t'assurer que rarement un livre aura aussi bien porté son nom… Bref, n'anticipons pas. Comme on pouvait le craindre, les rumeurs ont commencé à courir chez Galibier.

— Ça n'a pas changé. On dirait qu'elles surgissent spontanément des moquettes.

— Ce n'est pas faux. Tout le monde était curieux de découvrir ce roman. De toute façon, si Vincent voulait le proposer à la publication, il devait le soumettre au comité de lecture. Donc le faire lire à ses collègues. C'est la procédure. Et c'est là que les choses ont commencé à s'envenimer.

— Il refusait de le montrer aux autres éditeurs ?

— Catégoriquement. Il affirmait qu'il fallait le sortir tel quel, sans en modifier une virgule. Bien entendu, Louis Grenier a mis son veto : la décision de publier ou non est prise collégialement, il n'était pas envisageable de déroger à cette règle. Mais Vincent a persisté dans son refus. Le pire, c'est qu'on ne savait même pas où se trouvait la brochure. Il l'avait mise à l'abri quelque part, disait-il. Dans un lieu introuvable.

— C'est complètement dingue !

— Il faut bien dire que son comportement devenait erratique. Il venait au travail un jour sur deux, ne se rasait plus, oubliait de se doucher. Il changeait à peine de vêtements. Je me souviens d'un matin où je l'ai croisé dans les couloirs. Son odeur corporelle… Bonté divine. En l'espace de quinze jours il avait basculé dans une autre dimension.

La serveuse vient prendre notre commande. Poireau vinaigrette et une autre bouteille de Vittel pour Jeanine, côte de bœuf et verre de chiroubles pour moi. Les tables sont toutes occupées à présent. Je ne m'en étais même pas rendu compte tant je suis pris par le récit de Jeanine. J'avance une hypothèse pas plus idiote qu'une autre.

— Ce Vincent Caume souffrait peut-être de problèmes mentaux ? Ou de dépression ?

— Pas du tout. C'était l'homme le plus équilibré qu'on pût imaginer. La seule explication valable, c'est que la lecture du *Manuscrit* l'avait traumatisé au point de lui faire perdre la tête.

Je me redresse sur ma chaise. Il y a un point qui ne colle pas.

— Minute. Quand tu as vu le texte sur mon écran l'autre jour, tu l'as tout de suite reconnu. Cela veut dire que tu l'as lu aussi, ce fichu bouquin.

Elle écarte les mains comme pour faire pénitence.

— Oui, je l'ai lu, mais seulement en partie. Et je n'ai jamais oublié cette épreuve. Comme tu t'en es aperçu toi-même, c'est le genre de lecture dont on ne sort pas indemne. La vérité, c'est que j'étais bien déterminée à ce que ce livre sorte. Par conséquent il fallait trouver un compromis avec Vincent, qui ne voulait toujours rien entendre. J'ai donc fait preuve de persuasion.

— Je n'ose imaginer ce qu'il s'est pris dans les dents, le pauvre.

— Rassure-toi, je sais être diplomate quand c'est nécessaire. Je lui ai suggéré de nous faire lire le premier chapitre, et uniquement le premier chapitre. Si le livre était aussi génial qu'il le prétendait, nous pourrions déjà nous faire une idée à partir des premières pages. J'ai tellement insisté qu'il a fini par accepter. En vérité, il n'avait plus vraiment le choix, c'était ça ou la porte. *Le Manuscrit* était devenu notre unique sujet de conversation dans la maison. Certains affirmaient que c'était un livre génial alors qu'ils n'en avaient pas lu un seul mot, d'autres pensaient que Vincent était un vulgaire affabulateur, pour ne pas dire un fou. On le surnommait Antonin Artaud, ce qui n'augurait rien de bon pour la suite de sa carrière. Dans tout Saint-Germain-des-Prés on ne parlait plus que de cette histoire : impossible de mettre les pieds dans un café ou un cocktail sans que quelqu'un nous demande des nouvelles du *Manuscrit*. C'était intenable, il fallait prendre une décision. Vincent lui-même en convenait. C'est pourquoi il a accepté ma proposition.

La serveuse nous amène nos plats. Jeanine observe son assiette comme si elle se demandait ce qu'elle fait là. Elle est retournée quarante ans en arrière.

— Je me souviens encore de ce que j'ai ressenti en découvrant ce premier chapitre… Une déflagration. Un style inimitable, ahurissant de violence et de cruauté, et en même temps d'une immense poésie… C'était peut-être l'œuvre d'un monstre, mais ce que nous avions sous les yeux était la manifestation du génie.

Je me rappelle mes propres impressions de lecture et mon cœur bat plus fort, mon souffle s'accélère, mes doigts empoignent la nappe. J'ai tellement envie de le tenir entre les mains, ce maudit *Manuscrit*… À ma grande surprise, Jeanine a les larmes aux yeux.

— Les grands textes s'imposent au lecteur. Ils ne finassent pas, ils sont là, indiscutables. Plus question de beauté ou de laideur, de bien ou de mal, mais de vérité. Et à l'évidence la vérité était là, sous mes yeux. L'ensemble du comité de lecture de Galibier partageait mon opinion : il fallait publier ce roman, et de toute urgence. Dans l'hypothèse où l'auteur avait envoyé son texte chez un de nos concurrents, c'était cuit pour nous, nous avions perdu trop de temps. Nous devions avoir accès au texte intégral. C'est alors que tout a dérapé.

— Vincent Caume a refusé de montrer le *Manuscrit*.

— De façon catégorique. Il n'était déjà plus lui-même à ce moment-là. Il affirmait que ce livre allait porter malheur à la personne qui le lirait, qu'il fallait le brûler. Le pire, c'est qu'on n'avait pas la moindre idée de l'endroit où il avait caché la brochure. Et il refusait catégoriquement de la rendre. Comme tu t'en doutes, c'était un vrai problème.

— Faute professionnelle.

— Absolument. Louis Grenier a exigé qu'il restitue le livre. Vincent a refusé tout net. Tu n'as pas idée de l'ambiance qui régnait chez Galibier ces jours-là, tout le monde perdait la tête. La moitié des éditeurs prenaient le parti de Vincent en affirmant qu'il ne faisait que défendre sa liberté d'expression, l'autre moitié exigeait son renvoi pur et simple. Il suffisait que deux éditeurs se croisent dans les couloirs pour que les invectives commencent à pleuvoir. Gaucho, profiteur, idéaliste, vautour… Tout y passait. Vincent a fini par être convoqué par la direction. Et là…

Jeanine observe fixement son index, toujours en quête de la tache sur la nappe.

— L'histoire devient tragique.

— Que s'est-il passé ? Il ne s'est pas présenté au rendez-vous ?

— Pire encore. Il a disparu, tout simplement. Plus personne ne l'a revu. On a perdu sa trace.

— Incroyable ! Et *Le Manuscrit* ? On l'a retrouvé ?

— Bien sûr que non.

— Quarante ans après, on ne sait toujours pas ce que Vincent Caume est devenu ?

— Il a quitté son domicile un matin et n'est jamais réapparu. C'est pour cette raison que… quand j'ai lu les premières lignes du *Manuscrit* sur ton écran, tout est remonté d'un bloc. L'air épouvanté de Vincent lorsqu'il a découvert le roman, mon propre saisissement devant ce livre, les tractations sans fin avec Vincent, les cris de mes collègues… Je ne veux pas revivre tout cela. Et surtout je refuse que tu te fasses happer à ton tour par ce texte. Il est… maléfique, il n'y a pas d'autre mot.

— Tu y vas un peu fort, non ?

— Ne crois pas cela. Tu as déjà fait cette expérience. Quand je t'ai découvert devant ton écran, j'ai revu Vincent. Voilà pourquoi j'ai réagi de cette manière. Et crois-moi, je ne le regrette pas.

Dehors les passants marchent au soleil, l'air serein, insouciants. Jeanine, elle, est enfermée dans son passé.

— Il m'a fallu bien du temps pour le comprendre, mais aujourd'hui je crois savoir pourquoi il n'acceptait pas que ce livre soit publié.

— Pourquoi, à ton avis ?

— Il voulait nous protéger, dit-elle en soupirant. Nous épargner l'épreuve qu'il venait de traverser. Il a brisé sa carrière par pur altruisme.

Jeanine se lève pour se réfugier aux toilettes. Je baisse les yeux sur mon assiette. Je n'y ai même pas touché. Mon repas est froid.

4

À couteaux tirés

J'ai longuement repensé à cette conversation. En bon éditeur rompu aux négociations avec des écrivains plus ou moins caractériels, mon premier réflexe était de ne pas croire un traître mot de ce que Jeanine m'avait raconté. Elle cherchait à m'enfumer, peut-être même à me piquer un auteur en douce. Si j'avais été à sa place à l'époque, j'aurais réglé la question en deux temps trois mouvements.

Bien sûr, je me trompais. Elle avait détruit la clé USB devant moi parce qu'elle voulait vraiment me tenir à l'écart du *Manuscrit*. Et elle était réellement bouleversée lors de notre entrevue au restaurant. Un éditeur a souvent tendance à jouer la comédie avec ses auteurs, soit pour mettre en valeur ses propres mérites, soit pour rabaisser les prétentions de ses interlocuteurs — et diminuer d'autant le montant de l'à-valoir qu'il réclame à cor et à cri. Rien de tout cela avec Jeanine. Elle était sincère, j'en avais la conviction.

J'ai raisonné ensuite en termes rationnels. Un livre maudit ? Les histoires de sorciers et d'énigmes surgies des profondeurs de l'Histoire, c'est bon pour la littérature jeunesse. Je ne marchais pas là-dedans. D'un autre côté, impossible d'oublier mon sentiment de sidération à la lecture des premières pages du *Manuscrit*. Une nuit j'ai même rêvé, ou plutôt cauchemardé, de la scène initiale. Un couple en voiture, la dispute, l'accident. Un enfant tué. Épouvantable. Je me suis réveillé en sueur, le cœur battant, le souffle court. À côté de moi, Nadia — ou était-ce Alexandra ? — ne s'est rendu compte de rien. Je me suis levé pour aller boire un verre d'eau. De la fenêtre de ma cuisine, j'ai une vue dégagée sur Paris. Notre-Dame, Beaubourg, la butte Montmartre au loin. Une sensation de solitude intégrale m'a écrasé. Je n'ai pas réussi à me rendormir.

Sylvain passe en coup de vent pour me donner des nouvelles d'Éric Perdigan, un journaliste qu'il a rencontré la veille et qui a promis un article élogieux pour *Encombrement*. J'écoute distraitement. Tant qu'à faire il me montre le dernier Livres Hebdo. En couverture, Antoine Merchant dans son bureau. Titre : *Le dernier nabab*.

— Il y a une interview en page 10, tu dois absolument la lire, c'est brillantissime. Il y a… Enfin, on comprend pourquoi c'est le plus grand éditeur vivant. Bon, on y va ?

— Où ça ?

Il a l'air interloqué.

— Eh bien… au comité de lecture.

— Ah oui, bien sûr… Ne m'attends pas, j'arrive tout de suite.

J'avais complètement oublié. Je rassemble à la hâte mes fiches de lecture. J'ai jeté un bref coup d'œil sur deux textes qui ne m'ont pas intéressé. Les autres, je ne les ai même pas ouverts. J'étais trop pris par ce que m'avait révélé Jeanine.

Antoine Merchant arrive toujours le dernier dans la salle de réunion. Crinière blanche, regard sévère, parole rare et sourire encore plus parcimonieux : le directeur de Galibier s'y entend pour imposer le respect, pour ne pas dire la crainte. Il se sait intimidant et en joue avec une maestria impressionnante. Face à lui, une quinzaine d'éditeurs silencieux : des femmes et des hommes, entre quarante et soixante ans, tous blancs et issus de la meilleure bourgeoisie. Comme je l'avais un jour confié à Jeanine, seul le Ku Klux Klan et la Curie romaine ont des conditions d'admission plus restrictives. Elle avait poussé un petit cri d'indignation mais n'avait pu que me donner raison. Certes, je joue la comédie moi aussi, c'est la condition sine qua non pour avoir voix au chapitre. Chaque éditeur a cinq minutes pour présenter les livres qu'il soumet à publication. L'unanimité du comité de lecture est requise. Autant dire qu'après des débats souvent vifs et pointus, 95 % des ouvrages proposés restent sur le carreau.

Assis à la droite de Merchant, Kléber Savin joue les arbitres. Lorsque les discussions s'enveniment, il remonte ses lunettes dans sa crinière grise et remet chacun à sa place sans jamais élever la voix. Comme Antoine Merchant, il bénéficie d'une sacrée réputation. Que ce soit à l'état de manuscrit ou de livre relié, tout ce qui s'est publié d'important en France ces quarante dernières années lui est forcément passé entre les mains. Le sourcil broussailleux, il demande quelques éclaircissements lorsque l'éditeur est confus ou tempère son enthousiasme quand il en rajoute un peu trop. Selon lui, il est impossible de prédire le succès d'un livre, mais on peut prévoir quasi infailliblement le bide intégral. Avec son ton posé et sa voix grave, il arrive généralement à imposer ses vues. Quand le débat aboutit à une impasse, il se tourne vers Merchant et le silence se fait aussitôt. Le Grand Mogol fait un signe de tête ou dit deux ou trois mots, et la décision tombe, négative la plupart du temps. Kléber Savin pose alors la brochure à ses pieds et dit dans un soupir « Il trouvera sans doute preneur chez un de nos confrères ». Les débats sont clos et sans appel.

Comme toujours, Sylvain Grandpierre monopolise la parole et n'hésite jamais à rabaisser les auteurs proposés par les collègues — en l'occurrence *Le repos du guerrier*, défendu par Colette Jamet.

— Le manuscrit paraît excellent de prime abord, bredouille Grandpierre, mais au bout de 20 pages… même pas, 15 pages, on s'aperçoit que l'intrigue n'a pas avancé d'un millimètre. Les intentions de l'auteur sont, ma foi, honorables, mais… Il faudrait mettre un peu de punch là-dedans. Et supprimer quelques centaines d'adverbes par la même occasion. Parce que…

— Je ne suis pas d'accord, s'indigne Colette. Il y a de bonnes choses…

— Le style est pesant, on croirait que c'est écrit par un boxeur. Les descriptions sont interminables. Et la confrontation psychologique des deux amants… euh…

— Mais on voit bien que…

— En fait, ça ressemble à la parade amoureuse de deux pachydermes. Et je suis gentil.

Kléber Savin se tourne vers Antoine Merchant. Celui-ci se fend d'un sourire et fait non de la tête. Le manuscrit atterrit sur le sol — terminé pour lui.

— Espérons qu'il trouvera preneur chez un de nos confrères, conclut Savin dans un souffle. Quoi d'autre ?

— J'ai un excellent roman d'un jeune auteur, bondit Grandpierre. *Le train de nuit*, d'Olivier Normandin.

Pas de chance pour lui, c'est le seul manuscrit que j'ai vaguement parcouru. Il n'est ni meilleur ni pire que les autres mais, à la vue de l'expression dégoûtée de Jeanine, je me décide à intervenir.

— Ce n'est pas mal, dis-je, mais ce n'est pas transcendant. Le style est assez neutre.

— Justement, contre Sylvain, c'est l'effet recherché.

Quelqu'un qui change de vie et qui regarde le monde avec…

— Ça fait un peu penser à *La modification* de Butor. En plus soporifique encore. Si on veut vendre un livre aux insomniaques, c'est gagné. Sinon je prédis un échec commercial retentissant.

Autour de moi, quelques têtes acquiescent. Kléber Savin se tourne vers Merchant, qui opine à son tour. La brochure finit par terre. *Le train de nuit* reste à quai. Savin lève un sourcil.

— Nous en avons terminé ? Bien, je vous remercie.

Sylvain Grandpierre repart aussitôt, sa pile de notes de lecture sous le bras. Quelqu'un me donne un coup de coude. C'est Jeanine, plutôt hilare.

— Tu l'as bien eu, ce freluquet ! Son bouquin était une vraie purge. Si ça continue, il va finir par nous imposer des dépliants publicitaires ! Une honte ! Il n'en a pas toujours été ainsi, crois-moi. Je me rappelle encore le jour où le premier livre de Houellebecq a été discuté en comité. Les débats ont duré dix heures ! Au bout du compte personne n'était d'accord. Mais il faut dire que les intervenants étaient d'un autre niveau… Je ne parle pas pour toi, bien entendu.

Elle s'éloigne dans le couloir. Au bruit de ses talons martelant le parquet, on comprend qu'elle ne rêve que d'une chose : que Grandpierre se trouve en dessous de ses semelles. Je prends mon temps pour rassembler mes papiers qui ne m'ont servi à rien et je m'approche du directeur littéraire.

— Dites-moi, Kléber… Vous qui connaissez tout le monde dans le métier… Auriez-vous entendu parler d'un auteur nommé Alexandre Mascaret ?

D'un geste automatique il remonte ses lunettes dans sa

tignasse et parcourt les recoins de sa mémoire.

— Mascaret… Mascaret… Non, ça ne me dit rien. Pourquoi ?

— Quelqu'un m'a parlé récemment d'un roman qu'il a écrit il y a quarante ans au moins. C'est intitulé *Le Manuscrit.*

— Follement original. Publié chez qui ?

— Justement, il n'a pas été publié. Il paraît cependant que c'est une œuvre remarquable.

Les yeux au loin, il navigue dans ses souvenirs.

— Oui… Ça me revient maintenant. J'étais aux éditions des Péninsules à l'époque. Ce qui ne nous rajeunit guère. On prétend que l'éditeur qui devait s'en occuper a plus ou moins perdu la raison.

— C'est ce qui se dit, en effet.

Il hausse les épaules.

— Toute la profession était obsédée par ce fichu bouquin et puis c'est retombé aussi vite que c'est apparu. Tout à fait entre nous, j'en ai vu passer des centaines, de ces livres qui devaient soi-disant bouleverser l'histoire de la littérature et qui finissaient chez les soldeurs trois mois après leur sortie.

— À votre connaissance, cet Alexandre Mascaret n'a rien proposé d'autre ?

— Non. En tout cas, ça ne me dit rien.

— Et si ce fameux manuscrit n'était pas perdu ? Et si…

— Écoutez, Paul… Des ouvrages, vous allez encore en voir défiler un paquet dans votre carrière. Inutile de vous mettre la pression pour rien.

— D'accord, mais…

Il fronce les sourcils, ce qui est sa manière à lui de vous faire comprendre qu'il est plus que temps de passer à autre chose.

— Vous voulez un bon conseil ? Concentrez-vous sur

vos prochaines publications. Je compte sur vous.

Il tourne les talons et me plante là.

La fête bat son plein chez Cyril. Il a de quoi se réjouir : moins d'un mois après la sortie d'*Encombrement*, le deuxième tirage est épuisé. Voilà qui justifie une bonne nouba dans son superbe appartement de la place Saint-Sulpice. Amis, copains, simples relations et parasites professionnels se bousculent dans son salon, se répandent sur les sofas et brassent beaucoup d'air avec leur bouche. Mot d'ordre de la soirée : je ne crois que ce que je bois. J'espérais vaguement croiser la jeune femme en noir de l'autre fois. Raté. Je rejoins Cyril qui fait son numéro de charme auprès d'une jeune fille à qui il dédicace son livre.

— Tu t'appelles comment ? crie Cyril par-dessus le boucan.

— Eugénie, hurle la fille qui le dévisage avidement, des stroboscopes à la place des yeux.

— Superbe prénom, je te félicite. « Pour Eugénie, avec toute mon admiration ». Je te laisse mon numéro, comme ça tu pourras me dire ce que tu as pensé de mon livre.

— Avec joie !

Nous suivons du regard le trémoussement de ses hanches pendant qu'elle regagne son groupe de fêtards. Je suis obligé de lui crier dans l'oreille pour me faire entendre.

— Le succès a ses avantages. Tu vas pouvoir faire grimper ton score.

— C'est une sérieuse éventualité.

Il me met un gin-fizz dans la main, se sert trois doigts de whisky et m'indique le balcon. Enfin un peu de tranquillité. Il contemple la place Saint-Sulpice qui resplendit dans la lumière des projecteurs.

— Autant mettre la notoriété à profit, dit-il en haussant

les épaules. À défaut de génie…

— Que se passe-t-il ? Un petit moment de blues ? Tu ne vas pas nous jouer un tour à la David Foster Wallace, j'espère ?

— Un suicide en pleine gloire ? Et pourquoi pas ? Mais à tout choisir je regarderais plutôt du côté de Mishima. Un hara-kiri, ça a quand même plus de gueule qu'une banale pendaison.

— Et pourquoi pas une balle dans la tête ? Ça fait viril. Regarde Maïakovski, Hemingway, Romain Gary, Hunter Thompson…

— Je n'aime pas l'idée que quelqu'un devra nettoyer les murs après moi. Je suis un grand délicat.

— C'est tout de même étrange, cette manie des écrivains à en finir brutalement… À croire qu'ils ne savent plus quoi faire pour attirer l'attention de leurs lecteurs…

— Je te rassure, je n'en suis pas encore là. Je suis simplement conscient de mes limites.

Il vide son whisky d'un trait et observe un couple de passants qui traverse la place en riant.

— Tu sais ce que c'est. Au départ on écrit pour changer le monde. Puis on écrit pour trouver un éditeur. Finalement on écrit pour remplir des pages. Aligner des mots. Ce qui n'a aucune incidence sur le cours du monde.

— Tes livres plaisent, c'est l'essentiel.

— C'est l'essentiel pour vous. C'est vrai, ils sont bien construits. Et le style est agréable. Piquant et enlevé, comme disent les critiques. Mais moi, je ne vois plus que l'habileté. Un génie, lui, ne fait pas les choses à moitié. Il n'écrit pas en se demandant ce qu'on va penser de son livre, s'il sera bien reçu. Non, il met ses tripes sur la table. Et comme la mienne vient de chez Herman Miller et m'a coûté la bagatelle de 2500 euros, je préfère éviter.

— C'est vrai qu'on fait mieux comme déco.

Il sourit tristement.

— Tu connais la différence entre la célébrité et la gloire ? La célébrité, c'est quand on parle de ta présence. La gloire, quand on parle de ton absence. Moi, je me contenterai d'être célèbre. Je ne suis pas dupe, je ne fais que retarder le moment où on m'oubliera. Mes livres disparaîtront des librairies, puis des rayons des bibliothèques, et je rejoindrai le cimetière des gens de lettres. Alors, en attendant, je savoure ma chance. Comme tout auteur à la mode, je saisis les tendances et j'en fais des histoires bien troussées. Mais je suis surtout conscient que si j'avais vraiment du génie, je n'aurais jamais pu me payer ça.

De la main il désigne la place Saint-Sulpice et sa chaude lumière, l'une des plus belles vues de Paris. C'est vrai que ça se paie et que les génies doivent généralement attendre la fin de leur vie avant de recueillir les fruits de leurs efforts. Je préfère changer de sujet avant qu'il n'enjambe le parapet du balcon. Je fais mine de me souvenir d'un détail.

— Au fait, j'ai croisé une femme étrange à la soirée du Baron il y a deux semaines. Difficile de la manquer, elle était tout habillée de noir.

Il réfléchit en observant son verre, désespérément vide.

— Avec une casquette et des lunettes de soleil ?

— Exact.

— Oui, je l'ai entraperçue. Mais il y avait tellement de monde que je n'ai pas eu le temps de lui parler.

— Tu la connais bien ?

— Non. Je ne sais même pas comment elle s'appelle.

— Elle était invitée à la fête pourtant.

— Une pique-assiette sans doute. Tu lui as parlé, toi ?

— Oui. Elle m'a même donné quelque chose. Une clé USB.

— Eh bien, tu es un petit veinard. J'espère qu'il y avait des photos d'elle dedans.

— Même pas. Le problème, c'est que je ne sais pas comment la joindre. Elle ne m'a laissé aucune coordonnée.

Il cherche un souvenir dans les profondeurs de la nuit.

— Où ai-je bien pu la croiser ?

Il se tourne vers la foule qui squatte son appartement, les sourcils froncés.

— Voilà, je me souviens. Sur Tinder.

Son téléphone jaillit dans ses mains et il retrouve son profil en quelques manipulations. Pas d'erreur, c'est bien elle. Visage d'ange, lunettes de soleil et casquette vissée sur la tête. Il n'y a pas de nom, juste son pseudo : Alias.

— C'est elle qui m'a contacté, dit Cyril. On a échangé quelques messages. Je l'ai invitée à la soirée de lancement mais on dirait que c'est toi qui as touché le jackpot.

— Elle m'aurait laissé son adresse mail ou son numéro si elle avait voulu me revoir.

— Avec Tinder, tu sais comment résoudre le problème... Bon, il commence à faire soif, non ?

Nous regagnons le salon sous les hourras des invités, masse confuse d'yeux, de bouches et de bras débordant d'amour. La célébrité, c'est quand même pas si mal. Mais c'est réservé aux écrivains, pas aux éditeurs.

Alias répond dès le lendemain à mon invitation. Elle refuse de me donner son nom mais accepte de me rencontrer pour discuter de la clé USB. Je lui propose de déjeuner à la Palette, un restaurant fréquenté par tout ce que Paris compte de petits et grands noms dans l'édition et qui devrait l'impressionner favorablement. Elle accepte mais se décommande une heure plus tard pour cause de rendez-vous professionnel imprévu. Je lui propose une autre date. Tout ce qu'elle trouve à me répondre, c'est qu'elle est très prise. C'est elle qui me recontactera, promet-elle. Ce qui a le don d'exacerber mon impatience.

Je ne cesse de me répéter les questions que je dois impérativement lui poser. Qui lui a remis cette clé ? Sait-elle d'où vient *Le Manuscrit* ? A-t-elle rencontré Alexandre Mascaret ? Est-ce sa véritable identité ? Pourquoi a-t-il scanné un texte dactylographié ? Et où est l'original ? Les points d'interrogation tournent dans mon esprit à la manière de vautours affamés.

Je suis plongé dans ces réflexions quand Lucien m'aperçoit devant la sortie du garage, une clope à la main.

— Dis donc, t'as pas l'air dans ton assiette, mon coco.

— On a tous nos petits soucis.

— Viens, je t'offre un remontant, ça te remettra la tête à l'endroit.

Nous nous isolons dans le cagibi qui lui fait office de bureau, au fond de l'atelier. Autour de nous, un conglomérat de casiers métalliques contenant mille petites choses récupérées au cas où. Écrous et boulons, clés Allen, bouchons de liège, vieilles serrures avec leur clé et même un cintre en métal — un crochet, ça peut toujours servir. Il sort une bouteille de calvados d'un casier et nous verse deux fonds dans des petits verres à alcool. Nous buvons en silence, plongés dans nos méditations respectives, quand une idée me traverse l'esprit.

— Savais-tu qu'un éditeur de Galibier avait perdu la raison à cause d'un livre ?

Il s'allume une Gitane et se gratte le crâne.

— Ça me dit quelque chose. C'est pas tout jeune, cette histoire.

— Cela remonte au début des années 80.

— Ouais, ça me revient maintenant. Ça avait fait un barouf, t'as même pas idée ! Ils avaient tous pété un câble là-haut. On aurait dit un élevage de poulets : ça courait dans tous les sens, et vas-y que je caquette, et vas-y que je déblatère…

Il remplit nos verres, vide le sien d'un trait et s'essuie la bouche d'un revers de main.

— Ouais, une sacrée ambiance… Tout le monde était à cran. Mais si j'ai bonne mémoire, le bouquin en question n'est jamais sorti.

— Non. L'éditeur qui était en charge du livre a même disparu du jour au lendemain.

— Ah ça, pour disparaître, il a disparu.

— Qu'est-ce que tu veux dire par là ?

— Il est mort.

Il écrase sa cigarette dans un cendrier tapissé de cendres.

— Tu es sûr ?

— Et comment ! C'est moi qui l'ai décroché. Le pauvre gars s'était pendu dans son bureau avec sa cravate. Quelques jours avant Noël, je m'en souviens encore.

— C'est horrible.

— Je confirme, c'était pas beau à voir. Ça faisait une demi-heure qu'ils tambourinaient à sa porte en lui demandant d'ouvrir. En désespoir de cause on était venu me chercher pour forcer la serrure. Eh oui, les sales boulots, c'était déjà pour bibi à l'époque. Et là, je te dis pas le tableau. Pendu à l'espagnolette de la fenêtre. Tu sais pas le plus fou ? Il avait massacré le faux plafond. Toutes les dalles avaient volé par terre. Complètement cintré, le type. Il s'appelait Vincent quelque chose, non ?

— Vincent Caume.

— Voilà. Il s'était pas loupé, le pauvre. Jeanine ne t'a pas raconté cette partie-là de l'histoire ?

— Non.

— Ça peut se comprendre. Ils étaient tous traumatisés. Après ce coup-là, la question de publier ce bouquin était dérisoire, ils ont laissé tomber.

— Tu sais ce qu'est devenu le manuscrit ?

Lucien hausse les épaules.

— C'était pas mon rayon. On m'a juste demandé d'envoyer les affaires personnelles du pauvre bougre à sa veuve. Une adresse dans Paris, ne me demande pas où, j'ai oublié. Il y avait peut-être des brochures reliées dans le paquet, je ne m'en souviens pas. Je revois encore le bureau. Quatrième étage, fond du couloir gauche.

— Tu es certain que c'était celui-là ?

— Pour ce genre de chose, tu peux me faire confiance, fiston. Pourquoi ?

— Pour rien.

Je ne peux quand même pas lui dire que ce bureau, c'est celui que j'occupe aujourd'hui.

5

Le noir est une couleur

Jeanine observe le fond de son gobelet de café, qu'elle agite à petits gestes circulaires comme pour faire fondre un sucre inexistant — elle prend toujours son café noir et brut, comme le regard qu'elle lève soudain sur moi.

— Pourquoi je ne t'ai pas dit toute la vérité sur Vincent ? Parce que c'est trop douloureux. Aujourd'hui encore je pense à lui et à son épouse, Liliane. Je n'arrive tout bonnement pas à croire qu'un simple manuscrit ait pu provoquer une telle tragédie.

— Ce n'est pas un simple manuscrit.

— Non, c'est le moins qu'on puisse dire. Raison de plus pour te tenir à l'écart. Je me souviens de ce que me disait Françoise Giroud à propos de…

— Épargne-moi tes foutues anecdotes.

Elle baisse les yeux comme une enfant prise en faute.

— Si tu veux entendre des remords, tu t'es déplacé pour rien. Je ne regrette absolument pas d'avoir détruit la clé USB.

— Mais tu m'as menti au sujet de Vincent Caume.

— Je ne t'ai pas menti. Je ne t'ai pas dit toute la vérité, nuance. Au bout du compte le résultat est le même : Vincent n'est plus parmi nous. Et l'essentiel, c'est que ce maudit livre ne fera plus de mal à personne.

D'un geste rageur, elle jette son gobelet dans la poubelle.

Alias me fixe enfin rendez-vous : vendredi 1er octobre au Petit Suisse, un café situé à côté du théâtre de l'Odéon, face au jardin du Luxembourg. Ça tombe mal. L'atmosphère est survoltée chez Galibier : *Encombrement* figure sur les premières listes de tous les grands prix littéraires et, par voie de conséquence, il n'est plus question dans les couloirs que de Cyril Jiniac et de la meilleure façon de faire parler de lui. Les réunions marketings se succèdent. Kléber Savin passe son temps au téléphone à prendre des nouvelles des jurés et il est beaucoup question de contrats pour une future publication avec des avances appréciables. Quant à moi, je relance tous mes contacts dans la presse pour obtenir de bonnes critiques. Je matraque mes arguments : nous en sommes déjà à 20 000 exemplaires — imprimés, nous n'en avons vendus que 12 000, ce qui n'est pas mal du tout –, les droits sont déjà vendus au Livre de poche et nous envisageons un cinquième ou sixième tirage — le chiffre varie au gré de mon inspiration et de mon interlocuteur. Si on rajoute les déjeuners avec des personnes plus ou moins influentes dont je préfère taire les noms, j'ai la tête pleine comme un seau. D'un autre côté la perspective de prendre un verre avec l'intrigante Alias, sans compter celle de connaître enfin l'identité d'Alexandre Mascaret, me motive plus que tout. Et si je réussissais un autre gros coup après Cyril Jiniac ? Le poste de directeur littéraire me tendrait les bras, j'en suis persuadé.

Nous devons nous retrouver à 16 heures. Comme toujours lorsque j'ai un rendez-vous important, je fais baisser la pression en m'amusant à regarder les gens. J'essaie de deviner le rôle de chacun dans la grande comédie de Saint-Germain-des-Prés. Celui-là, qui avance droit devant lui, tête haute, a la démarche d'un écrivain publié. Ce jeune type qui rase les murs d'un pas nerveux, un sac en bandoulière, c'est sans doute un aspirant-auteur qui s'en va porter son manuscrit chez tel ou tel éditeur. Les éditeurs, eux, je les reconnais au premier coup d'œil. Le téléphone vissé à l'oreille, ils font penser à des traders : combien de mots pour cette phrase, combien de pages pour ce chapitre, combien de signes pour ce texte, quelle avance, quel tirage, quelle mise en place… Mettre des chiffres sur des lettres n'est pas un exercice de tout repos, je suis bien placé pour le savoir. Il y a aussi les attachées de presse, sapées comme des executive women et qui maîtrisent mieux que personne l'art de courir sur des talons hauts tout en malaxant leur téléphone.

Les plus difficiles à repérer, ce sont les muses, ces femmes qui se baladent d'un pas nonchalant en observant les vitrines ou parcourent distraitement un livre à une terrasse de café. Elles n'écrivent pas, elles inspirent. Ce sont leur visage, leur corps, leur aura qui susciteront une nouvelle ou un roman à un auteur, souvent à leur propre insu d'ailleurs. Elles se laissent admirer, l'air faussement ennuyé, et le moins qu'on puisse dire c'est qu'elles ne manquent pas en cette chaude après-midi d'automne. À cette période de l'année, Paris semble uniquement peuplé de femmes plus désirables les unes que les autres.

Comme il se doit pour un éditeur de mon rang, j'arrive un peu en retard. J'observe les clientes qui prennent un verre en terrasse. Même en enlevant mentalement les lunettes noires et la casquette, aucune ne ressemble à l'apparition de l'autre soir. Je commande un verre de bordeaux et regarde mes mails sur mon téléphone. J'en ai cinq en retard. Ce n'est pas près de s'arrêter.

Une voix féminine, légèrement voilée, me tire de mon écran.

— Bonjour. Vous allez bien ?

Elle s'est matérialisée comme par miracle. Avec sa tenue de sport, on dirait qu'elle s'apprête à faire son jogging. Elle désigne le jardin du Luxembourg.

— Allons discuter sur un banc, ce sera plus sympathique.

— J'attends mon verre.

— Annulez votre commande. Nous y sommes ?

Et elle se met en route sans attendre ma réponse. Ce culot. Étrangement je me lève et je la suis. Je happe au passage une bouffée de son parfum à la lavande où perce une infime nuance musquée de sueur. Mariage de la fleur et de la chair, rigoureusement aphrodisiaque. Sa démarche est elle aussi très particulière. Elle avance les mains légèrement relevées et les pieds en dehors, comme une danseuse sur un fil imaginaire. Avec son léger balancement de droite et de gauche, elle donne l'impression d'évoluer sur un coussin d'air plus que sur un trottoir. De temps à autre, elle consulte son téléphone qu'elle tient dans sa main droite et répond à un texto.

Nous nous glissons dans la foule qui arpente les allées et nous dirigeons vers une terrasse en surplomb. Un petit escalier, quelques chaises libres. De toute évidence elle a effectué des repérages avant notre rendez-vous.

— Ici, c'est parfait. Nous pourrons parler en toute tranquillité.

Elle me sort un grand sourire et m'invite à m'asseoir à côté d'elle. Je sens que ce sourire fait partie d'une panoplie d'attitudes professionnelles très au point, et qu'elle adopte au gré des circonstances.

— J'aimerais quand même savoir à qui j'ai l'honneur, dis-je en prenant place sur un siège en métal plutôt inconfortable.

— Mon nom ne vous dira rien.

— Peut-être mais je trouve qu'Alias ne vous va pas du

tout. On se croirait dans un mauvais roman d'espionnage.

Elle m'observe derrière ses verres opaques. J'ai l'impression qu'elle cherche la meilleure esquive possible. Elle opte pour la simplicité.

— Je m'appelle Clarisse Méry. Pas très original.

— C'est mieux qu'Alias. Que faites-vous dans la vie, Clarisse ?

— Je suis attachée de presse free-lance. J'ai un peu travaillé pour des galeries d'art et dans le cinéma, mais maintenant je travaille exclusivement pour l'édition.

— Attachée de presse ? Comment se fait-il que je n'aie jamais entendu parler de vous ?

— Je ne propose mes services qu'à de petites maisons indépendantes. Du moins, celles qui ont les moyens de se payer mes services. Rien à voir avec des institutions aussi prestigieuses que Galibier.

— Et ça marche ?

— Je n'ai pas à me plaindre. Vous avez sans doute remarqué que j'ai le sens du contact… Bien, maintenant que nous avons épluché mon curriculum vitae, pourrions-nous parler de ce qui m'amène ?

— Ou plutôt de ce qui m'amène, moi. Je vous préviens, j'ai beaucoup de boulot en ce moment, je n'ai pas trop de temps à vous consacrer.

— Vous mentez mal, Monsieur Miller.

Sourire éblouissant, avec une nuance carnassière cette fois.

— Si vous vous êtes déplacé, c'est que le contenu de cette clé vous intéresse. Forcément.

— Peut-être. J'ai d'abord besoin de quelques éclaircissements.

— Je vous écoute.

— Comment êtes-vous entrée en possession de cette clé

USB ? Je suppose qu'elle n'est pas tombée du ciel.

— Je ne peux pas dire que je possédais la clé. Elle m'est passée entre les mains, c'est tout.

— Mais quelqu'un vous l'a donnée.

— Oui, sauf que je ne sais pas qui. Un beau matin j'ai trouvé une enveloppe matelassée dans ma boîte aux lettres. Elle contenait la clé et un petit mot me demandant de soumettre à Galibier le manuscrit qui figurait en copie. Je peux vous assurer que je n'ai pas ouvert le fichier.

Elle dit la vérité : Rachid me l'avait lui-même confirmé.

— Pourquoi s'est-on adressé à vous et pas à quelqu'un d'autre ?

— Je suppose que cette personne sait que je travaille dans le monde de l'édition. Elle s'est dit que cela pourrait lui ouvrir quelques portes. Vous savez, j'ai une certaine réputation dans ce milieu, même si elle n'est pas encore parvenue à vos oreilles…

— Et pourquoi m'avoir choisi, moi ?

— Parce que j'avais lu un livre de Cyril Jiniac, *Infarctus*. Un bon bouquin, d'ailleurs. Très logiquement je me suis adressée à son éditeur. J'ai appris à faire simple pour toucher les gens. Vous ne me donnerez pas tort, j'espère ?

Nouveau sourire et léger redressement du buste pour mettre en valeur sa poitrine fort bien proportionnée. Belle manœuvre, mais je reste concentré.

— Vous n'avez jamais rencontré l'auteur ?

— Je ne connais même pas son nom. Comment s'appelle-t-il ?

— Je vous le dirai le moment venu. Avez-vous gardé l'enveloppe qui contenait la clé ?

Elle me fait une petite moue navrée.

— Je crois que je l'ai jetée. Je reçois tellement de courrier pour mon travail que je suis obligée de trier. Il y en a déjà partout chez moi…

Je réfléchis deux secondes. J'ai la nette impression que la belle cherche à m'embrouiller.

— Vous devez bien comprendre que sans un supplément d'informations sur l'auteur, Galibier ne peut pas envisager de publication. Et ce sera pareil pour tous mes confrères.

— Je présume que l'auteur vous appellera un de ces jours. À moins qu'il ne me contacte, moi.

— Nous verrons bien. Quoi qu'il en soit, je ne peux rien faire tant que je ne l'ai pas rencontré.

Elle plonge une intense réflexion. Avec son visage juvénile, on dirait une gamine aux prises avec un problème épineux. Un de ses doigts joue avec une mèche de cheveux tandis qu'elle tapote nerveusement son téléphone sur sa cuisse. Sa voix se fait plus douce.

— Vous pouvez quand même me dire si ce manuscrit en vaut la peine.

En règle générale, un éditeur ne révèle jamais ses impressions sur un texte. Façon de se protéger en cas de refus. Ou de freiner les prétentions de l'auteur au cas où le livre est accepté. À ma propre surprise je me sens obligé de parler à cœur ouvert.

— C'est excellent. J'irai presque jusqu'à dire que c'est le meilleur livre qui m'ait été soumis depuis que je travaille chez Galibier.

Elle esquisse un sourire timide. Et adorable.

— C'est vrai ?

— Je suis sincère.

— Ça ne m'étonne pas.

— Pourquoi dites-vous cela ?

— Je ne sais pas. Une sorte de pressentiment. Ne me demandez pas de l'expliquer.

Elle consulte l'heure sur son téléphone.

— Vous me tiendrez au courant si l'auteur vous appelle ?

— Promis.

Sourire complice.

— Vous savez comment me joindre.

— Je peux aussi vous téléphoner.

— Nous verrons bien. Au revoir.

Elle se lève et disparaît aussi brusquement qu'elle est arrivée dans le cours de ma vie.

Les ruelles de Saint-Germain-des-Prés sont silencieuses. Je ne cesse de me repasser cette conversation en boucle. Que penser de cette Clarisse Méry, en admettant qu'il s'agisse bien de son nom ? Une mythomane comme j'en ai rencontré des dizaines ? Apparemment non, elle n'a rien à gagner dans cette affaire. Une voleuse de manuscrit ? Ce n'est pas à exclure, mais il aurait été illogique de prendre un pseudonyme masculin pour camoufler le délit. Une tarée ? Même si elle semble en pleine possession de ses capacités, l'hypothèse n'est pas invraisemblable. Il y a quelques années, j'avais été contacté par une jeune femme qui se prétendait auteure d'un roman exceptionnel et m'avait harcelé pendant des semaines pour savoir si elle pouvait m'envoyer son texte. Elle me racontait l'histoire jusque dans les moindres détails, argumentait sur ses qualités, prédisait un succès foudroyant. Le seul problème, c'est qu'elle n'en avait pas écrit le premier mot. Tout était dans sa tête. Quand je lui avais fait comprendre qu'elle commençait à me fatiguer avec ses salades, elle s'était mise à m'appeler jour et nuit pour m'expliquer quel beau salaud je faisais, moi qui lui avais fait miroiter une publication imminente. J'avais fini par l'aiguiller vers un psy : c'était son rayon, pas le mien.

Le problème, c'est que le *Manuscrit* existait bel et bien. Je l'avais eu sous les yeux. J'avais lu les premières pages.

Quelqu'un, un homme selon toute vraisemblance, avait eu le bonheur, la chance, le génie de concevoir ce livre. Pendant que je déambule dans les petites rues désertes, je l'imagine là, au cœur de ce quartier qui ne vit que pour la littérature, seul dans une chambre de bonne ou caché bien à l'abri derrière d'épais rideaux. Peut-être même est-il en train de m'observer en ce moment précis, moi qui brûle de le rencontrer, de lui parler, d'en apprendre plus sur sa vie. Moi qui espère plus que tout publier son roman. Parce que je ne peux pas me voiler la face : ce bouquin, j'y pense matin, midi et soir.

Mais comment remonter jusqu'à Alexandre Mascaret ?

6

Voyage au bout du passé

Hervé ricanait à l'autre bout du fil.

— La fille de la soirée au Baron ? Une attachée de presse ? J'y crois pas une seconde. Elle te fait marcher, c'est sûr.

Nico, lui, a été plus circonspect.

— Clarisse Méry ? Non, ça ne me dit rien, mais je suis presque certain de l'avoir déjà croisée dans des cocktails. Le monde de l'édition ne lui est pas étranger, j'en mettrais ma main à couper.

D'après mes recherches sur Internet, il n'y avait pas de Clarisse Méry dans les différents annuaires professionnels. Ce qui ne voulait rien dire : elle pouvait très bien louer ses services au coup par coup à des éditeurs qui étaient prêts à miser sur elle. Elle avait de l'assurance, pas mal de bagout et un vrai sens de la repartie : c'est plus que suffisant dans un milieu où on adore jongler avec les mots, surtout en compagnie d'une femme aussi sexy. J'ai connu des attachées de presse aguerries qui n'avaient pas le dixième de son charisme. L'expression exacte est : cette femme a du chien.

J'ai interrogé discrètement Jeanine. Elle s'est tapoté la lèvre supérieure, ce qui chez elle est la démonstration d'une activité intellectuelle surmultipliée.

— Clarisse Méry ? Aussi loin que je me souvienne, ce nom ne me dit rien. Mais ne te fie pas à l'avis d'une vieille femme comme moi. Je plaisante, bien sûr. On peut avoir de la bouteille et garder une excellente mémoire. Et quand je dis « avoir de la bouteille », je m'exprime au sens le plus littéral du terme. Je ne t'ai jamais raconté mon entrevue avec Marguerite Duras ? Je devais aller la voir à Trouville pour lui faire signer un contrat. Comme elle était d'humeur à papoter, nous avons pris l'apéritif jusqu'à 14 heures en parlant de la pluie et du beau temps, puis nous sommes allées manger un plateau de fruits de mer dans un restaurant voisin. Arrosé d'une bouteille de vin blanc et…

— Et Clarisse Méry ? Ça te dit quelque chose ?

— Cette fille ? Non, je ne vois pas.

Je préviens Geneviève en revenant du déjeuner.

— Si un certain Alexandre Mascaret se présente, vous pouvez m'appeler tout de suite ?

— Mascaret, répète-t-elle en notant le nom sur un carnet. Très bien, comptez sur moi.

— Même si je suis en rendez-vous, ça n'a aucune importance. Il est prioritaire.

— Pas de souci, je…

Une forme permanentée, maquillée et manucurée dans des proportions irréprochables pousse la porte d'entrée. Cerbère nous dévisage avec dédain.

— Il serait peut-être temps de vous remettre au travail, lâche-t-elle d'une voix glaciale. Nous ne sommes pas payés pour échanger des ragots, que je sache.

Et sans attendre de réponse, elle se dirige vers l'ascenseur sous l'œil assassin de Geneviève.

Géraldine Raguet — le surnom de Cerbère est une trouvaille de Jeanine — est la secrétaire personnelle d'Antoine

Merchant. Quelques mauvaises langues en font même sa partenaire de jeux sadomasochistes mais il s'agit sans doute d'une rumeur motivée par l'amertume. Arrivée dans les fourgons de Merchant lorsque celui-ci avait pris la tête de la maison, elle s'était assigné pour mission de faire régner la terreur sur les visiteurs, quels que soient leur nom ou leur rang. Depuis, elle écarte sans pitié les quémandeurs, dénigre les éditeurs et fustige les manières de diva des auteurs. De l'avis général, c'est l'âme damnée du directeur de la maison.

Il se murmure que son pouvoir est tel qu'un certain nombre de contrats se décident autour de la table qu'elle occupe sur le palier du cinquième étage, pile en face du bureau de Merchant. Le seul fait de lui être désagréable peut vous fermer définitivement les portes de Galibier, ce qui ne veut pas dire que l'inverse est synonyme de succès : avec Cerbère, la disgrâce vous pend au nez à tout moment. À vrai dire, à l'exception du Grand Mogol, personne ne trouve grâce à ses yeux. On ne l'a jamais vue sourire : Geneviève, qui ne lui mégote pas son mépris, lui a diagnostiqué une atrophie du cœur qui a dégénéré en paralysie faciale.

— On se demande comment certaines personnes s'y prennent pour être aussi odieuses, fait Geneviève d'un ton acerbe.

— Dans son cas, c'est une vocation.

— Faites bien attention à vous. Elle a plus d'un tour dans son sac à main.

— C'est-à-dire ?

— Elle n'a pas son pareil pour se promener dans les couloirs d'un air innocent. Dès qu'elle surprend des conversations intéressantes, elle s'empresse d'aller tout répéter à qui-vous-savez. Croyez-moi, c'est de l'acide qui coule dans les veines de cette femme. Ouvrez l'œil !

Celui de Geneviève vire carrément au noir assassin.

J'ai attendu quelques jours un appel hypothétique de Mascaret. Pour rien. Je guettais aussi ma boîte mail, sait-on jamais. Je tentais de brosser le profil psychologique de cet homme qui n'avait même pas osé me contacter en personne : modeste, timide, voire craintif. Mais convaincu de la justesse de son œuvre et bien déterminé à la faire connaître avant qu'il ne soit trop tard.

Je crois que mes collègues se doutaient de quelque chose. En particulier Sylvain Grandpierre : il a l'art de flairer les bons coups. Il est aussi un expert pour vous coincer devant la machine à café et soutirer des infos.

— Eh bien, Paul, on dirait que tu as la tête ailleurs ces derniers temps. Pas vraiment dans ton assiette. Rien de grave, j'espère ? Tu peux m'en parler, tu sais, pas de problème.

— Non, c'est juste le boulot, rien de…

— Moi, je suis muet comme une tombe, tout le monde te le dira, motus et bouche cousue, à moins que ce soit une femme encore une fois, ça ne m'étonnerait pas, la nuit est aussi faite pour dormir, espèce de tombeur !

— Ça va aller, je te remercie.

— Tu es sûr ? Sinon…

— Tout va bien.

— Bon, faut que j'y aille, je reçois un de mes auteurs, rasoir au possible, il ne parle que de lui mais comme il assure de bonnes ventes, il faut bien que je le traite aux petits oignons, allez salut, à la prochaine, on déjeune un de ces jours.

Ce matin-là je surprends Kléber Savin qui discute à voix basse avec Antoine Merchant. Ils s'apprêtent à prendre l'ascenseur. D'instinct je me dirige vers eux. J'aimerais leur demander s'ils connaissent une attachée de presse du nom de Clarisse Méry mais un seul regard d'Antoine Merchant me dissuade d'approcher. C'est le genre d'entretien auquel très peu de gens sont autorisés à assister. Les portes de l'ascenseur s'ouvrent, ils s'engouffrent à l'intérieur.

Il ne me reste plus qu'une solution.

Rendez-vous au Deux Magots.

Temps gris et frais. La pluie menace. Comme chaque jour, la terrasse est prise d'assaut par des gens qui regardent passer le temps avec détachement. Paris est la ville où perdre son temps est bien plus qu'un mode de vie, c'est la marque des esprits supérieurs. Et à Saint-Germain-des-Prés c'est même un signe distinctif : celui qui ne perd pas son temps aux Deux Magots, au Flore, à la Closerie des Lilas ou au Select n'a pas sa place dans le sérail.

Je suis les passantes des yeux. Il y a beaucoup de jolies femmes, certaines fines et coquettes, d'autres plus rondes et alléchantes, mais pas une n'a l'étoffe de celle que j'attends. L'étoffe d'un personnage de roman.

Clarisse finit par apparaître à la sortie du métro : d'abord l'inévitable casquette noire par-dessus la crinière châtain sombre, puis les lunettes de soleil. Cette fois, elle a opté pour une tenue un peu plus chic : un pardessus blanc jeté sur un pull noir, un jean et des bottillons à la place des joggings. Ce n'est pas tape-à-l'œil mais, même avec ces vêtements simples, elle éclipse toute autre présence féminine dans un rayon de cent mètres. Son sourire surgit dès qu'elle m'aperçoit. Mon cœur fait un bond : j'ai intérêt à me surveiller, je suis en train de devenir accro. Sa voix feutrée a l'effet d'une caresse.

— Bonjour, désolée pour le retard. Le métro s'est arrêté quelques minutes pour un malaise voyageur.

— Raison pour laquelle je ne prends plus le métro depuis

au moins quinze ans. J'ai parfois l'impression que les gens montent dedans uniquement pour faire une syncope.

Elle rit, commande un café auprès du garçon qui s'est précipité à son approche et s'installe face à moi dans une attitude totalement décontractée.

— Je suis heureuse que vous m'ayez laissé un message.

— Et surprise ?

— Non. J'étais sûre que vous alliez le faire.

— Quelle assurance.

— Parlons plutôt d'intuition féminine.

Le garçon revient déjà avec la commande. Elle boit une gorgée de son café en m'observant par-dessus le rebord de sa tasse, très consciente de l'effet que produit sa présence corporelle sur mon imagination.

— J'en déduis qu'Alexandre Mascaret ne s'est pas manifesté, reprend-elle. Et que vous êtes dans une impasse.

— Joli raisonnement. Mais j'aimerais d'abord savoir à qui j'ai affaire. Parce que je n'ai trouvé aucune trace de votre activité parmi mes contacts.

— Par définition, les attachées de presse sont invisibles. Notre job, c'est de faire en sorte que la lumière soit dirigée sur un auteur, pas sur nous. Moins on nous voit, plus nous sommes efficaces.

— Voilà qui est habile. Et joliment tourné.

— N'est-ce pas ? J'ai toujours adoré lire. C'est ainsi que je trouve les formules qui me sont utiles dans ma pratique professionnelle.

— Je vous imagine mal en lectrice compulsive.

— Parce qu'à vos yeux une grande lectrice est obligatoirement une pauvre fille obèse qui dévore des romans à l'eau de rose pour vivre ses amours par procuration. Tandis qu'une femme pas trop horrible à regarder est forcément une cruche inconséquente qui passe ses journées devant son miroir. Belle démonstration de sexisme ordinaire.

— Qui dit que vous n'êtes pas horrible à regarder ?

— Vous. Du moins, vos yeux.

Elle prend visiblement plaisir à notre jeu de chat et de souris. Sauf que je ne suis pas pressé de finir entre ses crocs. Elle poursuit, remarquant à peine le garçon de café qui dépose cérémonieusement la note devant elle.

— Depuis toujours, la lecture est ma bouffée d'oxygène. Je ne peux pas me mettre au lit sans avoir un livre à portée de main.

— Sympa pour votre mari. Si vous êtes mariée, bien sûr.

— C'est à prendre ou à laisser. Et pour répondre à votre question : non, je ne suis pas mariée, ni même fiancée ou en couple. Maintenant que votre curiosité est satisfaite, pouvons-nous en venir au fait ? Je suppose que si vous avez demandé à me voir, ce n'est pas seulement pour m'accabler de compliments.

— C'est exact. Je cherche à découvrir qui est Alexandre Mascaret. Ou qui se cache derrière ce pseudonyme.

— Je ne demande qu'à vous aider. Mais pour cela, il va falloir me donner un peu plus d'informations.

Sans entrer dans les détails, je lui raconte l'histoire de Vincent Caume et du manuscrit disparu. Elle m'écoute avec une grande attention, sollicitant de temps à autre des éclaircissements sur un point précis.

— Si je comprends bien, conclut-elle, après le suicide de cet éditeur on a perdu toute trace du *Manuscrit*. Et il n'a jamais été publié.

— Sinon on en aurait entendu parler, croyez-moi. C'est un roman exceptionnel.

Elle réfléchit quelques secondes. Derrière ses lunettes noires, je devine son regard fixé sur moi.

— Vous m'avez bien dit que Vincent Caume était marié ? Et qu'il avait une fille ?

— Oui. Sa femme s'appelait… Comment s'appelait-elle, déjà ? Liliane, je crois.

Elle fait jaillir son téléphone de la poche de son imper. Une brève recherche sur Internet, puis un appel.

— Allô, la Sécurité sociale ? Bonjour. Merci infiniment de prendre mon appel. Voilà, je vous contacte car ma mère, qui est très malade, est inquiète : elle a constaté une augmentation importante du montant de sa retraite et elle se demande si elle a le droit de l'encaisser dans sa totalité… Eh oui, s'il faut rembourser ensuite… Ce serait bête… Vous pourriez vérifier, s'il vous plaît ? Son numéro de Sécurité sociale… Ah zut, je l'ai oublié… Mais vous la retrouverez facilement, Liliane Caume… Paris, oui… Merci, c'est très gentil de votre part… Oui… Vous ne voyez rien d'anormal ? Le versement est de… Oui, c'est étrange… Je suppose qu'elle a mal lu son relevé de compte. Vous savez, les personnes âgées, ça ne maîtrise pas Internet. Vous pourriez lui envoyer une confirmation écrite, s'il vous plaît ? Oui, toujours la même adresse… Liliane Caume, 18 rue Caulaincourt, 75018 Paris, c'est bien cela. C'est très aimable à vous. Je vous remercie. Au revoir.

Elle remet son téléphone dans sa poche. Sourire éclatant. Je suis bluffé.

— Alors là, chapeau.

— Je vous avais dit que j'ai le sens du contact. J'obtiens toujours ce que je veux. On y va ?

— Où donc ?

— Rue Caulaincourt, bien sûr. Plus vite nous aurons rencontré Liliane Caume, plus vite nous saurons ce que sont devenues les affaires personnelles de son mari.

Elle se lève sans un regard pour l'addition et se dirige vers la bouche de métro. J'ai juste le temps de laisser un billet de vingt euros sur la table.

Le métro n'est pas ralenti par un malaise voyageur ou une tentative de suicide, mais le changement à Barbès-Rochechouart paraît durer des heures : il faut arpenter des couloirs interminables, monter des escaliers noirs de crasse, se faire bousculer par des masses de gens pressés, éviter les gobelets pleins de piécettes des clochards, se faire agresser par les hurlements des scooters et les concerts de klaxons qui encombrent le boulevard de la Chapelle. C'est vrai que je n'ai plus mis les pieds dans ce quartier depuis une éternité. Les trottoirs grouillent de monde, on vend de la main à la main des cartouches de cigarettes, des bijoux fantaisie sans valeur et d'autres produits beaucoup moins licites. Ce qui me sidère le plus, c'est le campement sauvage de migrants sous le viaduc. Des tentes et des abris de fortune qui s'alignent comme un immense serpent de détresse.

Clarisse me lance un sourire narquois.

— Voilà qui change des boutiques du boulevard Saint-Germain, n'est-ce pas ?

— J'avais vu des images à la télé, comme tout le monde. Je n'imaginais pas que c'était aussi… terrible.

— On ne parle pas de la misère dans les romans publiés par Galibier ?

— Les livres ne rendent jamais complètement compte de la tristesse de la réalité. Ou de sa puissance.

— Sauf dans le fameux *Manuscrit*, si je comprends bien ?

Je me tourne vers Clarisse. Je l'ai vraiment mal jugée. Cette jeune femme a la finesse d'une lame de rasoir. Raison de plus pour rester sur mes gardes.

Le métro arrive enfin. Sortie place de Clichy. Nous remontons l'avenue en direction de Montmartre. Une idée tourne dans ma tête.

— Vous m'avez dit que vous avez passé votre vie au milieu des livres. Vos parents aussi travaillent dans ce milieu ? Ils sont libraires ?

— Ma mère était journaliste littéraire. Elle recevait des services de presse tous les jours. Les bouquins s'empilaient partout dans l'appartement, j'avais l'embarras du choix.

— Elle était connue ?

— Pas vraiment. Elle travaillait comme pigiste pour différentes publications. En fonction du livre, elle proposait sa critique à l'un ou l'autre journal. Je vous parle d'un temps que nous n'avons connu ni l'un ni l'autre. L'époque où on s'empoignait pendant des heures sur le dernier essai de Soljenitsyne. Tout ça paraît bien lointain aujourd'hui.

— Elle écrit toujours des chroniques ?

Bref coup d'œil sur le cimetière Montmartre qui s'étend en contrebas. Elle ferme le col de son pardessus.

— Non. Elle a cessé ses activités il y a une quinzaine d'années.

— Dommage.

— Oui. Elle avait… Comment disait-elle déjà ? Elle avait perdu la foi. Elle ne croyait plus que les livres pouvaient changer la vie des hommes. Ou le cours de l'Histoire.

— Le cours de l'Histoire ? Rien que ça ! Elle avait de hautes ambitions.

— C'était quelqu'un d'assez idéaliste, c'est vrai.

— Vous en parlez au passé. Elle est décédée ?

— Non. Enfin, je ne crois pas. Nous nous sommes perdues de vue. Je n'ai plus de nouvelles. De toute façon, nous ne nous sommes jamais comprises. Je ne tiens pas grand-chose d'elle. Je veux dire : même physiquement.

— Et votre père ?

— Ah, nous sommes arrivés.

Elle indique un immeuble de briques de six étages tellement ordinaire qu'il résiste à toute tentative de description. La tête renversée en arrière, elle contemple la façade,.

— Plutôt triste comme lieu de résidence.

— Tout le monde n'a pas les moyens de se payer un duplex dans les beaux quartiers.

— C'est un simple constat, Monsieur Miller. Pas un jugement de valeur.

La porte d'entrée est commandée par un digicode. Il ne nous reste plus qu'à attendre que quelqu'un sorte de l'immeuble pour y pénétrer à notre tour. Visiblement Clarisse ne voit pas les choses sous cet angle. Elle se dirige droit vers le facteur qui sort justement du numéro 24.

— Bonjour, je peux vous demander un petit service ? Je viens rendre visite à ma tante, qui habite au 18, mais elle a oublié de me donner le nouveau code d'entrée et elle ne répond pas au téléphone. C'est une dame âgée, vous comprenez, elle est un peu dure d'oreille… C'est vraiment urgent, je lui amène un médicament pour son cœur. Vous pourriez avoir la gentillesse de m'ouvrir avec votre passe ?

Le préposé au courrier réagit comme n'importe quel homme confronté à Clarisse : il fait exactement ce qu'elle lui demande en regrettant de ne pouvoir en faire davantage. Après un merci, elle le congédie d'un sourire.

En cinq secondes nous repérons le nom sur le tableau de l'interphone.

— Liliane Caume. 4ème étage gauche.

Coup de sonnette. Silence. Puis une voix âgée, vaguement inquiète.

— Oui ?

— Bonjour, Madame Caume. Mon nom est Clarisse Méry. Je suis historienne et avec mon collègue Paul Miller, nous écrivons un livre sur les éditions Galibier. Si nos renseignements sont exacts, votre mari a travaillé pour cette maison et nous désirions vous rencontrer quelques minutes afin d'évoquer cette période avec vous.

Nouveau silence. La voix de nouveau, plus ferme.

— Je ne pense pas pouvoir vous aider.

— Vos souvenirs nous seront précieux, Madame Caume. Votre mari a été l'un des plus grands découvreurs de talents de Galibier et nous tenons absolument à lui rendre hommage. Nous n'abuserons pas de votre temps, je vous le promets.

Silence. Interminable. La voix revient, lasse.

— C'est au quatrième.

Un bourdonnement. La porte d'entrée est déverrouillée. Clarisse serre le poing en signe de triomphe. Elle se décide à ôter sa casquette dans l'ascenseur, libérant une toison de cheveux parfumés.

— Je finissais par me demander si votre tête tenait sans couvre-chef, dis-je en réprimant un sourire.

— Je choisis mes moments de coquetterie avec grand soin.

— Je ne dois pas faire partie des élus.

— Tout vient à point à qui sait attendre, Monsieur Miller.

Une vieille dame se tient sur le palier du quatrième. Cheveux blancs, pantalon gris, pull bordeaux terni par les lavages. Un visage émacié, d'une tristesse infinie. Clarisse simule la plus parfaite allégresse.

— Ravie de vous rencontrer, Madame Caume. Et merci infiniment pour votre accueil. Je vous présente Paul Miller, qui m'accompagne dans l'écriture de ce livre.

Liliane Caume me serre la main sans enthousiasme. Elle me décoche au passage un regard noir, perçant.

— Je suis étonnée par votre demande. Mon mari est décédé il y a plus de quarante ans.

— Croyez bien que nous sommes désolés de raviver des souvenirs douloureux, fait Clarisse faussement éplorée. Mais voilà, tous nos interlocuteurs chez Galibier nous l'ont dit et répété : Vincent Caume a laissé une empreinte indélébile dans cette maison. Plusieurs de ses publications ont marqué la littérature française.

— Ah bon ? Vous m'en voyez surprise.

— Vous conviendrez avec moi que c'est profondément injuste : on ne compte plus les biographies d'écrivains mais on ne parle quasiment jamais de leurs éditeurs. Alors que les auteurs, même les plus célèbres, ne seraient rien sans ceux qui les publient. Si quelqu'un n'avait pas parié sur leur talent, qui aurait entendu parler d'Ernest Hemingway, de John Le Carré ou de Marguerite Yourcenar ? C'est cette injustice que nous souhaitons réparer.

Clarisse a débité sa tirade avec une assurance inébranlable. La vieille dame abonde dans son sens : c'est vrai, les éditeurs sont les grands oubliés de l'histoire de la littérature. Elle pousse un long soupir de lassitude.

— Je ne sais pas si je pourrai vous aider, mais entrez deux minutes.

Clarisse se tourne vers moi et je devine un clin d'œil derrière ses lunettes noires.

J'ai à peine mis les pieds chez Liliane Caume que j'étouffe. Une plongée de quarante ans en arrière. Tout l'appartement est resté dans son jus. La tapisserie à fleurs. Le canapé en velours rouge. L'encyclopédie en vingt volumes dans la bibliothèque en acajou. Les affiches encadrées de Folon. Les couleurs ternies par le soleil. Le transistor posé sur une commode. Le lustre à pendeloques. Même le téléphone fixe et ses énormes touches carrées. Ce n'est pas un logement, c'est un mausolée.

— Asseyez-vous, dit Madame Caume, je vais préparer du

café.

Nous patientons en silence. Sur la table basse, une photo en noir et blanc. Un homme d'une trentaine d'années, plein de vie et d'espérances, tient une petite fille dans ses bras. Clarisse prend le cadre, inspecte la photo avec une grande attention. Le sourire de l'homme semble la fasciner.

— Bonjour, Monsieur Caume, murmure-t-elle.

Les premières gouttes de pluie s'écrasent contre les vitres. De la cuisine proviennent des entrechoquements de tasses, de soucoupes et de cuillers, ainsi que les grommellements d'une personne habituée à parler toute seule.

— Vous avez besoin d'aide ? demande Clarisse.

— Ne vous dérangez surtout pas, je me débrouille.

La vieille dame réapparaît avec un plateau en plastique et trois mugs à café frappés du poing et de la rose socialistes — décidément c'est un vrai voyage dans le temps. À en juger par leur aspect, les gâteaux posés dans une assiette creuse doivent être d'époque, eux aussi. Elle sert les cafés puis attend, les mains posées sur ses cuisses. Les rides de son visage témoignent des innombrables nuits blanches et des milliards de questions qui les ont accompagnées, chaque jour plus insolubles. Long silence, seulement troublé par le tintement d'une cuiller contre un mug. Clarisse est perdue dans ses pensées, elle aussi. Elle ne dit pas un mot. Qu'est-ce que je fabrique ici ? Le malaise est insupportable. Je dis la première chose qui me passe par l'esprit.

— En quelle année votre mari est-il entré chez Galibier ?

— En 1975. Je m'en souviens très bien, nous venions de nous marier.

— Avait-il travaillé pour d'autres maisons avant cela ?

— Il avait passé un an aux éditions de l'Intervalle, où il avait fait son stage de fin d'études. C'était une petite maison, pointue et exigeante dans ses publications. Il s'y plaisait beaucoup mais Galibier lui a fait une proposition qu'il ne pouvait pas refuser. Évidemment, il savait que les considérations commerciales comptaient autant que les critères littéraires dans le choix des textes, mais il a quand même tenté l'aventure. À sa propre surprise il s'est aperçu qu'il avait du flair pour repérer les livres qui allaient marcher. Vous avez lu *L'ange des bas-fonds* ?

— Euh, non.

— C'est un roman qui a eu beaucoup de succès. Et *Cinq heures de l'après-midi* ?

— Non plus.

— Vous devriez. Vincent était très fier de ces deux titres. Il n'en tirait aucune vanité, notez bien. C'était quelqu'un de fondamentalement modeste. Et tellement gentil… Il s'est vite intégré chez Galibier. Il était très apprécié de ses collègues. Jusqu'à ce que…

Silence. Il pleut maintenant à verse. Des gerbes de grêlons fouettent les vitres du salon.

— Que s'est-il passé ? demande Clarisse avec un étonnement presque sincère.

— Un mystérieux manuscrit lui est tombé entre les mains. Il l'avait trouvé formidable et insistait pour qu'on le publie. Certains de ses collègues s'y opposaient. Il en a fait une question de principe. Il savait qu'il ne pouvait pas imposer tout seul sa décision mais il s'est entêté.

— Curieux. Qu'avait-il de si particulier, ce livre ?

— Vincent me disait qu'il n'avait jamais lu quelque chose d'aussi bouleversant.

Presque malgré moi, mon cœur se met à battre plus fort. Les sensations reviennent. Ma voix tremble.

— Il vous l'a fait lire, ce livre ?

Elle a un pauvre sourire.

— Non. Il le gardait pour lui. C'était son obsession. Il ne

me parlait plus que de ça, de ce manuscrit et de ses difficultés à l'imposer à ses collègues. Il n'en dormait plus. Ce livre le rendait tellement malheureux qu'il ne savait même plus s'il devait le publier ou le détruire. Je suppose que c'est ce qu'il a fini par faire. En tout cas, on ne l'a pas retrouvé après sa mort.

— Il l'a peut-être caché quelque part ? tente Clarisse. Pourquoi pas ici, à son domicile ?

La vieille dame la toise avec froideur. Ses traits se creusent encore, comme si c'était possible.

— Vous croyez que je n'y ai pas pensé ? J'ai retourné cet appartement de fond en comble. Je n'ai rien trouvé. D'ailleurs, cela fait quarante ans que je retourne cette histoire en tous sens. Pourquoi a-t-il mis fin à ses jours ? Pourquoi ? J'ai beau savoir qu'il n'y a pas de réponse, l'idée de ne pas avoir pu l'aider me mine littéralement.

Par réflexe ses yeux se posent sur la photo en noir et blanc.

— Nous étions heureux, Vincent et moi. Nous devions passer notre vie ensemble avec notre fille. C'était ce que nous voulions tous les deux. Nous le désirions plus que tout au monde. Et ce maudit livre a tout fichu par terre. Ma vie s'est arrêtée le jour de sa mort. S'il n'y avait pas eu mon enfant… Ma fille aussi a beaucoup souffert de cette histoire. Aujourd'hui elle vit en Australie, comme si elle avait voulu laisser ce malheur très loin d'elle. Je n'ai presque pas de nouvelles… Cela fait donc quarante ans que je me contente de survivre. Alors dites-vous bien que s'il y a une personne qui veut remettre la main sur ce fichu manuscrit, c'est bien moi. Pour le brûler.

Mes mains tremblent, j'ai du mal à respirer.

— Il est impossible que ce bouquin se soit volatilisé. Il doit bien rester une trace quelque part.

— Ce qui est sûr, répond Liliane Caume, c'est que plus personne n'en a entendu parler chez Galibier.

— C'est vraiment scandaleux !

— Le suicide de Vincent était bien plus scandaleux à mes yeux.

— Bien sûr. Je voulais dire que… Ce livre devait être unique.

— Sûrement moins que Vincent.

Elle me dévisage avec attention. Elle est très pâle. On n'entend plus que la pluie qui martèle les vitres avec une rage insensée.

— Vous n'êtes pas historien. Non, je parie que vous êtes à la recherche de ce livre. Je suis même presque certaine que vous l'avez eu entre les mains.

— Qu'est-ce qui vous faire dire une chose par…

— Je reconnais cette expression sur votre visage. C'était celle de Vincent quand il en parlait. Une forme de… possession.

Elle ne me quitte pas des yeux. Sa voix se fait grave.

— Vous êtes en danger, Monsieur. Ce livre va contaminer votre âme. Si vous tenez à la vie, oubliez-le.

Elle se lève et nous montre la porte.

— Et maintenant, partez. Laissez-moi mourir en paix.

Nous attendons la fin de l'averse dans le hall de l'immeuble. Clarisse contemple le dallage du hall comme pour y lire un rébus caché. J'ai besoin de parler pour dissiper le malaise.

— J'ai l'impression qu'elle a perdu la tête, cette pauvre vieille. Cette histoire de manuscrit qui porte malheur, c'est vraiment…

— Je ne serais pas aussi catégorique à votre place.

— Ne me dites pas que vous y croyez ?

— Comme pour toutes les choses qui nous dépassent, il y a peut-être une part de vérité.

— Je ne vous imaginais pas aussi superstitieuse.

— Je ne le suis pas. J'essaie simplement d'envisager toutes les hypothèses.

— Et l'hypothèse d'un manuscrit maudit…

— Laissez-moi y réfléchir. Je vous rappelle.

La pluie a presque cessé. Elle ajuste sa casquette d'un geste précis, appuie sur le bouton d'ouverture de la porte et s'éloigne d'un bon pas.

Pendant que je regarde Clarisse se fondre dans les rues de Paris, une idée me traverse l'esprit, pas plus bête qu'une autre. Le problème, c'est que pour savoir si elle en vaut la peine, je dois affronter une épreuve terrifiante.

7

De l'art de survivre à un déjeuner de famille

Mon père et ma mère ont pris place aux deux extrémités de la table du salon. Je suis assis entre eux. Comme d'habitude, ils me posent des questions à tour de rôle en prenant soin de ne s'adresser ni la parole ni le regard.

— Ça se passe bien chez Galibier ?

— Très bien. Nous entrons dans la saison des prix littéraires.

— Vous avez vos chances ?

— Le livre de Cyril Jiniac marche très fort.

— Ce Jiniac, c'est un peu creux, non ?

— Il y a une certaine profondeur. Même si, je te l'accorde, le ton est parfois léger.

— Tu y crois, toi, à la crise de l'édition ?

— La crise de l'édition est aussi vieille que l'édition. Il y a de bonnes et de moins bonnes années, c'est tout.

— Tu devrais te reposer un peu, tu es tout pâle. Est-ce que tu manges bien au moins ?

— Ne t'inquiète pas, je fais très attention à moi. Mais la rentrée de septembre est la période la plus chargée en termes de boulot.

— Comment trouves-tu ce pomerol ?

— Délicieux.

— Tu as quelqu'un en ce moment ?

— Non, personne.

— Tu as raison, profite de ta liberté. Tu es jeune encore, non ?

— Il me semble qu'à 35 ans j'ai encore le temps de voir venir, en effet.

Voilà. Nous avons épuisé à peu près tous les sujets de conversation. Nous pouvons déguster le poulet Basquaise.

Mes parents ne se parlent plus depuis une dizaine d'années. Je n'avais même pas remarqué leur éloignement : dans ma famille, on communique peu, la pudeur a rang d'impératif moral. On ne vit pas ensemble, on s'informe de nos existences respectives. C'est ma petite amie de l'époque, Noémie ou Anita, je ne sais plus, qui avait mis le doigt dessus. J'avais profité d'un déjeuner familial pour la présenter à mes géniteurs. Il était peut-être question de fiançailles, là encore mes souvenirs sont un peu flous. Bref. Elle m'avait dit : « Ils sont gentils, tes parents. Mais ils vivent comme deux étrangers. Tu ne trouves pas ça bizarre ? » Non, je n'avais pas trouvé cela bizarre. Nous vivions ainsi depuis toujours — les membres de la famille Addams font figure de joyeux drilles en comparaison. J'avais fait plus attention lors des déjeuners suivants et j'avais remarqué qu'effectivement ils ne s'adressaient plus la parole.

J'avais mené ma petite enquête auprès d'Angela, leur femme de ménage depuis près de trente ans. Elle m'avait confirmé qu'ils menaient leur vie chacun de leur côté. Mon père rejoignait son étude notariale à neuf heures tapantes et travaillait toute la journée. Le soir, quand il n'avait pas de repas d'affaires, il rentrait à la maison et se faisait à manger. Ma mère avait déjà dîné de son côté. Depuis de nombreuses années leur vie commune respectait ce souci d'évitement. Cela s'était fait naturellement, sans qu'une décision ait été prise formellement. Quand mon père allumait la télévision pour suivre les infos, ma mère allait lire dans sa chambre — ils font évidemment chambre à part. Quand il triait ses dossiers dans son bureau, elle prenait place dans le salon pour regarder un film. Dès qu'il avait terminé son travail de classement, il regagnait sa propre chambre à coucher. Ma mère, elle, sortait souvent le soir, mais ne disait pas avec qui ni pour combien de temps. Ils avaient poussé tellement loin cet art de l'esquive qu'ils arrivaient à ne jamais se croiser devant les toilettes ou dans la salle de bains. C'est à croire qu'il leur avait fallu toutes ces années pour voir à quel point ils étaient dissemblables : mon père en costume cravate, rond de la tête à la bedaine, british jusqu'aux taches de rousseur et la bouche en cul-de-poule ; ma mère aux robes chatoyantes, fine et élancée comme une danseuse de flamenco, une expression grave et austère sur le visage. Que de leur union soit sorti un olibrius de mon gabarit confinait à l'énigme existentielle.

Pourquoi ne se séparaient-ils pas ? Leur appartement bourgeois du boulevard Malesherbes était bien trop grand pour eux deux. Je suppose que le dialogue nécessaire à une procédure de divorce était au-dessus de leurs forces. Ou que cet arrangement pragmatique leur convenait. Ils continuaient donc leur petite vie dans ces lieux qui avaient fini par ressembler à leur couple : dans le bureau de mon père, les codes de lois alignés de façon impeccable ; dans le salon, les romans de ma mère jetés pêle-mêle sur les étagères de la bibliothèque. La chambre paternelle, où rien ne dépasse ; celle de ma mère, un joyeux foutoir où pas un seul tiroir n'est fermé.

Les repas familiaux suivent un rituel bien établi : quand l'un me pose une question et écoute ma réponse, l'autre en profite pour avaler quelques bouchées de son assiette. Pendant une heure ou deux nous échangeons ainsi des banalités entrecoupées de longs silences, puis je prétexte un rendez-vous important et je prends congé avec la plus grande décontraction. Les apparences sont sauves, c'est l'essentiel. Cette fois, pourtant, j'attends que ma mère aille préparer le café à la cuisine pour interroger mon père.

— Est-ce que tu connais des agents littéraires ?

Comme toujours, il m'observe calmement, à croire qu'il se demande qui est cet individu occupé à lui poser des questions insolites. Et comme toujours, son premier réflexe est de prendre ses distances.

— C'est plutôt ton rayon si je ne m'abuse. Pourquoi ?

— Je suis à la recherche d'un auteur. Je pense qu'il écrit sous pseudonyme mais je n'en suis pas certain.

— Comment s'appelle-t-il ?

— Alexandre Mascaret. Ça te dit quelque chose ?

Il se gratte la tempe droite comme pour actionner un interrupteur invisible. Je sais déjà qu'il ne peut pas me renseigner : son cerveau est aussi bien rangé que ses codes de lois et s'il avait entendu parler d'un Mascaret, l'information aurait surgi en un dixième de seconde.

— Non, ça ne me dit rien. Et je doute qu'un agent littéraire puisse t'être d'une quelconque utilité : ils ne travaillent qu'avec des auteurs très connus. Pourquoi ne pas t'adresser au Centre National du Livre ? Ou à la Maison des auteurs ? Ils pourront peut-être te renseigner.

Mon père tout craché. Chaque question doit déboucher sur la réponse adéquate. Mais attention : pas de celles qui l'engagent. Il fournit l'information, ou plutôt il s'en débarrasse, et il ne vous reste plus qu'à vous démerder avec ça. Lui, il a fait son job de père, comme il me le disait quand j'étais plus jeune.

Je dois lui rendre cette justice : sans lui, je ne serais pas rentré chez Galibier. Après Sciences Po, j'avais décidé de sauver le monde et je m'étais engagé dans une ONG pour un programme d'alphabétisation en Amérique Latine. Ma relation avec Sandra — ou était-ce Cassandra ? — n'y était pas étrangère. Deux semaines plus tard j'étais rapatrié en urgence à Paris, malade comme un chien. Pendant que ma mère s'enquérait de mes chances de survie auprès des docteurs, mon père s'activait dans son coin. Il avait attendu que je sois complètement retapé pour m'interroger sur mes projets d'avenir. C'est lui qui m'avait suggéré l'édition. Hasard extraordinaire, l'un des clients de son étude n'était autre que le célèbre éditeur Antoine Merchant. En deux coups de fil, l'affaire était réglée : j'étais entré comme lecteur aux éditions Galibier. Ma carrière était lancée. Mon père, lui, avait pu refermer le dossier « Paul Miller, fils ». Il avait fait son job.

J'avais beau avoir 35 ans, j'arrivais encore à être affecté par cette distance qu'il imposait à son entourage. À croire qu'un notaire devait tout garder dans un coffre-fort, bien à l'abri, les papiers personnels de ses clients comme ses propres sentiments. Ce jour-là, et pour la trentième fois au moins, j'ai pris la ferme résolution de ne plus jamais être déçu par l'attitude de mon père. De quel droit pouvais-je le juger ? Chacun fait comme il peut dans la vie.

— Et toi, comment ça va ?

Il se gratte la tempe.

— Pas mal de travail. Des successions à régler.

— Comme d'habitude.

— Oh non, il y a vraiment beaucoup, beaucoup à faire en ce moment. On dirait que des dizaines de gens se sont donné le mot pour mourir en même temps. Intrigant.

Son visage en boule de billard trahit une réelle préoccupation. Il n'en dit pas plus, le silence gagne la partie comme à chaque fois. Par chance, ma mère arrive avec un plateau et deux tasses de café : une pour elle, une pour moi.

— Raconte-moi tes vacances. Où es-tu allé cet été ?

Mon père se lève et va se préparer un expresso à la cuisine.

— Je suis parti en Sardaigne avec une amie.

— C'est sérieux, cette fois ?

— Comme toujours.

Mon téléphone bipe. Un texto. La délivrance. Clarisse.

— *J'aimerais vous parler d'une idée. Rendez-vous cet après-midi.*

— *15 heures ?*

— *15 heures devant le 102 boulevard Haussmann.*

Plus qu'une demi-heure à tenir.

Je n'avais jamais remarqué jusque-là combien le monoxyde de carbone pouvait se charger d'une suavité quasi enivrante. Même toxique, il sera toujours préférable à cette sensation de néant qui étouffe toute forme de vie dans l'appartement de mes parents. Vous voulez vous entraîner à la plongée en apnée ? Allez passer deux heures avec eux, vous m'en direz des nouvelles.

La silhouette de Clarisse se détache de la masse des badauds. Elle porte ses lunettes de soleil et son inévitable casquette, mais elle a troqué le tee-shirt contre une chemise rouge jetée par-dessus un body noir. Avec l'imperméable qui souligne ses formes aux points stratégiques, l'effet est ravageur. Elle désigne une plaque commémorative sur la façade.

— Bonjour, Monsieur Miller. Je tenais à vous faire honneur. À moins que ça n'évoque encore de pénibles questions financières pour vous…

La plaque murale rappelle que Marcel Proust a écrit la plus grande partie de la *Recherche du temps perdu* dans cet immeuble qui abrite aujourd'hui une agence bancaire. Je ne sais pas si le sourire de Clarisse est juste amusé ou clairement ironique, mais je ne peux que lui donner raison : la juxtaposition de la plaque commémorative et de l'enseigne constitue un assez bon résumé des problèmes que rencontrent la plupart des éditeurs.

Sans même nous en rendre compte, nous remontons le boulevard en direction de la place de l'Étoile. Clarisse me parle avec enthousiasme, elle ne semble pas tenir en place.

— J'ai repensé à notre conversation au Deux Magots. Il y a un détail que nous n'avons pas envisagé.

— « Nous » ? Je suis surpris que vous preniez cette affaire tant à cœur.

— Que vous avez oublié d'envisager, si vous préférez.

— J'aime la précision dans les termes. Déformation professionnelle…

— Bref. Vous m'avez dit que le fichier était le scan d'un vieux manuscrit tapé à la machine.

— Exact.

— Ce qui veut dire que ce texte a été dactylographié. Par l'auteur lui-même…

— Ou par une dactylo professionnelle…

— Comme cela se faisait très souvent à l'époque. Or, j'ai fait mes recherches…

Clarisse me régale de son grand sourire gourmand, pas peu fière de sa trouvaille.

— Vous ne devinez pas ?

— Dites-moi, Clarisse… J'ai l'impression que l'histoire du *Manuscrit* mobilise tout votre temps. Vous bossez quand même un peu pour vous ?

— Je vous l'ai dit, j'ai une facilité naturelle à obtenir des informations. Et celle-là ne m'a coûté qu'une heure de travail sur Internet. Alors, vous voulez savoir ?

Je lui jette un coup d'œil en biais.

— Vous attendez certainement quelque chose de moi en échange mais je n'arrive pas à déterminer quoi.

— Détrompez-vous, c'est le côté défi qui me plaît. L'amour de la vérité. Mais si ce que j'ai découvert ne vous intéresse pas, je peux très bien disparaître dans la prochaine bouche de métro et vous n'entendrez plus parler de moi. C'est cela que vous voulez ?

Je n'arrive pas à déterminer le degré de sincérité de sa menace. Elle est proférée avec une telle assurance que je choisis de la croire.

— Je vous écoute.

— Hier donc, j'ai cherché des références sur Internet. Et figurez-vous que je suis tombée sur ceci.

De son geste de prestidigitatrice, elle fait surgir son téléphone et me montre une couverture de livre : *Les romancières de l'ombre*, d'un certain Jean-Luc Magloire, paru aux éditions de l'Équinoxe. Je hausse les sourcils.

— Jean-Luc Magloire… Inconnu au bataillon.

— Pas étonnant. Cet essai a été publié à compte d'auteur il y a plus de dix ans. Il est consacré aux dactylos spécialisées dans la littérature, et elles étaient assez nombreuses. C'est fou le nombre de gens qui voulaient déjà raconter leur histoire dans les années 70 et 80.

— Et avec le traitement de texte, ça ne s'est pas arrangé. Au contraire.

— Si on en croit la présentation du livre, ces professionnelles ont mis en page, corrigé et parfois réécrit des milliers de textes. D'où leur nom de Romancières de l'ombre. Joli titre, vous ne trouvez pas ?

— Pas mal. Je suppose que vous avez contacté les éditions de l'Équinoxe ?

— Ce serait difficile : cette maison a mis la clé sous la

porte il y a cinq ans. Le livre est devenu quasi introuvable.

— Même sur les sites de vente en ligne ?

— Vous pensez bien que j'ai fait le tour. Chou blanc.

Elle laisse passer quelques secondes, un léger sourire aux lèvres.

— Vous attendez que je vous demande la suite de l'histoire ou je me trompe ?

— Vous êtes fin psychologue, Paul. Effectivement, ce n'est pas terminé. J'ai retrouvé la trace de Jean-Luc Magloire. C'était très simple : il suffisait de consulter l'annuaire téléphonique.

Elle m'envoie un texto.

— Et voici ses coordonnées.

Je vérifie sur mon téléphone. Jean-Luc Magloire, 36 rue de la Mare, 75020 Paris. Tél : 01 45 23 59 67.

— Félicitations. Vous devriez être détective.

— J'y songe très sérieusement. À la vérité cette histoire commence à me divertir. Je me demande ce que ce Magloire va nous raconter.

— Ce qu'il va me raconter, à moi. Et dans l'hypothèse où je le contacte, bien entendu.

— Quoi ? C'est ainsi que vous me remerciez ?

— Je pense que votre métier d'attachée de presse doit être absorbant, non ? Par conséquent je vous épargne les démarches inutiles. Je suis prêt à parier que ce type n'a absolument rien à nous apprendre.

— Laissez-moi en juger par moi-même.

— Je vous tiendrai au courant, promis. Et si j'estime qu'il me fait perdre mon temps, vous aurez tout loisir d'aller papoter avec lui. Ça vous va comme deal ?

Elle se perd dans la contemplation d'une suite de paysages fabuleux promis par une agence de voyages.

— D'accord. J'accepte le deal. Pour cette fois du moins.

— Pourquoi pas ?

— Je ne vous cerne pas encore assez bien, Paul.

— Je suis quelqu'un qu'on gagne à connaître, vous savez.

— Nous verrons.

Elle fait signe à un taxi en maraude. Il faut croire que l'univers obéit au moindre de ses gestes : la voiture se coule aussitôt le long du trottoir et elle lance une adresse au chauffeur. Manque de bol, un flot de scooters passe à ce moment précis et couvre le son de sa voix. La portière claque, elle s'en va. Je reste là comme un idiot.

8

Les romancières de l'ombre

Suivant les conseils paternels, j'ai contacté le Centre National du Livre. Un responsable m'a expliqué avec une froideur toute bureaucratique que les renseignements entourant les auteurs étaient confidentiels et que toutes les décisions concernant les bourses ou les aides à la création se faisaient sous garantie d'anonymat. Circulez, il n'y a rien à apprendre. La Maison des auteurs a été plus chaleureuse mais aussi peu coopérative : ils n'étaient pas habilités à donner des informations concernant un écrivain. S'il était publié, il fallait contacter son éditeur. S'il ne l'était pas, mieux valait l'appeler directement. Pourquoi pas les réseaux sociaux ? Seul petit problème, ils n'existaient pas en 1980.

Les suggestions de mon père m'ayant conduit dans une impasse, il ne me restait plus qu'à affronter le dragon à mains nues.

Le comité de lecture traîne en longueur. Je ferraille avec Sylvain Grandpierre autour d'un bouquin qui m'a été confié et dont j'ai déjà oublié le titre. Je l'ai à peine survolé et je sais qu'il sera retoqué, mais je tiens à prouver mon engagement dans la politique éditoriale de Galibier. Fidèle à lui-même, Sylvain s'oppose à moi pour pousser ses propres projets. Les autres se taisent. Jeanine, qui comprend tout, hausse les sourcils puis lève les yeux au ciel. Son expression veut tout dire : « N'insiste pas, c'est un cuistre. » La question n'est pas là. Ce matin j'ai décidé d'aborder Antoine Merchant et je veux qu'il me remarque. Le comité de lecture achevé, je m'empresse de sortir de la salle de réunion et le rejoins devant l'ascenseur, comme par inadvertance.

— Dommage pour mon roman, dis-je avec dépit. C'est pourtant un bon livre.

Le directeur de Galibier hoche la tête, vaguement navré. Ses yeux d'un bleu polaire me figent sur place.

— Le destin d'un éditeur, c'est de dire 99 fois non pour une fois oui et sans la moindre certitude d'avoir fait le bon choix. Si l'auteur est persévérant, il parviendra à convaincre un de nos confrères.

Il appelle l'ascenseur — la conversation est terminée. Je m'éclaircis la gorge.

— À ce propos un de mes collègues des éditions de l'Essor m'a parlé d'un manuscrit qu'il a reçu par courrier. Il était vraiment enthousiaste, il était certain qu'il allait être pris mais il n'a pas réussi à obtenir l'accord de son comité de lecture. C'est peut-être un livre pour nous.

— Pourquoi pas ? Soumettez-le à un de nos lecteurs, qu'il nous fasse une fiche.

— Le problème, c'est que l'auteur est un parfait inconnu. Il s'appelle…

— Faites comme je vous dis : que le lecteur m'adresse une note de lecture et je verrai si cela vaut la peine d'aller plus loin. Si c'est le cas, je vous le confierai.

Les portes s'ouvrent dans un chuintement. Il entre dans la cabine sans un regard ni un au revoir. Toute son attitude proclame : pas de temps à perdre avec un lèche-botte.

Conclusion : il ne me reste plus qu'une seule piste.

La rue de la Mare dégringole le long des pentes de Ménilmontant. Avec ses deux haies d'immeubles trop rapprochées, le soleil arrive à peine à se faufiler. Il fait tellement froid que les terrasses de bistrots sont désertes. Devant la petite place d'où rayonnent d'autres rues, quelques clochards se racontent leur vie, principalement des histoires de déveine et, par conséquent, de beuverie. Des poubelles traînent ici et là. Les trottoirs luisent sous la pluie.

J'arrive au 36. Un immeuble ordinaire, quatre étages sans charme. Je sonne à l'interphone. Une voix impatiente crachote dans le haut-parleur.

— C'est au troisième. Je vous ouvre !

Pas d'ascenseur. Je dois grimper les escaliers. Je n'ai plus l'habitude, je suis déjà rincé au bout de deux étages. Les clopes.

J'avais appelé Jean-Luc Magloire plus tôt dans la journée et n'avais eu aucune peine à obtenir un rendez-vous. J'avais inventé pour lui une petite histoire à peine crédible, un bouquiniste qui m'avait parlé avec enthousiasme de son livre *Les romancières de l'ombre*, sujet qui m'avait tellement passionné que j'avais évoqué la possibilité d'une réédition chez Galibier. Mon coup de téléphone l'avait stupéfié au point de déboucher sur dix bonnes secondes de mutisme intégral. Puis il s'était déclaré prêt à passer me voir dans l'heure. « Ne vous dérangez pas, c'est moi qui viendrai » avais-je déclaré avec le minimum de passion que j'étais parvenu à puiser en moi — hors de question de voir débarquer chez Galibier un gratte-papier hirsute et dépenaillé. Si j'avais su pour les trois étages sans ascenseur, j'aurais peut-être agi autrement.

Un homme de taille moyenne m'attend sur le palier. La cinquantaine dégarnie, un peu de ventre et de fines lunettes d'intellectuel soulignant un regard très doux : tout en lui trahit le prof d'histoire-géo encroûté depuis vingt-cinq ans dans un lycée de banlieue.

Il me tend la main, visiblement aux anges.

— Bonjour Monsieur, ravi de vous rencontrer, je suis vraiment…

— Merci à vous de me recevoir si vite.

— Oh, pensez-vous, c'est moi qui… Les éditions Galibier sont tellement…

— Je vous en prie.

Il me fait entrer dans un salon d'une tristesse à hurler. Voilages grisâtres aux fenêtres, napperons sur la table, bibliothèque en kit croulant sous les volumes France-Loisirs, photo d'un couple âgé dans un cadre. Pas de doute, je me trouve dans l'appartement d'un célibataire endurci. Le temps se calcule ici en ères géologiques — plus rien ne bougera avant des millions d'années. Même le chat qui relève distraitement la tête de son coussin a jeté l'éponge.

— Vous voulez boire quelque chose ? fait Magloire d'une voix mielleuse. Un café, un…

— Non merci. Je n'ai pas beaucoup de temps, malheureusement.

Il me propose une chaise et prend place face à moi. Entre nous, posé en évidence au milieu de la table, un mince volume d'une centaine de pages. L'œuvre du maître. Nous la considérons avec un mélange de stupéfaction révérencieuse et de silence impressionné. Je ne dois quand même pas perdre de vue que Jean-Luc Magloire est écrivain. Il a sa fierté. En fait, il attend que je lui jette des graines pour commencer à faire la roue.

— Voici donc votre livre.

— Eh oui ! s'écrie-t-il d'un air ravi de propriétaire. *Les romancières de l'ombre*. Que pensez-vous du titre ?

— Remarquable.

Je le parcours d'un doigt expéditif. Publication à compte d'auteur, ça crève les yeux : mise en page approximative, aucun travail de correction, photos plus ou moins floues. J'essaie de prendre un air épaté. Magloire, lui, a le regard d'un enfant émerveillé par sa création.

— Fantastique, n'est-ce pas ? Ne vous fiez pas à son épaisseur : ce livre m'a demandé des années de recherche. Un vrai boulot d'enquêteur !

— Je n'en doute pas. Comment avez-vous obtenu vos sources ?

— Ah ah, très bonne question ! s'exclame-t-il en levant un index averti.

Pas d'erreur, il est bien prof. Il poursuit d'un air sagace, me dévoilant les coulisses poussiéreuses de sa création.

— Oui, comment retrouver la trace de toutes ces femmes qui ont exercé un métier aujourd'hui disparu ?

— Un sacré défi, j'imagine.

— Oh non, vous n'imaginez même pas ! Cela m'a pris un temps fou. J'ai dû remonter des pistes, croiser des informations, interviewer des dizaines d'auteurs. Peu à peu j'ai identifié une dactylographe, puis une autre, certaines m'ont donné des noms de consœurs qui…

— Quelle était la plus célèbre à votre avis ? Ou la plus demandée ?

Ma question le déconcerte. Il réfléchit longuement, un doigt sur les lèvres, sourcils froncés.

— La plus demandée ? Difficile à dire… Chacune avait sa spécialité. Pour certaines c'était les sciences sociales, pour d'autres l'histoire ou les récits de voyage. Il y en a même une, Ginette André, qui ne tapait que les thèses d'astrophysique. Un travail ultra spécialisé ! C'est qu'il fallait comprendre de quoi parlait l'auteur… Une sacrée personnalité aussi : elle avait accumulé tant de connaissances scientifiques qu'elle a fini par passer l'agrégation.

— Et en littérature ?

— En littérature… dit-il en se prenant le menton dans la main. Il y avait Isabelle Manteau… Chantal Camoyeu… Carmen de Mederos…

— Vous avez gardé leur contact ?

Il réfléchit de nouveau puis prend un petit air rusé.

— Je sais où je peux vous trouver ça !

Il se lève avec souplesse, ouvre la porte d'un secrétaire et en extrait une série de dossiers. La thèse de l'enseignant se confirme : tout est rangé avec un soin maniaque dans des classeurs. Noms, dates et thèmes… Il est bien décidé à me fournir les informations demandées. Le voilà qui brasse des centaines de feuillets en murmurant « Où ai-je bien pu le mettre… » Je commence à craindre de devoir passer la soirée là quand il brandit triomphalement un vieux carnet.

— Voilà ! C'est là-dedans que…

— Je peux vous l'emprunter ?

— Avec plaisir. Je vous préviens, certaines de ces dames ne sont pas commodes.

— J'ai l'habitude avec mes auteurs. Bien, je vais devoir vous laisser.

Il montre son livre.

— Vous ne le prenez pas ?

— Ah oui, bien sûr. Où avais-je la tête ?

— Et pour le contrat, comment fait-on ?

Il m'observe en souriant, des étoiles plein les yeux. Exactement ce que je redoutais, au mot près. Dans ces cas-là je mens avec un aplomb qui m'étonne moi-même.

— Je vais lire très vite votre ouvrage et je vous rappelle dans la foulée.

— Parfait. Je crois que j'ai un peu de disponibilité la semaine prochaine.

— Je bloque un créneau dans mon agenda. Je vous remercie pour votre accueil. À bientôt !

Je lui serre la main avec mon plus beau sourire faux cul et je me précipite sur le palier, d'où je lui fais au revoir de la main. Il met un temps fou à fermer sa porte. Je dévale les escaliers pour me retrouver dehors et je prends une grande goulée d'air frais. Je vais mourir d'asphyxie, c'est sûr. Je titube littéralement. Je pense presque malgré moi : vie de merde. Lui, le collectionneur de crottes de mouche. Et moi qui l'entretiens dans l'illusion qu'un public est prêt à payer pour ça…

Il me faut au moins cinq minutes pour m'apercevoir que je me suis trompé de chemin. Plutôt que de remonter la rue en direction du métro, je l'ai prise en sens inverse jusqu'à une impasse jonchée de gravats. Devant moi, une grille de chantier condamne l'accès à une passerelle piétonne. En contrebas, une voie ferrée désaffectée. Entre les talus parsemés de détritus, les rails mènent tout droit à un tunnel couvert de graffitis. Tout est périmé ici. Laissé à l'abandon.

Je réalise enfin ce que m'évoque Jean-Luc Magloire. Ce pauvre type, ce raté, ce sera moi dans une vingtaine d'années. Un looser tout juste bon à remplir ses soirées solitaires de rêves minuscules, d'enthousiasmes de fourmi, de passions vides de sens. Une petite vie posée au milieu d'un napperon.

Non. Impossible. Le *Manuscrit* ne me permettra pas de finir ainsi.

Jeanine fait les cent pas dans mon bureau.

— Tu te rends compte ? Il a six mois de retard dans la remise de son manuscrit, je l'invite à déjeuner pour comprendre ce qui cloche et pour l'encourager, et pendant tout le repas il ne m'a parlé que de son chien qui a mal aux dents. Et Rocky par-ci, et Rocky par-là… Ah, ces auteurs qui se comportent comme des enfants gâtés… Ils me cassent les genoux ! Si ça n'avait tenu qu'à moi, je… Tu m'écoutes ?

— Oui. C'est terrible. Pauvre bête.

— Pauvre de moi plutôt ! Ce n'est pas une éditrice qu'il faut à ce type-là, mais une baby-sitter ! Enfin… Sur quoi travailles-tu en ce moment ?

— Je relance les journalistes pour *Encombrement*.

— Ah oui, ton fameux Jiniac ! Drôle de coco, soit dit entre nous. Un peu trop porté sur la fête… Mais s'il nous ramène un prix, tout lui sera pardonné comme d'habitude. Bon, je te laisse travailler.

J'attends qu'elle s'éloigne dans le couloir et je ferme discrètement la porte. Je peux enfin m'y remettre. Je compose le 01 59 78 65 66.

— Allô ? Madame Chantal Camoyeu ? Paul Miller, des éditions Galibier. Bonjour. Je n'abuserai pas de votre temps. Merci. J'ai découvert récemment un livre intitulé *Les romancières de l'ombre*… Oui, il est sorti il y a dix ans. Vous l'ignoriez ? Eh bien, je vous l'apprends. Je désirais savoir si, au cours de votre activité de dactylo, vous aviez rencontré un écrivain du nom d'Alexandre Mascaret. Vers la fin des années 70… Oui, je sais, ça remonte à loin… Ça ne vous dit rien ? Vous êtes certaine ? Et un roman intitulé *Le Manuscrit* ? Non plus ? Bien. Désolé de vous avoir dérangée. Au revoir.

Je barre le nom de Chantal Camoyeu. Nouveau coup de téléphone. 01 98 74 22 31.

— Allô ? Madame de Mederos ? Ah, elle n'est plus à ce numéro…

Je passe deux journées entières à remonter des pistes. Isabelle Manteau est décédée. Catherine Depasse n'est pas en mesure de répondre à mes questions — Alzheimer, m'apprend son fils. Rachida Ferkaoui est retournée au Maroc. Non, pas de numéro où on puisse la joindre.

Patricia Gomez est l'une des dernières. Je lui débite mon boniment. *Romancières de l'ombre*, Alexandre Mascaret, *Le Manuscrit*... Après un temps d'hésitation, Patricia Gomez dit calmement :

— Ce titre me dit quelque chose.

Mon cœur fait un bond.

— Vous avez dactylographié ce livre ?

— Pas moi, non. Je pense à une collègue. Ilona Mavrescu.

Je vérifie sur ma liste : elle n'y figure pas.

— Vous pensez qu'elle a travaillé dessus ?

— J'en suis quasi certaine. Elle m'en avait parlé. Ça l'avait beaucoup marquée, je m'en souviens à présent.

— Vous pouvez me rappeler son nom de famille ?

— Mavrescu. C'était une des dactylos les plus sollicitées à l'époque. Elle était célèbre pour sa vitesse de frappe : entre nous on l'appelait la Mitraillette de Bucarest. Elle a beaucoup travaillé pour la diaspora roumaine : Cioran, Ionesco, Tanase... De façon générale, quand un auteur était pressé, c'était à elle qu'il s'adressait.

— Vous avez gardé contact avec elle ?

— Je l'ai perdue de vue il y a quelques années. Aux dernières nouvelles elle habitait à deux pas de la place Saint-Michel. Mais je préfère vous avertir, elle n'est pas facile d'accès.

— C'est-à-dire ?

— Elle est d'un naturel méfiant. Vous devriez la trouver dans l'annuaire mais ne vous étonnez pas si elle ne répond pas, elle filtre les appels. Et je doute qu'elle ait Internet. Bonne chance.

Au moins, j'avais un nom auquel me raccrocher.

Ilona Mavrecu ne pourrait jamais me donner d'informations au sujet du *Manuscrit* : elle était décédée quelques mois plus tôt. C'est un des habitants de son immeuble — 15 rue des Grands-Augustins, m'avait appris un vieux bottin de téléphone déniché dans un placard — qui me l'annonce avec une nuance de soulagement très perceptible dans la voix.

— Vous savez si elle avait de la famille ?

— Je crois qu'elle avait une fille. Ou une nièce, je ne sais pas trop. En toute franchise je m'en contrefous. L'essentiel, c'est qu'elle soit définitivement partie.

— Et ses affaires personnelles, elle…

Il referme sa porte. Visiblement Ilona Mavrescu n'a pas laissé que de bons souvenirs dans son entourage. Je sonne à toutes les portes. Chaque fois la même réponse : bon débarras.

Comme je n'ai pas trop de temps devant moi, je choisis la solution la plus simple : un coup de fil, un rendez-vous à la terrasse de la Palette, et Clarisse arrive dans l'heure, le sourire plus ironique que jamais.

— Vous me demandez de retrouver la trace de la fille d'Ilona Mavrescu ?

— Ou de sa nièce, ce n'est pas clair.

— Il suffit de regarder sur le Web. Des Mavrescu, il ne doit pas y en avoir des dizaines.

— Que croyez-vous que j'aie fait ? La seule que j'ai identifiée a onze ans et habite à Craiova.

Elle réfléchit trois secondes et décroche son téléphone. Sa mue est impressionnante : elle se redresse sur sa chaise, son visage se fige dans une expression très grave et sa voix, naturellement rauque, prend des intonations encore plus profondes.

— Allô ? La Caisse d'Allocations Familiales ? Bonjour. Maître Clarisse Méry, notaire à Paris. Je suis chargée de la succession de Madame Ilona Mavrescu, décédée au mois d'août. Son ayant droit a remarqué récemment que, selon toute vraisemblance, il y a eu un oubli dans le versement de l'allocation vieillesse de Madame Mavrescu. Il semblerait que le reliquat du mois d'août n'ait pas été versé. Vous pourriez vérifier, s'il vous plaît ? Merci.

Elle attend, sûre d'elle-même. La réponse tombe une minute plus tard.

— Oui ? Le dernier versement a bien été effectué. Vous êtes certaine ? D'accord. Vous avez même notifié par courrier à madame… oui, c'est bien elle… que le solde de l'allocation a été réglé le 15 septembre. Très bien, ce doit être une erreur de la banque. Oui, cela arrive quelquefois. Plus souvent qu'on ne le pense, c'est bien vrai. Je vous remercie. Au revoir.

Elle rengaine son téléphone.

— Et voilà !

— Vous avez le nom de sa fille ?

— Ou de sa nièce. Ce n'est pas très clair, comme vous le dites si bien.

— Et elle s'appelle ?

Sourire trente-six carats.

— Vous le saurez en temps utile, Paul. Car cette fois nous irons la voir ensemble, que cela vous plaise ou non.

— Je vois que la confiance règne.

Elle se lève promptement.

— En l'occurrence, j'ai un excellent professeur.

9

Perturbations

Les bras chargés de manuscrits hérissés de post-it, Jeanine m'observe fixement par-dessus ses lunettes en demi-lune. Son sourcil droit décrit un arc de cercle quasi parfait, signe d'une extrême perplexité.

— Quelque chose te tracasse, Paul ?

— Tout va bien.

Elle m'attend pendant que je rassemble mes notes pour le comité de lecture. L'opération me prend cinq secondes, cela se résume à deux feuillets aux trois quarts vides. Elle me barre le passage.

— Je m'inquiète un peu pour toi depuis quelque temps.

— Pourquoi ? Tout va bien.

— Tu n'es pas dans ton assiette. Quand on te parle, tu as toujours l'air ailleurs.

— Mais non…

Je lui expédie mon sourire le plus franc. Peine perdue, on ne berne pas Jeanine de Ribécourt avec des grimaces.

— Arrête de mentir. Chaque fois que je passe devant ton bureau, tu regardes dans le vague. Ou tu consultes ton téléphone. Tu ne lis même pas les manuscrits qui te sont soumis, à croire que ce boulot ne t'intéresse plus. Et je ne parle même pas du reste…

— Quel reste ?

— Tu n'es pas au courant ?

— De quoi ?

Je veux me remettre en marche mais Jeanine me pose la main sur l'avant-bras, m'obligeant à la regarder droit dans les yeux.

— C'est le *Manuscrit* ? Dis-moi la vérité.

— Ça te va bien de parler de vérité !

— Je t'ai prévenu, Paul. Ne cherche pas à en savoir plus sur ce fichu bouquin. Il porte malheur.

Je souris d'un air rassurant.

— Ne t'inquiète pas, Jeanine, je sais ce que je fais.

— Le dernier qui m'a dit ça, c'est Romain Gary. Je l'avais croisé chez Lipp, où il déjeunait chaque jour. Le lendemain il se tirait une balle dans la tête.

Sa main me broie littéralement le poignet. Ses yeux lancent des éclairs, sa voix crisse comme un serpent à sonnettes.

— Ne sous-estime pas la puissance de la littérature, Paul. Certains livres portent en eux un tel drame qu'ils finissent par nous dévorer. Nous ne sommes rien à côté d'eux. Juste les jouets du destin.

— Jolies formules, mais un peu ampoulées à mon goût. Tu lis trop de livres, Jeanine.

— En tout cas, il y en a un que je ne lirai jamais.

Je me dégage et me dirige rapidement vers la salle de réunion. Mon cœur bat à toute blinde, j'ai juste envie d'étrangler cette vieille toupie. Nous sommes les derniers arrivés. Nous prenons place l'un à côté de l'autre sous les regards gênés des autres participants. Antoine Merchant a sa tête des mauvais jours. Il y a de l'orage dans l'air. C'est Kléber Savin qui ouvre les hostilités. Il rajuste ses lunettes sur son nez, l'air sévère.

— Nous attendons vos explications, Paul.

L'assistance hoche la tête avec accablement.

— Je suppose que vous avez appris la dernière de Cyril Jiniac ?

À l'évidence je suis le seul à ne pas être au courant.

— Euh, à vrai dire…

— Jiniac était sur France Inter ce matin, continue Savin. Il avait une interview à une heure de grande écoute. Marion Lespinasse, son attachée de presse, a mis des semaines à la décrocher. Une occasion unique de faire parler d'*Encombrement.*

— J'en suis ravi.

— Le problème, c'est que son état d'ébriété se voyait comme le nez au milieu du visage. Visage qu'il avait rougeaud et fatigué, sans parler de son élocution hésitante. Il a peut-être oublié qu'aujourd'hui tout est filmé, même à la radio. La vidéo fait un triomphe sur les réseaux sociaux.

Un long soupir accompagne cette revue de détail. Curieusement je n'arrive pas à mesurer les implications de cet événement. Antoine Merchant tourne vers moi des yeux assassins. Il s'éclaircit la gorge, signe qu'il va prendre la parole. Chacun observe la pointe de ses chaussures, je vois même les mains de Colette Jamet trembler sur son carnet. La voix du directeur de Galibier fait penser au grondement du tonnerre.

— Nous n'avons vraiment pas besoin de ce genre de publicité. Dois-je vous rappeler qu'*Encombrement* figure sur les listes du Goncourt, du Renaudot et du Femina ? Il n'a peut-être pas perdu toutes ses chances, mais le moins qu'on puisse dire est que l'effet produit est déplorable.

— J'admets que…

— Vous êtes son éditeur. Il est urgent de le recadrer. Un auteur de sa réputation ne peut se permettre des comportements aussi erratiques.

On entendrait une mouche voler. Étrangement je n'arrive pas à prendre les choses au tragique.

— Cela peut aussi le rendre sympathique, comme Bukowski quand il est arrivé complètement bourré sur le plateau d'*Apostrophes*. L'émission est devenue culte. Et il n'a jamais autant vendu qu'à l'époque.

La main d'Antoine Merchant s'abat sur son bureau. Même Jeanine semble figée de stupeur.

— Vous êtes inconscient ? Les temps ont changé. De nos jours l'image d'un auteur est déterminante. Que Jiniac se soûle comme une brute chez lui, cela m'importe peu. Mais dans son travail de représentation, il se doit d'être irréprochable. Qu'il fasse amende honorable sinon il ira se faire publier ailleurs. Et après une telle performance, je lui souhaite bon courage pour trouver un éditeur.

Autour de moi, je ne vois que des regards hostiles et des petits sourires entendus. Ce lèche-cul de Sylvain Grandpierre observe le plafond d'un air outragé. Je réussis juste à bafouiller :

— Je l'appelle dès que nous en aurons terminé ici.

— J'y compte bien, tranche Merchant. Si l'incident devait se reproduire, nous en tirerions les conséquences. Pour lui comme pour vous, d'ailleurs. Je ne doute pas qu'à l'avenir vous allez témoigner un peu plus d'implication dans votre travail.

Silence de mort. On pourrait entendre les os de Colette Jamet s'entrechoquer de terreur. Kléber Savin embraie de sa voix chaude et réconfortante.

— Bien. Parenthèse refermée. Nous pouvons commencer.

Ce jour-là tous les manuscrits proposés se font hacher menu.

La voix de Cyril est assurée.

— Sincèrement, je ne vois pas pourquoi vous en faites toute une histoire…

— Tu n'as pas l'air de te rendre compte de la situation.

— L'interview s'est bien passée. La journaliste a même beaucoup rigolé.

— Et pour cause…

— Et puis merde ! Ça ne t'arrive pas, à toi, d'avoir un coup de fatigue ?

— Un coup de fatigue au boulot, souvent. Un coup dans le nez, jamais.

Il se met à pousser des gémissements de garnement pris en faute.

— Bon sang… La promo, ce n'est pas du travail.

— Pour un auteur professionnel, si.

— Tu comprends, il y avait cette fille… Tu te souviens d'elle, non ? La fête chez moi, l'autre jour. Eugénie. Elle a beaucoup aimé mon bouquin. Elle voulait me remercier.

— Je vois ça d'ici. Picole et baise. Et trois rails de coke pour tenir toute la nuit.

— À un rail près, tu as tout bon. Écoute, je suis quand même sympa, j'aurais pu prétexter une grippe et reporter l'interview à un autre jour.

— La remise des prix est dans un mois, on n'a plus le temps pour les caprices.

— Tu peux rassurer Kléber et Merchant, ça ne se reproduira plus.

— C'est certain. Pour preuve, tu vas laisser un petit message sur tous les réseaux sociaux. Tu es désolé, tu t'excuses si ton attitude a choqué certaines personnes et tu promets que ça ne se reproduira plus.

— Tu ne peux pas me demander ça !

— Je ne te le demande pas : je l'exige. Et je te souhaite

de rafler au minimum le Renaudot, sinon c'est la porte.

Cyril renifle d'exaspération. Son arrogance revient au triple galop.

— Je te signale que Galibier n'est pas la seule maison d'édition sur la planète.

— Peut-être, mais je suis le seul éditeur au monde qui arrive à te supporter. Avec la réputation que te fera Merchant, on te laissera juste publier des notices nécrologiques dans un journal de province. Et encore, si j'intercède en ta faveur.

— Je te revaudrai ça. D'ailleurs, il faudrait qu'on parle d'un truc…

Je reçois un double appel. Clarisse.

— Oui, Clarisse ?

— J'ai localisé notre cible.

— Génial ! J'ai enfin le droit de savoir de qui il s'agit ?

— Vous l'apprendrez dans une heure. Je vous attendrai sur le parvis de la tour Montparnasse.

— Dans une heure ? Mais j'ai du travail.

— Dans ce cas, j'irai seule.

— Okay, à dans une heure.

Elle raccroche.

— Cyril ? Tu voulais me parler de quelque chose ?

Un silence.

— Non, laisse tomber.

— Bon. Je compte sur toi pour rester sobre devant les journalistes. Et même devant tes parents, ta petite sœur et tes copines. Tu ne bois plus une goutte.

— Très bien. On s'appelle s'il y a du nouveau.

— Salut.

Il est 16 heures 15. J'ai du boulot par-dessus la tête. Absolument pas le temps de m'absenter.

Et puis merde.

À quoi reconnaît-on la beauté ? À un détail singulier qui vient souligner l'harmonie de l'ensemble. Un simple détail qui varie d'une fois à l'autre sans nuire au sentiment d'accomplissement que suscite l'œuvre — ou la personne. C'est en l'apercevant au milieu des passants que j'ai compris à quel point Clarisse colle à cette définition. Bien sûr, casquette et lunettes sont là, à leur place. Sauf qu'elle porte cette fois une robe à fleurs, en total décalage avec la saison. Plutôt sage, la robe. Pas de décolleté, l'ourlet en dessous du genou. N'empêche, on ne voit qu'elle sur l'esplanade bondée. Il va sans dire qu'elle en est parfaitement consciente. Tout comme elle a conscience de l'attirance qu'elle provoque chez ceux qui la regardent. J'éprouve comme un élancement du côté du cœur quand elle me fait signe : je suis bel et bien ferré. Ce dont elle se rend compte. Et l'amuse, visiblement.

— J'espère que je ne vous dérange pas ?

— Et si c'était le cas ?

— J'en serais navrée, soyez-en sûr.

— J'adore votre façon de sortir des phrases toutes faites de votre chapeau. Ou de votre casquette.

— Je suis sincère, dit-elle avec son sourire le plus convaincant. Cela dit, vous aurez compris que quand j'ai un objectif en tête, rien ni personne ne peut m'en détourner. Pas même quelqu'un d'aussi intéressant que vous.

Nous nous perdons dans Saint-Germain-des-Prés. J'ai beau arpenter ce quartier depuis des années, il me surprend toujours par le charme apaisé qui se dégage de ses ruelles et de ses boutiques. Tout baigne dans un silence ouaté, tranquille. On se croirait en dehors du temps. Un doux soleil d'automne éclaire le ciel parsemé de quelques nuages, comme dans ces tableaux impressionnistes qui vous consolent de n'être qu'un passant ordinaire, et non un génie penché sur son chevalet. Clarisse, elle, occupe tout naturellement sa place dans le décor. Elle a l'élégance de ces fines gouttes de peinture tombées du ciel.

— Puis-je vous poser une question, Clarisse ?

— C'est ce que vous êtes en train de faire, il me semble.

— Vous m'avez parlé de votre mère l'autre jour. Et votre père ?

Elle hausse les épaules et se concentre sur les vitrines.

— Je ne l'ai pas connu.

— Vous n'avez jamais cherché à savoir qui il était ?

— J'ai demandé à ma mère. Elle n'a rien voulu me dire. Peut-être l'ignore-t-elle elle-même. C'était une femme très courtisée, vous savez. Elle menait une vie mondaine assez frénétique. Même quand j'étais petite, je ne compte plus le nombre de soirées que j'ai passées seule dans notre appartement. Je lisais jusqu'au milieu de la nuit et je l'entendais rentrer sur la pointe des pieds… Parfois accompagnée. J'ai vite compris que la question de mon géniteur était un sujet tabou. Alors je me suis trouvé des pères de substitution. García Márquez, Calvino, Rushdie… Au moins les écrivains ne mentent pas.

— Ça dépend lesquels.

— En tout cas, ils ne font pas semblant de vous dire la vérité. Ils racontent une histoire, c'est à prendre ou à laisser. Voilà une belle définition de l'amour, vous ne croyez pas ? Je parle de l'amour véritable, bien entendu…

Pas faux. J'avais eu mon lot de relations qui n'étaient que des fictions. Agréables, certes. Et qui laissaient parfois un bon souvenir, comme un livre qu'on a apprécié. Mais elles ne reposaient sur rien de tangible.

— Vous n'avez aimé que des écrivains de papier ?

Son sourire se fait plus timide.

— Vous devenez indiscret.

Un silence, rythmé par le bruit de nos pas.

— J'ai aimé un homme, reprend-elle à voix basse. Totalement, éperdument. Follement. Il aspirait à devenir écrivain. Il avait un talent inouï mais il abandonnait toujours ses textes en cours de route. Il disait que ce n'était pas assez bon. Qu'il pouvait faire mieux, beaucoup mieux. Que s'il le voulait, il écrirait un très grand roman.

— Le problème, c'est que la volonté représente 99 % de l'écriture d'un livre.

— Cela, il ne voulait pas l'entendre. Quand on a un talent naturel, il est difficile de se remettre en question. Puis l'alcool a joué un rôle de plus en plus important dans sa vie…

— La maladie professionnelle de l'écrivain.

— Eh oui… Quand on est perpétuellement seul face à soi -même, seul face à ses doutes et ses obsessions, seul face à sa création, on cherche le soulagement comme on peut… Je l'ai soutenu de toutes mes forces. J'ai fait tout ce qu'il est possible de faire quand on est amoureuse. Quand j'ai compris que rien ne pourrait le détourner de son sentiment d'échec, j'ai dû me résoudre à le quitter. C'était ça ou y laisser ma peau. Un vrai crève-cœur. C'est dur de voir quelqu'un que vous aimez se tuer à petit feu. Mais quand l'autre se laisse couler à pic…

Elle baisse la tête, le regard dissimulé derrière ses verres opaques. C'est à ce moment-là que j'ai réalisé le poids de secrets que dissimulaient ses sourires éblouissants. Nous continuons notre promenade en silence, accompagnés de nos fantômes respectifs. Elle me sort soudain de ma rêverie.

— Nous y sommes.

Elle désigne un magasin, ou plutôt un pan de passé fossilisé dans une façade d'immeuble. Une vitrine grise de crasse. Une enseigne dont le graphisme vaguement italique évoque les années 60. À l'intérieur, des étagères de métal noyées sous des entassements de bouquins. Même les livres exposés en devanture semblent avoir été oubliés là des décennies plus tôt.

— Vous êtes sûre que c'est ici ?

— Tout à fait sûre.

Elle pousse la porte. Personne.

— Bonjour, fait Clarisse à tout hasard.

Pour toute réponse, le tic-tac d'une horloge murale Lip. Elle indique l'heure juste, seul indice que selon toute vraisemblance le lieu est encore habité. Je mets mes mains en porte-voix.

— Il y a quelqu'un ?

Une porte s'ouvre et une dame d'une quarantaine d'années apparaît. Plutôt petite, boulotte, visage rieur, cheveux coupés court, d'un châtain clair où le gris gagne du terrain. Elle est vêtue d'un sweat-shirt noir et d'un jean tendu à craquer. Une pointe d'accent slave se faufile dans sa voix chantante.

— Bonjour. Que puis-je pour vous ?

— Nous souhaitons vous parler d'un livre.

— Justement, moi aussi.

Elle plonge la main dans le fatras qui lui fait office de bureau et, comme par magie, en extrait un petit volume relié de cuir. La première chose qui saute aux yeux, ce sont les inscriptions en lettres dorées sur la couverture.

— J'ai ici un exemplaire original de contes de Théophile Gautier. Une édition de 1862. Rarissime. Un chef-d'œuvre visuel… Regardez-moi ces gravures. Splendide, n'est-ce pas ? 420 euros. Un prix très raisonnable.

— Ce n'est pas de ce genre de livre que…

Elle enchaîne aussitôt en nous mettant sous le nez un opuscule aux angles écornés.

— Sinon, j'ai touché hier ce *Dialogue* de Stéphane Mallarmé et Francis Jammes. Publié aux Pays-Bas en 1943 à 230 exemplaires. Jamais réédité. Autant dire qu'il doit en rester trois dans le monde, et encore je compte large. 700 euros, c'est donné. Dans cinq ans vous pourrez le revendre deux fois ce prix.

— Vous êtes bien Madame Flora Legendre ? demande Clarisse.

— Oui, répond la femme brusquement sur ses gardes. Qui la demande ?

— Mon nom ne vous dira rien. Nous aimerions vous parler de votre mère, Ilona Mavrescu.

Le sourire fond dans le visage de la libraire, sa bouche se résume maintenant à un trait. Ses yeux nous dissèquent sans pitié.

— Vous travaillez pour qui ? KGB ? Securitate ? DCRI ?

Clarisse se tourne vers moi, interloquée. Je crois bon d'intervenir.

— Vous faites erreur. Nous ne travaillons pas pour une agence de renseignements. Mademoiselle Méry est attachée de presse. Je suis éditeur.

Je lui tends ma carte de visite en gage de bonne foi. La femme la saisit du bout des doigts et y jette un regard suspicieux.

— « Paul Miller, éditions Galibier ». Félicitations, votre légende est au point. Manque de chance, ça ne marche pas avec moi.

— Je vous jure que…

— Gardez vos jurons pour vous. Je vais vous demander de partir.

— Mais…

— Dehors !

Clarisse joint les mains dans un geste de prière —

comme moi, elle vient d'apercevoir la petite icône qui pendouille au mur.

— Pour l'amour de Dieu, dit-elle les larmes aux yeux. Je vous en prie.

La libraire se radoucit instantanément.

— Il ne faut pas vous mettre dans des états pareils, ma petite dame.

Elle nous examine des pieds à la tête comme pour évaluer notre potentiel de dangerosité.

— L'expérience m'a appris à être vigilante. Vous avez vu le restaurant en face ?

Elle montre l'autre côté de la rue.

— C'est un banal restaurant, me direz-vous. Tout le monde croit que c'est un restaurant. En réalité c'est une couverture. Ils se sont installés là pour mieux me surveiller. Ils m'ont à l'œil vingt-quatre heures sur vingt-quatre. Et là, juste à côté ? Le pressing ?

À travers la vitrine crasseuse, nous distinguons une boutique désaffectée et une affiche « À louer » apposée sur le rideau de fer.

— Vous pensez vraiment qu'il est à louer, ce pas de porte ? Cela fait des années que rien ne bouge. Encore eux. Une de leurs manœuvres les plus vicieuses. Ils ne prennent même plus la peine de se cacher. Ils vous font passer le message : on est là, on a tout notre temps, on vous coincera quand on voudra.

— Ils ?

Elle m'observe avec apitoiement, comme si elle s'adressait à un enfant en culottes courtes.

— Ceux qui nous gouvernent, bien sûr. Ceux qui nous manipulent comme des marionnettes. Ceux qui vous font miroiter l'idée, cher Monsieur, que vous êtes libre de publier ce que bon vous semble chez Galibier, puisque telle est soi-disant votre fonction. Ne me dites pas que vous le croyez ?

— Je le pense.

— Votre naïveté me touche. Dans ce cas, j'ai une révélation à vous faire : la vie n'est pas un champ de fleurs. Bien évidemment, vous pouvez continuer à publier des ouvrages qui ne dérangent personne. Pas de problème. Des petites histoires d'amour, des récits de dépression nerveuse, des souvenirs d'enfance… Autant que vous voudrez ! Mais de vrais livres ? Ceux qui mettent le doigt sur les questions qui dérangent ? Jamais !

Elle évalue le choc que causent ses révélations sur mon psychisme. Je ne dois pas avoir l'air suffisamment touché car elle reprend un ton plus haut.

— Vous croyez qu'on a pardonné à ma mère d'avoir travaillé sur le charnier de Timisoara ? Sur l'empoisonnement de Litvinenko ? Sur le silence du gouvernement français dans la politique d'épuration ethnique en Serbie ? Ces gens-là ne passent pas l'éponge ! Ils ont la mémoire longue. Ils ne lâchent rien.

Puis elle lève la tête pour hurler à l'intention de micros invisibles.

— Mais qu'ils sachent une chose, ces vampires : je les tiens dans mon viseur, moi aussi. Et je ne renoncerai jamais !

Clarisse prend une voix d'une douceur de professeur de yoga.

— Nous sommes tout à fait d'accord avec vous. Nous partageons totalement votre indignation. C'est même la raison de notre présence dans votre librairie. Nous venons vous voir à propos d'un livre sur lequel a travaillé votre mère.

La femme observe un temps de réflexion. Elle s'assied sur sa chaise, croise les bras sous sa volumineuse poitrine et nous jette un regard digne d'un rayon laser.

— Qui vous a dit que ma mère s'intéressait à la littérature ?

— C'était une dactylo célèbre dans les années 1970, dis-je. L'une des plus recherchées. Elle était spécialisée dans les œuvres littéraires. Elle a beaucoup travaillé avec des auteurs d'origine roumaine.

— Et pourquoi vous intéressez-vous à son travail ?

— Parce que les éditions Galibier envisagent de publier un roman qu'elle a dactylographié aux alentours de 1980, si nos renseignements sont exacts. Le titre est *Le Manuscrit*, d'Alexandre Mascaret.

— Si vous connaissez le titre de l'œuvre et l'auteur, pourquoi ne le publiez-vous pas ?

Me voilà obligé de répéter mon histoire, le fichier d'un manuscrit dactylographié copié sur une clé USB, la découverte d'un roman extraordinaire, l'intervention de Jeanine de Ribécourt, la genèse de cette œuvre maudite, le suicide de Vincent Caume, le livre volatilisé, notre quête de l'auteur dont nous ne connaissons que le pseudonyme, l'espoir qu'Ilona Mavrescu ait conservé une copie…

La libraire me gratifie d'un sourire gorgé d'ironie.

— Eh bien… Vous devez être un bien mauvais éditeur pour égarer un tel chef-d'œuvre.

— Un concours de circonstances…

— Ah ! Elles ont bon dos, les circonstances ! Moi-même, je suis entourée de circonstances ! Le pseudo-restaurant… Le prétendu pressing à louer… Que des circonstances !

— Je conçois que notre demande puisse vous paraître étrange, intervient Clarisse, mais nous avons vraiment besoin de votre aide.

— Tout le monde a besoin d'aide, ricane Flora Legendre. Moi en premier. Quand ma mère est décédée, vous ne croyez pas que j'aurais eu besoin d'aide pour vider son appartement ? Je ne peux plus compter sur mon bon à rien de mari, il est parti il y a cinq ans avec une petite jeune. Sur les voisins non plus, ils ne supportaient pas ma mère, ils ont même organisé une fête dans l'immeuble en apprenant son décès. Ni sur son propriétaire : quand je suis arrivée, la plus grosse partie de ses archives avait été jetée dans une benne à ordures.

— Il y avait des copies de manuscrits dans le tas ?

— Certainement. Mais un orage terrible est tombé cette nuit-là. J'ai dû tout laisser en plan. Le lendemain j'ai juste récupéré un ou deux cartons. Le reste était foutu.

— Peut-être que la copie du *Manuscrit* se trouve dans ces cartons ?

La libraire prend un air faussement distrait.

— Peut-être.

— Vous pourriez y jeter un coup d'œil ? Sans vous, nous n'avons aucune chance de faire connaître cet ouvrage.

Elle se lève d'un bond et montre les amas de livres jetés en vrac sur les rayons.

— Et eux, vous ne croyez pas qu'ils méritent de rencontrer les lecteurs ? Vous pensez que ce magasin sert uniquement à entasser de vieux papiers ?

— Bien sûr que non, mais…

— Dans chaque volume, il y a un peu de l'âme de son créateur. Parce que, au cas où vous ne l'auriez pas remarqué, jeune homme, je ne m'intéresse qu'aux livres qui ont été publiés, moi. Pas aux manuscrits disparus ou égarés je ne sais où. Quand quelqu'un pénètre dans ce magasin, c'est pour se procurer du Claudel, du Hugo ou du Prévert, pas pour me demander de mes nouvelles. Et c'est très bien ainsi. Alors, soit vous m'achetez un des livres que vous apercevez autour de vous, soit vous quittez cette librairie immédiatement. Suis-je bien claire ?

Clarisse marche, pensive, les bras serrés contre elle.

— Pauvre femme.

— Pauvre folle, plutôt.

— Je n'en suis pas si sûre.

— C'est le drame des gens qui passent leur vie au milieu des bouquins. Ils finissent par perdre contact avec la réalité.

— Je la trouve assez sincère.

— Sincèrement dingue, oui. Et en plus elle m'a fait perdre mon temps. Cette fois, je sais que le *Manuscrit* est perdu.

Clarisse agite la main, manière de dire « Pas si évident que ça ». Nos bras se frôlent. Elle ne fait pas mine de s'éloigner. La tension est là, obsédante. Le désir. Elle me chauffe depuis des semaines et je meurs d'envie de la serrer contre moi. Elle doit le sentir, elle aussi. Elle en joue. Elle me regarde puis se détourne dès que je l'observe à mon tour. Il est presque 19 heures. L'ombre gagne les rues. Elle serre les bras un peu plus fort contre elle, comme pour se protéger du froid. Un geste qui surélève fort opportunément sa poitrine. Elle fait comme si je n'avais rien remarqué. Tous les signaux sont au vert. Si je ne me décide pas maintenant, c'est mort.

— Si nous allions dîner quelque part ?

Et là, rideau. Elle ralentit le pas, les yeux rivés au trottoir. Elle prend tout son temps pour répondre. Ce n'est pas qu'elle réfléchit : elle est totalement prise au dépourvu. Elle grimace un sourire gêné.

— Je ne crois pas que ce soit une bonne idée.

— Pourquoi pas ?

— J'ai… J'ai déjà quelque chose de prévu.

— Dommage.

— D'ailleurs, je suis en retard.

— Une prochaine fois ?

— Peut-être.

Elle m'adresse un bref signe de la main et s'éloigne d'un pas rapide en direction du métro.

Puisqu'il faut toujours être précis dans les termes : je viens de me prendre un râteau en bonne et due forme.

10

Rumeurs assourdissantes

La matinée s'annonce merdique.

D'abord je découvre une inconnue dans le bureau d'Héloïse.

— Qui êtes-vous ?

C'est une jeune femme d'une trentaine d'années. Maigre, sèche, un visage quelconque et une peau tellement blanche qu'elle laisse entrevoir le réseau des veines.

— Bonjour, Monsieur. Je suis Sophie. Votre nouvelle assistante.

— Où est Héloïse ?

— Elle est en congé maladie, Monsieur. On a dû vous avertir.

— Pas du tout.

— Eh bien, je la remplace.

Je me dirige vers mon bureau, furieux — on ne m'avertit jamais de rien dans cette maison — quand je tombe sur Jeanine. Elle passait par là, comme par hasard, une tasse de café dans une main et un manuscrit dans l'autre. Corsetée dans son tailleur, la chevelure prise dans un chignon concentrationnaire et souriante comme une pince à linge.

— Bonjour, Paul. Je ne t'ai pas attendu pour le café.

— Tu as bien fait. Beaucoup de boulot en ce moment.

— Heureuse de l'apprendre. Parce qu'on ne te voit plus

trop ces derniers temps.

— Rendez-vous à l'extérieur. Des journalistes…

— Tu les recrutes sur Tinder, tes contacts Presse ?

— Tu es jalouse ?

— Jalouse, moi ? Je suis au-dessus de tout ça. Permets-moi de te rappeler que j'ai l'âge d'être ta mère…

— Alors il n'y a pas de problème.

Elle me barre le passage et chuchote avec fureur — on ne crie pas dans les locaux de Galibier.

— Paul, il faut que tu te ressaisisses.

— Je vais très bien.

— Non, je le vois à ton regard. On dirait que… que le monde n'est plus qu'un décor pour toi. Un décor sans intérêt. Comme si tu étais obsédé par l'abîme que tu entrevois derrière.

— Garde tes jolies phrases pour tes bouquins.

— Je t'ai pourtant dit que le *Manuscrit* porte malheur ! Oublie-le ! Tu vas y laisser ta peau !

— Écoute, je n'ai pas de leçon à recevoir d'une vieille…

Elle me repousse d'un coup sec. Le ton monte. Conséquence immédiate, des visages apparaissent aux portes.

— Non, c'est toi qui vas m'écouter ! Je connais la vie, moi aussi. Bien mieux que tu ne l'imagines. Figure-toi que tu ne sais rien de moi. Rien du tout. Je vois ce que tu es en train de vivre. C'est pourquoi je te le dis une dernière fois : laisse tomber. Je t'aurai prévenu !

Elle file dans son bureau. La porte claque. Je souris à mes collègues.

— Ce n'est rien. Un coup de stress.

Je me rends à mon bureau en saluant tout le monde. Mais j'ai à peine posé mon sac à dos sur mon fauteuil que je vois l'anomalie.

Mon pot à crayons est à gauche de mon écran.

C'est indiscutable.

Cela peut paraître étrange mais les gens qui vivent dans le foutoir remarquent très vite ce genre de choses. Quand on dérange leurs habitudes. Précisément parce qu'elles servent de repères. Et mon pot à crayons se trouve toujours à droite de mon écran pour la bonne raison que je suis droitier.

Mon écran d'ordinateur a bougé, lui aussi. Quelqu'un l'a fait pivoter légèrement sur la gauche. Je remarque de fines traces de doigts sur la poussière qui le recouvre. On a même fouillé dans les piles de manuscrits. Je pose la main sur le coussin du fauteuil : il est encore tiède. Je comprends à présent le petit jeu de Jeanine : elle monopolisait mon attention pendant que son complice finissait le boulot. Bien joué. Pas besoin de longues investigations pour comprendre qui a fait le coup. Je file dans le bureau de Grandpierre. Il est au téléphone — qu'il tient de la main gauche. Il me fait signe d'attendre une minute et poursuit sa conversation avec son débit de mitrailleuse.

— Oui, je sais, un roman, c'est long à écrire, mais vous avez signé un contrat et… La date de remise est fin août et nous sommes le 15 octobre, donc…

J'attends une minute. Grandpierre n'en finit pas de parler. D'autorité je lui prends son téléphone des mains et je coupe la communication. La surprise de Grandpierre est extrêmement bien simulée.

— Qui t'a autorisé à faire ça ?

— Tu as fouillé dans mes affaires.

— Houlà, Paul ! Quelle mouche te pique ? Tu n'imagines quand même pas que je vais mettre le nez dans ton bazar. Même si j'avais voulu te voler quelque chose, je me demande comment je l'aurais trouvé.

— Tu crois que je n'ai pas remarqué ton petit manège ? Tu crèves de jalousie, alors tu t'introduis chez moi pour voir si tu ne peux pas te mettre quelque chose dans la poche. Un manuscrit très précieux par exemple. Le genre de bouquin qui ferait de toi le meilleur éditeur de Paris.

Grandpierre se tapote le front.

— Eh, ça chauffe dans la calebasse.

— Tu me prends pour un jobard ? Et Jeanine ? Elle ne te servait pas de guetteur sans doute ?

— Bon, je te remercie, on a bien rigolé. Maintenant, si tu veux me laisser…

Il tend la main vers son téléphone. Je m'en empare avant lui.

— Dernier avertissement ! Si je te surprends encore à rôder près de mon bureau, tu me le payeras très cher !

Sylvain Grandpierre m'observe, bras croisés, un petit sourire sur les lèvres. Il jette de brefs regards par-dessus mon épaule.

Kléber Savin se tient sur le seuil. Sa voix est profonde, autoritaire.

— Suivez-moi, Paul.

Kléber règne sur un océan de manuscrits, de catalogues et de revues qui occupent depuis des années chaque centimètre carré de son espace de travail. Ce n'est pas qu'il s'y intéresse : il jette parfois un coup d'œil à un hebdo professionnel et le classe sur une pile un peu plus loin. Je crois que ça a la vertu de le rassurer. Tout ce qui est important reste gravé dans sa mémoire d'éléphant.

Ses longs doigts se glissent dans sa crinière puis y remontent ses lunettes, signe que ce qu'il a à me dire est assez épineux.

— Vous venez d'avoir une altercation avec Sylvain Grandpierre. Pouvez-vous me dire ce qui se passe ?

— Il a fouillé dans mes affaires. J'en ai la certitude.

— Avez-vous une preuve ?

— Non. Mais j'ai de fortes présomptions. Il est gaucher et…

— Et même si cela était vrai, est-ce une raison pour vous emporter de la sorte ?

— Non.

Long soupir.

— Vous vous en tirez bien. Si c'était Antoine Merchant qui était passé dans le couloir à ce moment-là, vous ne seriez pas entre ces quatre murs pour en parler. Vous seriez déjà en train de faire vos cartons. Merchant a horreur des conflits. Tout comme moi, d'ailleurs.

— Cela ne se reproduira plus.

— J'y compte bien…

Il s'interrompt, comme pour s'assurer que personne n'écoute à la porte, et baisse le ton.

— … ou alors attendez d'être en dehors des locaux, et sans témoin oculaire.

Il m'adresse un sourire entendu.

— Nous savons tous les deux que la littérature, ce n'est pas qu'un alignement de mots sur une feuille de papier. C'est une vision du monde. Une conception personnelle de l'existence qui ne tolère pas le compromis. D'où quelques… incompréhensions entre éditeurs. Les conflits font partie intégrante de notre profession. D'autant que Sylvain Grandpierre a une personnalité plutôt… affirmée. Et qu'il bénéficie du soutien total d'Antoine Merchant. Vous voulez un conseil ? Évitez les éclats de voix. Vous pourrez toujours exprimer le fond de votre pensée, bien sûr. Mais calmement. Et loin d'ici.

— Message reçu.

— Vous possédez un sens stratégique dont beaucoup de vos collègues sont dépourvus, Paul. Cela dit, méfiez-vous.

Les mauvais coups viennent souvent de ceux auxquels on pense le moins.

Il respecte un temps pour s'assurer que j'ai bien capté le message. Je me penche vers lui.

— Même chez Galibier ?

— Surtout chez Galibier. À ce propos gardez un œil sur Cyril Jiniac.

— Je l'ai appelé l'autre jour pour cette histoire d'interview. Il m'a promis de faire attention.

— Je ne parle pas que de cela. Surveillez ses fréquentations. On perd vite ses amis dans ce métier. D'ailleurs, il n'y a pas d'amis. Juste des connaissances. Et c'est un vieux briscard qui vous le dit.

J'avoue que je ne vois pas trop où il veut en venir. Comme à son habitude il préfère bifurquer avec un sourire complice.

— Jeanine semble vous faire la tête depuis quelque temps. A-t-elle une raison particulière de vous en vouloir ?

— Je n'ai aucun problème avec elle.

— Tant mieux. Parce qu'il ne manquerait plus qu'elle se mette en rogne contre vous. Un banc de piranhas fait plus de sentiments. Et là encore je parle d'expérience.

— J'ai beaucoup d'estime pour Jeanine.

— Dans ce cas, et pour notre tranquillité à tous, faites-le lui savoir. Merci, Paul.

Je me retrouve dans le couloir. Toutes les portes des bureaux sont ouvertes, à l'exception de celle de Jeanine.

Je suis au travail depuis un quart d'heure quand Sophie, ma nouvelle assistante, m'apprend que je suis de corvée « Tirer la chasse ».

— Comment est-ce possible ? Je m'y suis collé la semaine passée !

— Désolée, Monsieur. J'obéis aux consignes.

— Les consignes de qui ?

— La dame de l'accueil. Elle m'a appelée pour me demander de vous amener les brochures.

— Bon. Posez ça là.

Je décroche mon téléphone.

— Geneviève ! Je me suis occupé des manuscrits il y a une semaine. Qui a décidé que je devais me les coltiner à nouveau ?

— C'est une demande de Sylvain Grandpierre. Il m'a dit que vous étiez d'accord.

— Je n'ai jamais dit une chose pareille.

— Désolée, Paul, voyez ça avec lui. À propos, il y a quelqu'un qui vous demande à l'accueil.

— Il s'appelle Alexandre Mascaret ?

— Non.

— Alors je n'y suis pour personne !

Je raccroche violemment et prends quelques profondes inspirations pour me calmer. Il est évident que si je mets un pied dans le bureau de ce salopard de Grandpierre, je le réduis en charpie. Et cette fois Savin ne me couvrira pas.

Je mets les brochures de côté — je n'ai vraiment pas que ça à faire — et demande à Marion Lespinasse, l'attachée de presse de Cyril, de passer me voir de toute urgence. Il faut trouver un moyen de redorer l'image de ce crétin. Elle m'annonce qu'elle arrive dans un quart d'heure. En attendant, j'appelle Nico et Hervé pour les inviter à déjeuner : c'est le moment ou jamais d'aller à la pêche aux rumeurs pour les prix d'automne. À l'instant précis où je raccroche, un martèlement de talons annonce l'arrivée de Marion à notre étage.

Marion Lespinasse est la quintessence de la germanoprattitude — la bourgeoise chimiquement pure : toujours tirée à quatre épingles, y compris le sourire et les rides aux coins des yeux, le brushing d'un moelleux inoxydable, le collier de perles assorti aux boucles d'oreilles. L'équilibre parfait entre la classe naturelle et l'empathie, le bon goût sans l'ostentation du nouveau riche. Marion Lespinasse est d'humeur égale en toutes circonstances, invariablement aimable et attentive, une sorte de chamallow humain. Qualité supplémentaire, je ne l'ai jamais entendue dire publiquement du mal de qui que ce soit. D'un autre côté, elle est payée pour aimer tout ce qu'on lui demande de promouvoir… Je ne l'ai vue sortir de ses gonds qu'à une seule reprise : la fois où un auteur assez connu avait exigé que ses photos promotionnelles soient détruites parce qu'il voulait dorénavant être pris de trois quarts dans un noir et blanc feutré style Harcourt. Elle avait raccroché le téléphone en proférant un « Flûte ! » exaspéré. Puis elle était devenue toute rouge et s'était excusée d'abondance.

Je sais qu'elle n'apprécie ni mon franc-parler ni mes manières de fêtard, ce qui ne l'empêche pas de me témoigner une courtoisie très professionnelle et d'actionner avec efficacité le robinet tiède qui lui fait office de conversation.

— Bonjour, Paul. Comment allez-vous ? Il fait un temps superbe ce matin. Un peu frais mais au soleil, c'est un régal.

— En effet. Asseyez-vous, je vous en prie.

Elle pose dignement le bout de ses fesses sur le fauteuil des visiteurs, prête à s'envoler au moindre appel — elle n'accorde en général que cinq minutes à ses interlocuteurs, c'est la moyenne entre deux coups de fil archi importants, comme il se doit dans son secteur d'activité. Je prends mon ton le plus blasé.

— Je suppose que vous avez eu vent des derniers exploits de Cyril ?

Elle arbore l'attitude de la maman amusée par les maladresses de chiot de sa progéniture.

— Ce garçon n'en fera jamais d'autres ! Il est charmant mais tellement inconséquent.

Un jour de distraction, alors qu'elle déjeunait avec une de ses collègues qui s'était empressée de me rapporter leur conversation, elle l'avait traité de macho juste bon à lever de pauvres filles dans les boîtes de nuit. Passons.

— C'est un tel talent ! poursuit-elle. Et une belle âme en plus.

— Que peut-on faire pour corriger le tir ? Il serait navrant qu'un minuscule faux pas vienne gâcher des années de travail.

Elle m'observe, un peu surprise.

— Eh bien, nous avons déjà l'accord de l'Express pour une interview-vérité. On ne vous l'a pas dit ?

— Pas du tout.

— Le papier est quasiment terminé. On l'a anglé sur sa passion de la nature et des animaux.

— Cyril aime la nature ?

— Comme tout le monde. Il regrette simplement de ne pas pouvoir se mettre au vert plus souvent. Ce qui accrédite l'idée que, au fond, c'est un garçon sain et authentique. Nous n'avons plus que quelques photos à envoyer.

— J'aurais aimé relire l'article avant publication.

— Kléber Savin m'a demandé d'aller vite, dit-elle d'un air gêné. Nous avons tout fait par mail hier après-midi.

Son téléphone sonne. Elle mime l'agacement mais décroche aussitôt.

— Allô ? Pierre-Alain ? Comment vas-tu ? Je suis ravie de t'avoir ! Enfin ! Comment va Marianne ? Bien ? Et les enfants ?

Elle m'adresse de grands signes pour me faire comprendre que tout est sous contrôle et qu'elle me rappellera plus tard, puis sort dans un éclat de rire parfaitement maîtrisé.

— Je n'arrive pas à y croire ! Tu n'as pas fait ça… Une Ferrari !

La pile de manuscrits à lire est là, sur ma droite. Pas le temps. Je les ramène à Sophie en lui annonçant que je n'en retiens aucun.

— Archivez-les et envoyez les lettres de refus dans trois mois.

— Bien, Monsieur.

— Et réservez-moi une table à la Palette pour 13 heures.

— Très bien. Le numéro est dans mon répertoire ?

— Vous n'avez qu'à regarder sur Internet. Vous savez vous servir d'un ordinateur, non ?

Sophie hoche la tête, terrorisée. Pas de temps à perdre en politesses.

Lucien m'observe par en dessous, comme si je lui faisais une proposition malhonnête.

— La clé de ton bureau ? Je sais pas où elle est.

— J'en ai besoin.

Il se visse une Gitane maïs au coin de la bouche et fait mine de réfléchir.

— Voilà qui nous ramène quarante ans en arrière.

Comme je n'ai pas l'air de comprendre l'allusion, il précise sa pensée.

— Tu te souviens de l'histoire que je t'ai racontée ? Avec ton prédécesseur.

— Plutôt, oui.

— Ainsi que je te l'ai expliqué, c'est moi qui me suis tapé le sale boulot. Notamment l'ouverture de la porte. Ce qui m'a pris un bon bout de temps.

— Je ne vois pas le rapport.

Sa main décrit soudain des mouvements sauvages, accompagnés de hurlements à l'intention de Momo.

— Les caisses, là, tu les laisses, ça part demain ! T'écoutes jamais ce que je te raconte ? Ce sont celles-là qu'on livre aujourd'hui !

Il en profite pour tirer sur sa clope d'un air chafouin.

— Bon sang, pas un pour rattraper l'autre… Qu'est-ce que je disais… Oui. Cette foutue porte. Depuis ce jour-là on ne ferme plus rien à clé. Logique : si on avait pu entrer plus tôt, on l'aurait peut-être sauvé, le pauvre gars.

— Tu sais où elles se trouvent ?

Il réfléchit deux secondes, manière de préparer son mensonge.

— Les clés ? Aucune idée. C'est vieux, tout ça.

— Et si je te disais que quelqu'un a fouillé dans mes affaires ?

— Ça, c'est pas mon problème. Mais si j'étais à ta place, je sais ce que je ferais.

Il me montre son poing, qui pourrait assommer un bœuf.

— Une bonne mise au poing, si tu vois ce que je veux dire.

— Je retiens la suggestion.

— Tiens, tant que j'y pense…

Il se gratte la tempe pendant qu'il observe le chargement des caisses dans le camion.

— Un gus a demandé après toi tout à l'heure.

— Quel gus ?

— Un type. La cinquantaine, dégarni, des lunettes…

— Le genre prof de lycée ?

— Voilà, c'est exactement sa description.

Merde. Il ne manquait plus que Jean-Luc Magloire.

— Qu'est-ce qu'il voulait ?

— Il m'a demandé si tu travaillais bien ici, à quelle heure

tu sortais, si tu étais ponctuel de façon générale. Bizarre.

— Et qu'est-ce que tu lui as dit ?

— Que je ne m'occupais que de questions matérielles. De toute façon, je ne suis pas du genre à cafter. En 1972, j'ai été au moins 15 fois en garde à vue, et je te prie de croire qu'à l'époque les flics n'étaient pas tendres avec les gauchistes. Ils n'hésitaient pas à te faire tâter du bottin de téléphone. Après un bon coup sur la cafetière, la plupart se mettaient à table. Eh ben, j'ai jamais vendu personne. Alors c'est pas un petit rond-de-cuir qui marche sur ses lacets de godasses qui va m'impressionner.

Il fixe le fond de l'atelier avec une détermination de guérillero.

Nico arrive avec un bon quart d'heure de retard. Hervé et moi entamons notre deuxième cognac-soda. Je m'esclaffe, au grand inconfort de mes voisins de table.

— Si on m'avait dit que je verrais ça un jour ! Nicolas Plaquet vient de louper l'apéro !

— Sorry, les gars. Un appel urgent.

— Comment s'appelle-t-elle ?

— Ce n'est pas du tout ce que tu crois. C'était pour le boulot. D'ailleurs, ça te concerne indirectement, Paul.

— J'ai enfin droit à une interview dans Livres Hebdo ? Il serait temps !

Nico commande un verre de morgon et prend tout son temps pour lâcher son info.

— Cyril Jiniac va louper les prix d'automne. C'est quasi officiel.

Je tente de garder mon calme. Le mois qui précède la remise des prix voit fleurir plus de rumeurs qu'on ne compte de poux dans la barbe d'un clochard.

— Elle est fiable, ta source ?

— C'est Arthur Messika, des éditions du Marchepied, qui m'a refilé le tuyau. Tu sais que Le Marchepied a des auteurs dans les principaux jurys. Eh bien, d'après l'un des jurés, Jiniac est hors course. Son vautrage en direct à France Inter ne passe pas.

Hervé rigole franchement — il a un peu trop forcé sur l'apéro.

— Arthur Messika ? L'année dernière, il affirmait qu'Annabelle Céré n'avait aucune chance pour le Renaudot, c'était sûr et certain. Bingo : elle a eu le prix de l'Académie française et le Goncourt. Tu parles d'une flèche !

Nico savoure le moment. Car le meilleur est à venir.

— Il y a autre chose. Il est de plus en plus question que Jiniac quitte Galibier.

Je me redresse sur ma chaise en me forçant à prendre l'info à la légère.

— Tu rigoles ? Je serais le premier au courant, tu ne crois pas ?

— Et pourtant c'est archi sérieux. Messika l'a aperçu l'autre jour à la Closerie des Lilas en grande conversation avec un autre éditeur. Il a refusé de me dire qui. Pour l'instant du moins…

Hervé se tourne vers moi, l'air dégoûté.

— Ces gens n'ont aucune éthique…

Nico scrute mes réactions, ravi de son effet. Je fais de mon mieux pour le prendre à la rigolade.

— C'est typiquement le genre d'histoires qu'on raconte pour se faire mousser. J'ai eu Cyril au téléphone il y a deux jours et il est très content de publier ses bouquins chez Galibier.

— Je suis heureux de l'apprendre, fait Nico sans une once de sincérité.

— Je doute qu'il trouve de meilleures conditions financières ailleurs. Surtout avec son caractère… Et puis il me doit quand même beaucoup. Nous avons une relation de confiance, il sait que sans moi…

Hervé acquiesce en silence, Nico sourit d'un air finaud. J'ai l'impression de parler dans le vide. En fait, personne ne me prête réellement attention. Gilles Donetz, un auteur de polar plutôt prometteur, vient de s'installer à une table en fond de salle. Je lui fais signe de la main. Il me rend à peine mon salut.

Nico contemple le tableau avec une délectation non dissimulée.

— T'as raison, c'est sûrement des rumeurs.

Je ne sais quoi répondre. Hervé ouvre la carte d'un air distrait.

— On commande ? J'ai une faim de loup.

Je lève le bras pour appeler Marc, le serveur. En temps ordinaire il aurait accouru ventre à terre. Mais là, il s'occupe des autres tables.

Je regagne les locaux de Galibier dans un état de tension maximale. On me cherche ? Pas de problème. Je vais leur montrer, moi, qui est le meilleur éditeur de Saint-Germain-des-Prés. Je mettrai le grappin sur Alexandre Mascaret, quoi qu'il en coûte. Et je publierai le *Manuscrit*. Ils verront tous qui est Paul Miller.

Le bâtiment Galibier est en vue quand une ombre surgit devant moi.

— Monsieur Miller ? Quelle bonne surprise !

Jean-Luc Magloire, ou la hantise de tout éditeur : la confrontation avec un écrivain dont il n'a rien à faire. Je ne sais même pas où j'ai fourré son foutu bouquin. Je crois que je l'ai balancé à la poubelle. Il me couve d'un regard plein d'espoir, comme un chien attend son os.

— Ah… Bonjour.

— Je passais justement dans le quartier et… sacrée coïncidence.

— En effet.

— Alors ? Vous avez pensé à mon contrat ? Pour *Les romancières de l'ombre…*

— Euh, oui, bien sûr. Nous devons en discuter demain en comité de lecture. Mais c'est en bonne voie, ne vous inquiétez pas.

— Je ne m'inquiète pas, fait-il avec des étoiles pleins les yeux. Je suis juste impatient. Ça se comprend. Les éditions Galibier, quand même…

— Je vous contacte dès que j'ai du nouveau.

— Dans combien de temps environ ?

— Oh… Comptez deux ou trois semaines. Je vous rappelle, promis.

— Merveilleux ! Vous savez, quand j'ai annoncé à ma mère que j'allais être publié chez vous, elle était folle de joie. Elle m'a dit que…

— Excusez-moi, j'ai un rendez-vous important.

Il s'empare de ma main, qu'il serre avec l'énergie d'un naufragé.

— Merci ! Mille fois merci ! Vous me sauvez la vie, littéralement ! Voyez-vous, mon existence me paraissait morne et sans intérêt, j'avais perdu tout espoir. Et soudain… Votre proposition… C'est une renaissance, pas moins. Comme quoi, les miracles, ça n'arrive pas qu'aux autres ! Vous n'imaginez pas combien ce livre compte pour moi. C'est au-delà des mots, c'est… Bon, je ne vais pas vous déranger plus longtemps. Je suis ravi que les choses suivent leur cours. À très bientôt !

Je le regarde s'éloigner d'un pas guilleret pout regagner l'anonymat dont il ne sortira jamais.

11

Petits arrangements avec la vérité

La voix de Jeanine monte dangereusement dans les aigus.

« Quoi ? Irène Feucherolle, une grand-mère démodée ? »

Troisième étage. Sylvain Grandpierre accompagne un de ses poulains à la présentation de son livre devant les représentants de la maison. C'est un passage obligé pour chaque écrivain, et qu'il est impératif de préparer avec soin. Si le livre est bien défendu par son auteur, les représentants se donneront du mal auprès des libraires, qui en exposeront une pile sur des tables en vue. Si cette épreuve n'est pas concluante, les représentants de Galibier se contenteront de mentionner distraitement le titre aux responsables des librairies qui, dans le meilleur des cas, se contenteront de glisser un exemplaire dans une des étagères, noyé dans le flot des publications.

Comme les auteurs se succèdent sans interruption, c'est aussi l'occasion pour les éditeurs de se croiser. Et un hasard malheureux a mis en présence Sylvain Grandpierre, plus suffisant que jamais, et une Jeanine au bord de l'apoplexie. Entre eux se tient une jeune femme pomponnée et maquillée, coiffée de frais et rouge de confusion. Elle qui vient défendre son premier titre chez Galibier aimerait se trouver à des kilomètres de là.

Grandpierre balaie de la main les protestations de Jeanine.

— Feucherolle a eu son quart d'heure de gloire il y a dix ans. Maintenant, c'est du passé.

— *Les gens de passage* est vraiment bon ! assure Jeanine.

— Pourquoi insister ? Chaque fois qu'un enterrement passe, précisément, c'est un lecteur d'Irène Feucherolle qui s'en va. Si elle a encore un public, laissons un autre éditeur sortir ses petits bouquins à deux centimes. Et encore, je compte large.

— Petit bouquin ? C'est parce que c'est une femme que vous osez parler sur ce ton d'un livre qui…

— Aucun préjugé de ma part. Simple constat. Ses livres sont…

— L'avez-vous lu, au moins ?

— … sont complètement has been. Et oui, j'ai lu jusqu'à la cinquième page. Après, je me suis endormi. J'aurais pu m'arrêter à la page 3 mais j'ai fait preuve de conscience professionnelle. C'est juste nul. Et là, je suis méchant pour les nuls.

Ses grands airs commencent à me gonfler sérieusement.

— Ça ne te dispense pas de rester poli avec Jeanine, dis-je d'une voix neutre.

— Occupe-toi de tes oignons, Paul. À propos, tu as des auteurs à présenter ? Ou tu étais trop occupé à faire la fête avec Jiniac ?

— Qu'est-ce que tu insinues par là ? Que je fais mal mon travail ?

— C'est juste une question de…

Des pas résonnent. C'est Cerbère qui sillonne les couloirs, une mimique digne d'un barracuda posée sur le visage. Silence et sourires de façade. L'auteur de Grandpierre a enfin terminé son speech et sort de la salle, soulagé. Jeanine pousse littéralement la jeune auteure à sa place.

Grandpierre hausse les épaules et me lance un regard de pur défi.

L'appel de Clarisse me stoppe net dans mon boulot. Sa voix rauque me fait palpiter le cœur.

— J'attendais de vos nouvelles, Paul.

— Clarisse ! En fait, c'est moi qui attendais.

— Nous aurions pu nous attendre longtemps, alors… Je voulais m'excuser. Pour l'autre soir. Votre invitation…

— Je ne vous en veux pas.

— Ça a été une telle surprise, fait-elle sur le ton d'une enfant prise en faute. Je ne pensais pas… Je ne suis pas quelqu'un d'intéressant, vous savez. Dans mon métier on passe son temps à parler avec des gens, mais au bout du compte on s'aperçoit que tout ça est très superficiel. Je ne vois pas ce que je pourrais vous apporter.

— Laissez-moi en juger par moi-même.

Silence. Sa respiration est légèrement oppressée.

— Je voudrais vous faire un cadeau, finit-elle par lâcher.

— Un cadeau ? C'est gentil.

— Non, c'est tout à fait normal. Je me suis comportée comme une gourde, j'aimerais me faire pardonner. Pouvons-nous nous retrouver quelque part ?

— À quelle heure ?

— Maintenant.

Il est 14 heures. J'ai une réunion à 15 heures avec Gérard Lacombe, le directeur commercial, et Maelle Debureau, la directrice de la com. La stratégie marketing pour *Encombrement…* J'ai le temps de faire un saut, ce n'est pas loin… Cinq minutes, pas plus…

— Je ne peux vous consacrer que quelques minutes.

— Ce sera suffisant.

— Vous connaissez le café Chez Georges, rue des Canettes ?

— Qui ne le connaît pas ?

— Bien, rendez-vous dans un quart d'heure.

J'éteins mon ordinateur en m'assurant que rien de précieux ne traîne dans mon bureau et passe en coup de vent devant mon assistante.

— Je m'absente quelques minutes, Héloïse.

— Je m'appelle Sophie.

— Ah oui, j'avais oublié. Je reviens tout de suite.

— Au fait, je ne sais pas si on vous a averti, mais Héloïse est décédée hier.

— Quoi ?

— Je suis navrée, Monsieur.

— De quoi est-elle morte ?

— Je n'en sais rien, Monsieur.

Dans l'ascenseur, j'essaie de me souvenir d'Héloïse. C'est curieux, je n'arrive même pas à remettre un visage sur ce nom. Était-elle brune ou rousse ? Brune, je crois. Je me souviens encore un peu de sa voix et de sa façon comique de dire « Ze l'envoie tout de suite ». Nous avons pourtant travaillé dix ans ensemble. Dix années envolées en fumée. Que dire ? Des formules creuses comme « Regrets éternels » ou « Espérons qu'elle sera plus heureuse dans une autre vie » ? Et qui dit qu'elle n'était pas heureuse dans cette vie-ci ? Tout ça n'a plus beaucoup d'importance. Plus rien ne compte que cet instant précis, revoir Clarisse, identifier Alexandre Mascaret, retrouver le *Manuscrit*.

Cela faisait trop longtemps que je n'avais plus mis les pieds Chez Georges. Vieilles banquettes en skaï, plafond encore patiné par la nicotine de plusieurs générations de fumeurs, photos d'artistes de cabaret aux murs : bienvenue dans les années 1970. Celui qui n'a pas refait le monde Chez Georges ne sait pas à quel point la vie peut être agréable, surtout après quelques verres. Comme Cyril habite à deux pas, place Saint-Sulpice, il nous est arrivé plus d'une fois de nous retrouver ici pour nous en jeter un derrière la cravate — une pièce d'habillement que personne ne porte en ce lieu, cela va sans dire.

Le bistrot flotte dans la torpeur de l'après-midi. Il n'y pas grand monde. L'ambiance est inchangée, raisonnablement pensive et plutôt décontractée. Accoudé à son comptoir, Hugo, le patron, est plongé dans sa contemplation du temps qui passe. Le mot d'ordre : si on est pressé, on n'a rien à faire chez Georges.

Hugo lève un œil à moitié endormi.

— Tiens, Paul. Ça fait un bail.

— Et plus encore.

Il désigne un recoin de la salle.

— Il y a quelqu'un pour toi. Veinard.

Clarisse a pris place à une table d'angle, à l'abri des regards. Surprise : elle est vêtue d'un chemisier blanc très sage, d'une jupe noire, de collants noirs et d'escarpins de grande classe. Elle porte ses lunettes noires mais pas de casquette. Ses longs cheveux se répandent sur ses épaules, ce qui lui confère un charme sauvage — félin est le terme exact. Son sourire, lui, est d'une surprenante timidité.

— Bonjour, Paul. Il était temps que vous me voyiez dans mon uniforme de travail.

— Impressionnant.

— Je sors d'une rencontre avec des journalistes. On n'attire pas ces gens-là uniquement avec des grandes phrases. Il faut soigner la présentation.

— Vous savez y faire, à ce que je vois.

— Vous allez me faire rougir.

— J'espère bien.

Hugo traîne les pieds jusqu'à notre table. Casseur d'ambiance, va.

— Je te sers quelque chose, Paul ?

— Un muscadet.

— C'est parti, répond Hugo en étouffant un bâillement.

Je pose mes mains sur la table au moment où elle tend la sienne vers sa tasse de café. Nos doigts se frôlent. Instant de gêne. Clarisse prend la parole avant que je ne commette une bêtise.

— Je vous ai dit que j'avais un petit cadeau pour vous. Vous ne me demandez pas ce que c'est ?

— Laissez-moi deviner… Un séjour pour deux à Venise ?

— Je ne peux malheureusement pas me permettre ce genre de folie.

— On peut y remédier, si vous voulez.

— Vous m'avez dit que vous étiez très occupé. Et nous avons une autre urgence.

Elle prend tout son temps, manière de capter mon attention.

— Je suis retournée voir la libraire. Et ce qu'elle m'a révélé est du plus haut intérêt.

Douche froide.

— Il me semblait que nous étions partenaires ? Et que nous travaillions en duo ?

— J'ai deviné qu'elle ne se confierait qu'à une femme.

— Vous auriez dû me prévenir.

— Je savais à l'avance que vous ne seriez pas d'accord. Et puis vous avez quelque chose de tellement intimidant… Non, il valait mieux que j'y aille seule. J'ai bien fait. Je vous assure que vous ne le regretterez pas. Et puis, la preuve que je suis cash avec vous, c'est que je vous raconte tout, non ?

C'est vrai qu'à force de voir le mal partout, je virais parano.

— Qu'a-t-elle raconté de si intéressant ?

— À moi, rien. C'est à vous qu'elle veut faire ses révélations. Elle devrait arriver d'une minute à l'autre.

Une toux caverneuse ponctue cette dernière phrase : Flora Legendre vient de faire son entrée dans l'établissement. Elle fait un peu penser à une clocharde avec son pull informe et ses cheveux en pétard. Elle serre contre elle un sac à main de la taille d'une sacoche de facteur tout en jetant des regards méfiants dans tous les coins.

— Bonjour, dit Hugo.

— Qui êtes-vous exactement ? répond-elle d'un ton suspicieux.

— Hugo. Le patron de ce café.

— Ouais. Admettons.

— Vous voulez boire quelque chose ?

— Un verre d'eau du robinet. Et je veux voir vos mains pendant que vous me le servez.

Hugo a connu suffisamment d'excentriques dans sa carrière pour ne plus se formaliser. Il lui sert le verre d'eau et le pose sur le zinc.

— Merci, dit la libraire sans le quitter des yeux. Vous travaillez ici depuis longtemps ?

— Depuis toujours, répond Hugo d'une voix lasse.

— Belle couverture.

Flora Legendre nous rejoint et pose son sac sur la banquette, juste à côté d'elle. Une forte odeur de chien mouillé envahit l'espace. Je fais semblant de rien. Elle détaille les photos encadrées au-dessus du comptoir.

— Je ne connaissais pas cet endroit. Qui sont ces gens ? Des personnes recherchées par la police ?

— Ce sont des artistes qui ont chanté ici. Chez Georges

est un ancien cabaret.

— Nous sommes en sécurité, la rassure Clarisse.

— De toute façon, dit la libraire, je ne reste pas. Vous lui avez expliqué ?

Silence. Clarisse lui fait son sourire de diamants.

— Je préférais que ce soit vous qui annonciez la bonne nouvelle.

Sans perdre Hugo des yeux, Flora Legendre se penche vers moi. Sa voix n'est qu'un souffle.

— Ce que je vais vous dire doit rester entre nous.

— Cela va de soi.

— J'ai beaucoup réfléchi après notre conversation. Et je me suis souvenue de quelqu'un. Un homme qui connaissait très bien ma mère. Par ailleurs, c'est un client de ma librairie. Un client occasionnel, je précise. Il fait toujours un saut dans ma boutique quand il passe dans le quartier. Un monsieur charmant. Très distingué.

Elle me jette un bref coup d'œil pour s'assurer que je ne perds pas un mot de ce qu'elle s'apprête à me révéler.

— Ce monsieur est un passionné de littérature pour la bonne raison qu'il a longtemps été lecteur professionnel dans de grandes maisons d'édition. Des milliers de livres lui sont passés entre les mains. Certains ont été publiés. La plupart ne l'ont pas été. Un jour, au détour d'une conversation, alors que je lui demandais s'il avait un regret dans sa vie professionnelle, il a évoqué un livre en particulier. Un roman.

Mes pulsations cardiaques s'accélèrent.

— Il vous a donné le titre de ce roman ?

— Il m'a simplement dit que c'était le livre le plus extraordinaire qu'il ait jamais lu. Quelle formule a-t-il utilisée, déjà ? Voilà : « L'aboutissement de la littérature en tant qu'art ».

— Ce qui ne nous aide pas vraiment…

— Comme je l'ai précisé à votre amie, cet événement remonte à 1980. Il est formel sur la date : cette année-là on ne parlait que des Jeux Olympiques de Moscou et du boycott des Américains. C'était un sujet sensible pour lui vu que ce monsieur est d'origine russe. Je crois savoir que le livre que vous recherchez a été en lecture chez Galibier durant cette même période mais n'a finalement pas été publié. C'est une des raisons qui a poussé l'éditeur pour qui travaillait ce monsieur à écarter ce livre à son tour : ce bouquin avait la réputation de porter malheur. Je ne suis pas superstitieuse, mais bon…

— Vous avez le nom de cette maison d'édition ?

— C'étaient les éditions Jacques Delchambre. Elles n'existent plus aujourd'hui mais elles étaient très en vue en ce temps-là.

— Et ce monsieur, vous avez son contact ?

Pour la première fois, la libraire se fend d'un sourire.

— C'est possible.

Ses yeux m'épinglent sur la banquette. Peut-être espère-t-elle de moi des dons fulgurants de télépathie mais, au risque de la décevoir, je ne vois vraiment pas où elle veut en venir.

— Écoutez, je n'ai pas beaucoup de temps devant moi, alors si vous pouviez…

Clarisse se racle discrètement la gorge.

— Flora a une proposition à vous faire.

La libraire pose une main délicate sur son sac.

— J'ai ici un manuscrit qui devrait vous intéresser. Un livre passionnant. Je vous garantis que c'est votre prochain bestseller.

Silence stupéfait.

— Si je comprends bien, dis-je, vous nous donnerez l'identité de ce Russe à condition que je soumette votre propre ouvrage au comité de lecture de Galibier.

— Pas tout à fait : je vous demande de le publier. Mais je me contenterai de voir le contrat signé, cela me suffira comme gage de bonne volonté.

La libraire me sourit calmement. Il est évident qu'elle ne cèdera sur rien tant que je ne donnerai pas mon accord. Clarisse me regarde avec confiance. Je me contente de grogner dans ma barbe.

— Je vais voir ce que je peux faire.

Comme par un tour de magie, une épaisse brochure atterrit sur la table. *Une femme d'occasion*, de Flora Mavrescu. De toute évidence le manuscrit a déjà pas mal bourlingué : la couverture en plastique est éraflée en de multiples endroits. La voix de la libraire se fait coquette.

— J'ai repris mon nom de jeune fille pour l'occasion. Je ne voudrais pas que mon ex-mari recueille ne fût-ce qu'une miette de ma future notoriété. Ce minus habens serait capable de la revendre sur Amazon.

— Je ne vous garantis rien. Je ne peux pas prendre seul la décision de publier un livre.

La libraire pose ses deux mains sur la table et se lève pesamment, libérant d'épouvantables effluves de transpiration.

— C'est bien pour cela, cher monsieur, que je compte sur vous pour être persuasif.

Elle reprend son sac et quitte les lieux aussi vite qu'elle est arrivée.

Autour de nous, scooters, voitures et bus se livrent à un concours de moteurs. Clarisse est perdue dans ses pensées, indifférente au vacarme ambiant et aux regards affamés des hommes croisés sur le boulevard. Mon rendez-vous avec le marketing ? Il m'était complètement sorti de la tête. Nous avions passé trois heures à évaluer la proposition de Flora

Legendre sans aboutir à une autre conclusion qu'une impasse : elle exige de moi une décision que je ne peux pas assumer seul. Vers 18 heures, les habitués de l'apéro avaient commencé à coloniser le comptoir et les tables voisines. Nous avions quitté le bar.

— Je n'ai aucune chance d'imposer un auteur inconnu d'un claquement de doigts, dis-je en brandissant la brochure. Surtout que ce bouquin a visiblement circulé chez pas mal d'éditeurs. J'en déduis qu'il a été refusé partout.

— Ce qui ne veut pas dire qu'il est mauvais, rétorque Clarisse en hochant la tête comme pour peser le pour et le contre.

— Je vous l'accorde.

— Il y a peut-être une solution, mais j'ai besoin de calme pour y réfléchir. Au fait, vous m'aviez bien invitée à dîner l'autre jour ?

— Ma proposition tient toujours.

— Eh bien, c'est moi qui vous invite. J'habite à deux pas, rue Monge. Ce n'est pas très grand mais nous nous serrerons un peu. Ça vous convient ?

Ça me convient.

Nous n'avons pas encore fermé la porte de son studio que ma langue s'agite dans sa bouche. Elle a enfin ôté ses lunettes de soleil. Son regard est d'une clarté profonde, hypnotique. On remarque à peine un léger strabisme — c'est donc pour ça les lunettes, par coquetterie. Je trouve ça attendrissant. Une minute plus tard, elle se tient devant moi, complètement nue. Dieu mériterait d'exister rien que pour revendiquer la création d'un corps aussi ahurissant dans l'équilibre de ses proportions. Elle s'appuie contre le dossier du canapé et me dit « Viens » de sa voix rauque. Je la désire tant que je suis au bord de la nausée — tout mon corps tend vers elle, sa bouche, ses seins, ses cuisses, son sexe épilé de frais qui s'offre largement. Je la pénètre d'un élan. Un gémissement. Elle ferme ses jambes sur ma taille, nous nous agrippons l'un à l'autre comme si notre survie en dépendait, et c'est exactement de cela qu'il s'agit, je ne peux plus vivre sans partager un orgasme avec Clarisse, sans me fondre en elle, c'est impossible. Quelques coups de rein, de plus en plus violents. Elle mord mon épaule pour étouffer ses cris. J'accélère, j'accélère encore, elle répond à mes impulsions de hanches en poussant de petits cris. Ça m'excite tellement que je monte en flèche. Nous jouissons au même moment. Elle hurle, moi aussi.

Du temps passe.

J'ai trouvé ma position sur le canapé, allongé tout contre elle, ma tête entre ses seins.

— Et moi qui pensais ne pas te plaire…

— Tu en doutais ? Dès le premier soir, quand je t'ai croisé au Baron, j'ai eu envie de toi. Mais j'avais peur. Peur d'être déçue à nouveau. D'être blessée. On ne sait jamais sur qui on tombe…

— Et maintenant, tu es rassurée ?

— Ça se voit, non ?

Elle s'étire. Ses seins décrivent deux demi-globes parfaits.

— Tu as faim ?

— Je mangerais un bœuf.

— Je n'en ai pas sous la main. Mais des pâtes, c'est possible.

— Va pour les pâtes.

— Il y a une bouteille de vin dans le placard. Le tire-bouchon doit être dans un tiroir.

Elle prépare le dîner vêtue d'un simple tablier de cuisine. J'ouvre la bouteille — un pommard, pas mal du tout — et sers deux verres. Il faut se déplacer en douceur chez elle : son studio, qui donne sur une cour intérieure, fait dans les 20 mètres carrés en comptant large. Une kitchenette, un canapé-lit, une table basse, une garde-robe. Et une bibliothèque, bien sûr. Que du bon sur les étagères : Faulkner, Amado, García Márquez, Yourcenar, Modiano, Mac Inerney, Ishiguro, Montalbán, Zafón.

Elle passe son bras autour de mon torse.

— Ce n'est qu'une toute petite partie de mes livres. Le reste est dans des cartons de déménagement, au fond d'un garde-meubles.

— Tu habites ici depuis longtemps ?

— Quelques mois. Un an peut-être.

— Les suites de ton histoire avec cet écrivain ?

— Eh oui. Ça paraît si loin… Bien, encore deux minutes et c'est prêt.

— Tu me parlais d'une solution pour le bouquin de Flora Mavrescu. Qu'est-ce que c'était au juste ?

— Tu es toujours aussi romantique après l'amour ?

— Là, je fais des efforts.

Elle retourne à ses casseroles, très consciente que mon attention est totalement focalisée sur la raie de ses fesses, d'une rectitude indiscutable dans l'échancrure du tablier.

— Tu m'écoutes ?

— Je ne fais que ça.

— Bon. La publication de son livre compte beaucoup pour Flora Mavrescu, ce que je comprends parfaitement. Elle a précisé qu'elle pourrait nous donner le nom de ce Russe à condition d'avoir son contrat d'édition sous les yeux.

— Où veux-tu en venir ?

— Tu peux très bien lui préparer un contrat-type avec son nom et le titre de son livre.

— Sans la signature de Merchant ?

Elle pose nos assiettes sur la table.

— Tu lui diras que c'est une formalité. Tu anticiperas juste un tout petit peu.

— Elle est loin d'être naïve. Elle exigera que le contrat soit signé.

— Dans ce cas, il faudra trouver autre chose… C'était une simple suggestion.

— Laisse-moi le temps de manger mes pâtes. Ensuite je soupèserai les avantages et les inconvénients de ta proposition.

— Ne soupèse pas trop longtemps. Nous avons mieux à faire cette nuit.

Sur ce plan-là, la suite lui donnera raison.

12

Montagnes russes

Je flotte dans l'air. Toutes mes terminaisons nerveuses sont en paix avec l'univers. Je suis épuisé par le manque de sommeil, mais mon esprit me rappelle cette évidence : la béatitude existe. J'ai même l'impression d'avoir une âme, et elle est en totale zénitude. Il ne me reste plus qu'à faire face à ce constat terrifiant : je suis amoureux.

Des flashs me reviennent, le visage de Clarisse tendu vers la quête du plaisir, sa langue entre ses lèvres, ses reins impatients, ses mains qui m'empoignent pour m'enfoncer encore plus profondément en elle, son cri de soulagement, son corps qui s'abat sur moi comme un pantin foudroyé par la jouissance. Je n'avais jamais vécu l'amour avec une telle intensité. Il va falloir faire avec ça désormais. Le souvenir de cette première fois.

À l'accueil, Geneviève relève la tête du registre des manuscrits. Elle me considère d'un air ravi.

— Eh bien, Paul, on dirait que vous avez gagné au Loto.

— En quelque sorte.

— Je suis heureuse de vous voir dans cet état. Mais ne perdez pas de vue votre travail.

— Je ne fais que ça, Geneviève.

Même Sophie, avec son visage sévère et ses vêtements tirés par la maigreur, me paraît aimable. Elle est plongée dans la lecture d'un journal. Les nouvelles semblent mauvaises.

— Vous allez vous casser le moral avec de telles lectures, Sophie.

— C'est préoccupant, quand même.

Elle me désigne un article intitulé « Décès inexpliqués : des chiffres alarmants ». Un obscur médecin généraliste de Perpignan dit avoir constaté ces dernières semaines des dizaines de morts brutales et imprévues. Ces personnes de tous âges et de toutes conditions sociales s'éteignaient brusquement, chez elles la plupart du temps, sans qu'on puisse fournir la moindre explication rationnelle. Elles n'avaient aucun antécédent médical et rien ne laissait augurer d'une fin proche. Une expression m'a frappé : ces personnes *s'éteignaient*. Comme une ampoule dont le filament se rompt sans prévenir. Le souvenir d'Héloïse, mon ancienne assistante, remonte jusqu'à moi. C'était l'impression que j'avais ressentie lorsque j'avais appris son décès : une étincelle aspirée par l'obscurité. Je lui rends son journal

— C'est bien triste. On ne peut rien y faire, hélas.

Sophie hoche la tête d'un air accablé. Avant d'oublier, je lui tends la brochure de Flora Mavrescu.

— Auriez-vous l'amabilité de me faire dix copies de ce manuscrit ? C'est urgent.

— Dix copies ? Mais cela va me prendre toute la matinée !

— Vous êtes un peu payée pour ça, non ? M'assister dans mon travail éditorial.

— Le problème, c'est que monsieur Grandpierre m'a demandé de lui sortir des copies d'une demi-douzaine de manuscrits, je n'arrive plus à suivre.

— Il a sa propre assistante, que je sache…

Une démarche pataude s'approche à grands pas.

— Alors, Sophie, ça avance ? C'est pressé. Ah, salut Paul.

Ma bonne humeur fond comme neige au soleil : Grandpierre tel qu'en lui-même, le pan de la chemise dépassant de son pull couleur caca d'oie, la tignasse en désordre et la trogne déformée par un sourire puant le café.

— Je dois distribuer les manuscrits avant la fin de la matinée, alors si vous pouviez accélérer le mouvement…

— Vous ferez d'abord mes copies, Sophie, dis-je avec un maximum de calme.

— Désolé, Paul. J'ai demandé en premier.

— On dirait que tu prends de plus en plus tes aises dans cette maison. Depuis quand te crois-tu autorisé à monopoliser mon assistante ?

— Depuis que tu t'absentes de ton boulot. J'ai des bouquins à faire lire, mon assistante est surchargée de travail, j'ai donc demandé à Sophie de me dépanner. C'est que je bosse, moi.

J'ai décidé de vivre dans un monde doux, harmonieux et débordant d'amour, et voilà que ce connard vient piétiner ma bonne humeur. Comme une lame de fond, la colère me remonte des tripes. Je me place à cinq centimètres de son visage.

— Tu pourrais au moins respecter tes interlocuteurs !

— Je les respecte. Encore faut-il qu'ils soient là pour le remarquer.

Je l'empoigne par le haut de son pull-ode au dégueulis et je hurle :

— Je te préviens… Si tu oses insinuer encore une fois que je ne fais pas bien mon boulot…

— Bonjour, monsieur Merchant, dit calmement Grandpierre. Je suis à vous dans une seconde.

Silence polaire. Tout le monde s'est rassemblé dans le

couloir pour observer la scène. Antoine Merchant se tient au milieu de l'attroupement. Son regard bleu cobalt ne cille pas.

— Miller, vous passerez à mon bureau cet après-midi. Vous êtes prêt, Sylvain ?

Grandpierre écarte ma main avec un petit sourire et suit Merchant dans le bureau de Kléber Savin. Ce salopard m'a piégé. Il savait que Merchant allait rappliquer d'un moment à l'autre.

Il ne me reste plus qu'à faire mes paquets.

La table de travail de Cerbère est dressée pile au centre du palier du cinquième étage. Elle se tient là, bien droite dans son fauteuil, un œil sur l'escalier et un autre sur l'ascenseur, en face du bureau du directeur de Galibier — le Saint des Saints de l'édition, le lieu où tout auteur rêve d'être reçu au moins une fois dans sa vie. L'impassibilité glacée de Cerbère n'est pas sans rappeler les statues de cire du musée Grévin, mais sans la volonté de divertir le chaland.

Elle est tout à fait à l'aise dans cette antichambre qui empeste l'encaustique et l'eau de Cologne. Nous nous faisons face en silence, elle derrière son bureau, moi sur la chaise inconfortable réservée aux visiteurs. Elle lève parfois la tête et me considère avec cet air de circonspection teintée de dégoût qu'on ne réserve qu'aux tarentules ou aux crotales. Par bonheur notre confrontation ne dure pas très longtemps. Elle reçoit un appel sur son téléphone fixe. Sa voix est frigorifique.

— Bien, je le fais entrer.

Elle ne me fait même pas l'aumône d'une parole : d'un mouvement de tête, elle désigne la porte capitonnée du bureau d'Antoine Merchant.

Le directeur de Galibier me regarde avancer vers lui, un coude appuyé à son bureau. Avec sa crinière blanche et son visage de granit, il rappelle un chevalier du Moyen Âge, un de ces êtres bardés de métal — et de convictions religieuses — qui vous ouvrait le ventre sans le moindre état d'âme puis essuyait son épée dégoulinante de sang sur vos vêtements. Quand il tire cette tête de tueur, la seule idée qu'il puisse vous adresser la parole vous plonge dans un état de terreur difficilement contrôlable. Du menton, il désigne le fauteuil réservé aux visiteurs. Je m'assieds en avalant ma salive. Il me dévisage sans un mot. Sans doute est-il en train de disséquer mon psychisme avant d'en jeter les lambeaux aux charognards.

Sa voix n'est qu'un grondement.

— Pouvez-vous me dire ce qui vous est passé par la tête ?

— Je suis désolé.

— Ce n'est pas ce que je vous demande. Je veux savoir pourquoi vous vous en êtes pris à votre collègue.

Quitte à finir en bouillie, autant se jeter dans le vide et connaître, fût-ce pour quelques secondes, l'ivresse de la chute libre.

— J'estime que Sylvain Grandpierre m'a manqué de respect. Il a sollicité mon assistante pour son usage personnel sans me demander la permission. Cela fait suite à pas mal de comportements incorrects, notamment en comité de lecture. J'ai également des raisons de penser qu'il s'est introduit dans mon bureau et a consulté le contenu de mon ordinateur. En tout cas, j'ai la certitude que des objets ont été déplacés en mon absence.

— Je viens de lui parler. Il nie formellement toute intrusion chez vous. Au contraire, il estime que c'est vous qui l'agressez en permanence.

— Bien sûr.

Merchant se penche vers moi, l'air furieux. Le fait est que je suis prêt à rendre tripes et boyaux.

— Vous contestez ma parole, Miller ?

— Pas le moins du monde.

Il observe un temps.

— Je vous rappelle que les principaux prix littéraires seront décernés dans moins d'un mois. Sur le plan financier, c'est un enjeu crucial pour la maison. Nous devons nous focaliser sur cet objectif et il serait fâcheux, pour ne pas dire catastrophique, que la presse ait vent de discordes au sein de notre maison. Les conséquences en termes d'images seraient terribles. Je me suis bien fait comprendre ?

— À merveille.

— Voilà pourquoi j'ai décidé de confier Cyril Jiniac à Sylvain Grandpierre. Nous sommes nombreux à penser qu'il sera plus à même de l'encadrer.

Mon cœur s'arrête de battre. Une mise au placard en bonne et due forme.

— Mais c'est moi qui l'ai découvert…

— Un auteur n'appartient pas à un éditeur. Vous devriez le savoir, depuis le temps que vous travaillez ici.

— Et s'il rafle le Goncourt, ce sera aussi grâce à moi.

— J'aimerais partager votre optimisme. Les dernières rumeurs me laissent plutôt sceptique sur ses chances. Que les choses soient claires entre nous, Miller : si vous estimez que vos talents d'éditeur ne sont pas suffisamment pris en compte chez Galibier, je ne peux que vous encourager à démarcher nos concurrents. Croyez bien que cela ne m'affligera en aucune manière.

— Compris.

Il hoche de nouveau la tête.

— Je dirige cette maison depuis plus de vingt ans et je

peux vous assurer que les années qui viennent vont être décisives pour notre profession. Nous jouons notre survie. C'est pourquoi nous ne pouvons nous permettre la moindre faiblesse. Ni nous laisser distraire par des considérations extérieures. Par conséquent je ne veux plus être importuné par vos chamailleries avec Sylvain Grandpierre.

Il se redresse, les mains posées à plat sur son plan de travail.

— N'oubliez jamais ce que je vais vous dire, Miller : les auteurs passent, les éditeurs aussi, seul reste l'esprit de la maison. Et cela, je ne tolérerai pas qu'on y touche.

Antoine Merchant me congédie d'un dernier coup de menton.

Le regard vipérin de Cerbère m'accompagne jusqu'à l'ascenseur, sans doute pour s'assurer que je débarrasse bien le plancher. Silence de mort au quatrième étage. Toutes les portes sont ouvertes, à l'affût de la moindre information. Personne ne m'adresse la parole : il n'est jamais recommandé de fréquenter un condamné à mort. Je croise seulement Jeanine qui remonte le couloir de sa démarche de souris hargneuse. Elle me gratifie d'un sourire un peu triste qui veut tout dire : *« Je t'avais prévenu, le Manuscrit porte malheur. »* Elle ferme sa porte.

Je rentre dans mon propre bureau. Et là, l'évidence : quelqu'un a profité de mon entrevue avec le Big Boss pour fouiner partout. Il n'a rien fait pour le cacher : piles de manuscrits déplacées, tiroirs mal refermés, mon sac à dos couché sur le sol alors qu'il était posé droit sur mon fauteuil. Pour le salaud qui a fait le coup, il était clair que j'allais être viré dans la journée et qu'il fallait se dépêcher de retourner mon bordel pour mettre la main sur un éventuel objet de valeur. Dans mon esprit, cela porte un nom bien déterminé : *Le*

Manuscrit. Ça vient peut-être de Sylvain Grandpierre. Ou de Jeanine. Ou de n'importe qui d'autre. Pas de chance pour eux, je suis toujours en vie.

Passé le choc, je me rassieds devant mon ordinateur et dresse mon plan de bataille. Je dois faire profil bas. Reprendre mes activités comme si rien ne s'était passé. Comme si je n'avais pas remarqué leur manège. Leurs réunions imprévues. Leurs sourires hypocrites. Leurs regards inquisiteurs. Leurs silences complices. Je dois simuler le naturel, la légèreté. Faire croire à tout le monde que je me sens investi dans l'avenir de Galibier. Qu'on se le dise, le combat pour la victoire de Cyril Jiniac au Goncourt va me tenir éveillé nuit et jour. Dans le même temps je dois me méfier de chacun. Ne laisser traîner aucune preuve compromettante.

Surtout ne pas laisser de prise aux soupçons.

Je fais donc la seule chose raisonnable qui puisse assurer ma survie.

Je dresse un faux contrat d'édition pour *Une femme d'occasion* de Flora Mavrescu, avec une fausse signature d'Antoine Merchant. Je le tire en deux exemplaires sur mon imprimante et j'efface aussitôt le fichier.

Je laisse un message à Clarisse.

Nous avons rendez-vous dans le passage voûté situé à l'arrière du théâtre de l'Odéon, face au jardin du Luxembourg. Le lieu est si quelconque qu'il ne viendrait à l'esprit de personne d'y organiser une rencontre, particulièrement le soir, lorsque le passage est plongé dans une quasi-obscurité. L'avantage, c'est que les colonnades nous protègent des regards. Comme je suis sous surveillance, je dois rester aussi discret que possible.

Clarisse arrive à 19 heures tapantes, vêtue de noir comme

je le lui ai demandé. Flora Mavrescu la rejoint quelques minutes plus tard sans savoir pourquoi j'ai choisi ce point de rendez-vous. Malgré une petite pluie vicieuse, je me tiens en planque de l'autre côté de la rue, derrière les grilles du Luxembourg. Apparemment, personne ne nous espionne. La voie est libre. J'attends que le feu passe au vert pour traverser la rue à toute vitesse. Elles ne me reconnaissent pas tout de suite : j'ai mis moi aussi des vêtements sombres et une casquette pour passer inaperçu.

Je tends à Flora Mavrescu une chemise cartonnée contenant les deux exemplaires du contrat. Elle vérifie la signature en dernière page ainsi que les paraphes au bas de chacune des 21 pages, et hoche la tête avec satisfaction. Je n'ai pas de temps à perdre.

— Vous deviez nous donner un nom, si je ne m'abuse.

— Deux secondes, cher monsieur. Je n'ai pas terminé.

Elle s'adosse à une des colonnes et commence à lire attentivement le contrat.

— Vous pourrez le consulter chez vous, à votre aise.

— Je peux quand même jeter un rapide coup d'œil, non ? C'est mon livre après tout. J'y ai mis beaucoup de moi-même, je ne tiens pas à vous le donner pour rien.

— C'est un contrat-type. Les conditions sont très honnêtes, croyez-moi.

Elle écarquille les yeux en me montrant un paragraphe.

— Vous appelez ça une proposition honnête ? Seulement 8 % de droits d'auteur ! Et même pas d'à-valoir !

— Aucun éditeur ne vous fera de meilleures conditions, je peux vous le garantir.

— Vous voulez ma mort !

— Si vous n'êtes pas contente, restons-en là.

Elle poursuivit sa lecture en grommelant des imprécations.

Clarisse estime que le moment est venu de clore la négociation.

— Alors, Flora ? Monsieur Miller a rempli sa part du deal. À vous de nous aider à présent.

La libraire réfléchit quelques secondes et lève enfin les yeux de ses feuilles de papier.

— Le bonhomme dont je vous ai parlé s'appelle Arsène Anxielevitch. Un Russe tout ce qu'il y a de plus russe.

— Et où habite-t-il ?

— Aucune idée.

— Pardon ?

— Je n'en sais rien. Je vous ai promis son nom mais je ne vous ai jamais dit que je connaissais son adresse ou son numéro de téléphone. D'ailleurs, je ne l'ai plus revu depuis deux ans. Il est peut-être mort à l'heure où je vous parle.

Elle glisse la chemise cartonnée dans son énorme sac.

— Il y a l'un ou l'autre point qui mérite discussion. Je vous rappelle.

Elle repart, le sourire aux lèvres.

Le froid est tellement pénétrant que j'invite Clarisse à prendre un verre dans un petit bistrot à deux pas de la place de la Contrescarpe. Un bon verre de vin ne sera pas de trop pour nous réchauffer. Je secoue la tête, dégoûté.

— Cette morue s'est bien foutue de nous.

— Cet Arsène Anxielevitch est peut-être toujours en vie, dit Clarisse en posant sa main sur la mienne. Avec un nom pareil, on devrait finir par le retrouver.

Le problème, c'est qu'après une recherche rapide sur Internet, nous avons fait chou blanc. Pas le moindre Anxielevitch dans les radars. Je suis presque certain que la libraire a inventé ce nom.

— Sois réaliste, Clarisse. C'est cuit.

— Je n’en suis pas si sûre. Flora Mavrescu est rusée mais je ne le crois pas menteuse.

— Nous verrons bien.

— De toute façon, son contrat est bidon. Tu peux faire traîner les discussions autant que tu veux.

Je cherche la lumière dans mon verre de vin.

— Tu oublies qu’Antoine Merchant m’a quasiment mis à la porte. Si Jiniac ne décroche pas un prix dans les semaines qui viennent, ma carrière est terminée.

— Il n’y a pas que Galibier dans la vie.

— Avec la réputation que va me faire Merchant, je pourrai m’estimer heureux si on m’autorise à porter des cartons de livres chez les libraires.

— À moins que tu ne lui apportes *Le Manuscrit* sur un plateau.

— Ce qui me semble de plus en plus aléatoire.

— Il y a toujours une porte qui s’ouvre quelque part.

— J’aimerais savoir laquelle.

Elle entrouvre son sweat-shirt et glisse ma main dans l’échancrure, contre le coussin de sa poitrine.

— On pourrait commencer par celle-là, tu ne crois pas ?

C’est curieux comme certains gestes tout simples ont le don de vous regonfler à bloc.

13

Au cœur des ténèbres

Les réseaux sociaux ne parlent plus que de ça : les décès inexpliqués. Des dizaines de théories circulent. Certains penchent pour la pollution atmosphérique, d'autres pour une malédiction surgie du fond des temps, d'autres encore pour un gaz létal utilisé par les services secrets pour éliminer les plus faibles et faire économiser de l'argent à l'État. Bref, une source inépuisable de fictions.

Fidèle à mon plan, je cible les contributeurs les plus allumés sur Facebook, Twitter et Instagram. Ma requête est simple : ont-ils écrit un livre sur la question ? Comme par hasard, ils ont tous un ou deux bouquins terminés dans leurs tiroirs. Je leur demande de me les envoyer, mais uniquement en format papier. Dès le lendemain, dix enveloppes atterrissent au siège des éditions Galibier.

J'aperçois Sophie qui passe en trombe devant mon bureau.

— Sophie, vous pouvez venir me voir deux secondes ?

Si j'en juge à son regard terrorisé, les bruits de couloir ont fait leur œuvre : je suis un monstre, pour ne pas dire un vampire. On pourrait presque voir des colliers de gousses d'ail lui pendouiller autour du cou.

— Qui est de corvée « Tirer la chasse » aujourd'hui ?

— Jeanne de Ribécourt.

— Je sais qu'elle a beaucoup de boulot en ce moment. Je vais lui donner un coup de main. Apportez-moi l'arrivage du jour.

Ses yeux cernés d'appréhension s'écarquillent de surprise. Cette fois, pas de doute : je suis bel et bien frappé de démence.

— Très bien, monsieur. Je vous amène ça tout de suite.

Quelques minutes plus tard, une flopée de manuscrits s'empilent sur un coin de mon bureau.

— Merci, Sophie.

Tout l'étage peut témoigner que je suis occupé. À présent je peux me mettre réellement au travail.

Même si Arsène Anxielevitch n'a pas d'existence répertoriée, mon petit doigt me dit qu'il doit avoir laissé des traces quelque part, au moins dans les mémoires. Ce qui explique ma présence dans l'atelier de Lucien, de très mauvais poil ce matin-là. Il râle, doit s'y reprendre à trois fois pour allumer sa Gitane. Le froid, les doigts gelés, le tabac qui a pris l'humidité, tout y passe. Il surveille ses employés occupés à décharger un camion. Les caisses de livres s'élèvent en piles régulières dans un coin de l'entrepôt — les futurs services de presse, que les auteurs vont dédicacer avant d'être envoyés aux journalistes spécialisés. Il va y voir de plus près, revient d'un air contrarié.

J'allume ma propre clope.

— Que se passe-t-il ?

— Ce sont ces cons-là…

— Qu'est-ce qu'ils ont fait de mal ?

— Justement. Y'a rien qui cloche. Ça m'inquiète.

— Tu ne devrais pas.

— C'est comme ça. Les catastrophes, je les flaire de loin. Bon, je vais me préparer un café spécial. Tu veux ?

— Volontiers.

On se réfugie dans son cagibi et il nous prépare deux cafés allongés d'une bonne rasade de calva. Il fait tellement glacial que le contact avec la tasse chaude provoque comme des piqûres d'épingles dans les doigts. Indifférent à la douleur, Lucien touille son café, plus pensif que jamais.

— J'ai l'habitude avec ces zigues-là. Le calme avant la tempête. Tu es bien placé pour en parler, non ?

— Pourquoi tu me dis ça, Lucien ?

— Il paraît que ton auteur favori te fout dorénavant une paix royale.

— Qui te l'a raconté ?

— Je sais plus. Tu sais, ici, les rumeurs…

— Eh bien, ça me fait des vacances. Je vais pouvoir me concentrer sur de nouveaux projets. À ce sujet, je voulais te demander… Est-ce que le nom d'Arsène Anxielevitch te dit quelque chose ?

Il tire sur sa Gitane, la mémoire au travail.

— Un Russe, je suppose.

— Belle déduction.

Silence.

— Il a été publié ici ?

— Je n'ai pas trouvé de livres à son nom.

— Alors il était de l'autre côté de la barrière. Du côté des éditeurs. Maintenant que j'y pense… C'était un lecteur professionnel, non ? Je ne sais plus qui m'en a parlé. Il travaillait encore pour une maison il n'y a pas si longtemps.

Bonne nouvelle, Flora Mavrescu n'a pas menti. L'homme existe vraiment.

— Tu sais où je peux le trouver ?

— Tu n'as qu'à regarder sur Internet.

— Macache.

— Dans ce cas, adresse-toi à l'ambassade russe. Ils auront peut-être des informations.

— Pas bête.

— Mais sur ce coup-là tu peux être certain que je ne t'aiderai pas.

— Pourquoi ?

Il se rallume une clope, hilare.

— Je t'ai déjà raconté que j'ai milité dans ma jeunesse.

— Chez les anars, non ?

— Oui, au grand A. Dire qu'il y a encore des gens pour s'imaginer que les années 70, c'était le bon temps, l'insouciance et tout le bastringue… Pas pour nous. C'est qu'on préparait la révolution, nous ! Bon, d'accord, on faisait la fête aussi, mais la plupart du temps on était sérieux. C'était d'un chiant, tu peux même pas imaginer. Le nombre de discussions qu'on avait… Pour tout et rien, on discutait. Même acheter des clopes au tabac du coin, ça faisait débat. Faut pas oublier qu'il y avait les autres, les chapelles concurrentes. Trotskystes, maoïstes, situationnistes… Aujourd'hui je ne supporte plus tout ce jargon. Rien qu'un mot en *iste*, je dégobille.

— *Communiste*, par exemple ?

— Eux, c'étaient nos bêtes noires. Bon, vu d'ici, c'est de la haute antiquité, mais à l'époque ça avait un sens. Ils nous en ont fait voir, les staliniens. Plus intolérants et butés que ces gars-là, impossible. C'est pour ça que les gens de l'ambassade russe et moi, on n'est pas très copains. Les dénominations ont peut-être changé mais certains réflexes sont toujours là.

Il se gratte la tête pour susciter des souvenirs.

— Tu savais qu'Antoine Merchant avait un frère qui militait dans un de ces mouvements ? Les maos, je crois. C'était la grande mode chez les intellos des années 60. La Chine, la Révolution culturelle, les Gardes Rouges… Des conneries. Mais qu'est-ce qu'on pouvait dire, nous, les anars ? On était des prolos, on sentait la transpiration. On n'était pas du même monde.

— Je croyais que les maos s'établissaient dans les usines pour prôner la révolution ?

— Certains l'ont fait, c'est vrai. Ils ont tenu un an ou deux. Après, ils ont préféré les concepts. C'est quand même moins salissant, un concept. Et surtout c'est plus pratique : une fois qu'il est périmé, on le jette à la poubelle et on passe au suivant. C'est comme ça que les anciens maos ont pris le pouvoir un peu partout : ils étaient doués pour changer de concept. Et le concept du pouvoir, on peut dire qu'ils en ont fait bon usage.

— Tu sais ce qu'il est devenu ?

— Le frangin de Merchant ? Va savoir. Ce qui est sûr, c'est qu'Antoine Merchant, lui, a bien retenu la leçon.

— C'est-à-dire ?

Il hausse les épaules comme s'il était au-dessus de tout ça.

— Ceux qui détiennent le pouvoir n'arrivent jamais là par hasard. Ils ont le profil. Ils se persuadent vite que sans eux rien ne peut marcher. C'est d'ailleurs pour ça qu'ils le gardent comme un chien son os. Gare aux morsures.

Il a un pauvre sourire.

— D'un autre côté c'est salissant, le pouvoir. Et on aime garder les mains propres chez les anars. Moralement, je veux dire. On veut avoir une belle âme. Pure, immaculée. Sans compromis. Et c'est ainsi qu'on finit dans un atelier à 70 berges. Éternel cocu de l'histoire.

Par chance pour Lucien, un des manutentionnaires fait un écart avec son chariot élévateur. Il bondit dehors et se met à gueuler.

— Fais gaffe ! Un Fenwick, c'est pas un jouet ! Combien

de fois je devrai te le dire !

Je le laisse déverser sa bile sur ses subordonnés.

Je bloque la porte de mon bureau avec le fauteuil visiteur : je ne veux être dérangé sous aucun prétexte. Coups de téléphone à l'ambassade russe. Sept appels. À chaque fois une attente interminable, puis on me renvoie d'un service à l'autre pour m'annoncer que le responsable n'est pas disponible. Quelquefois la communication est brutalement interrompue. Finalement un sous-fifre à l'accent slave très prononcé m'explique qu'ils ne peuvent donner aucune information sur un citoyen russe. « A fortiori s'il vit en France depuis plus de trente ans » précise le fonctionnaire avec des roulements de tambour dans la voix. Sous-entendu : ce traître a déserté la mère-patrie quand elle avait le plus besoin de lui, qu'il ne s'attende pas à un geste de sa part.

Terminé pour la piste diplomatique. De rage, je claque mon téléphone sur le combiné. Il sonne presque aussitôt. Geneviève.

— Paul ? Cela fait deux heures que j'essaie de vous joindre. Il y a quelqu'un pour vous à l'accueil.

Magloire, à coup sûr.

— Je ne veux plus voir ce crétin. Dites-lui que je suis en voyage sur la lune.

— Euh, ce n'est pas un monsieur. C'est une dame tout ce qu'il y a de plus féminine. Je la fais monter ?

— Non, je descends.

Clarisse trône dans un des fauteuils de l'accueil. Robe décolletée, cheveux en bataille, talons hauts, lunettes noires, le grand jeu. Face à elle, trois plumitifs au regard exorbité font leur possible pour ne pas se baver dessus. Je n'ai pas fait un pas dans le hall d'accueil qu'elle saute sur ses pieds et m'entraîne à l'écart. Elle est au comble de l'excitation.

— Je l'ai retrouvé !

— On avait dit qu'on devait rester discret, Clar…

— Désolée, tu ne répondais pas au téléphone et je ne pouvais pas garder ça pour moi.

Geneviève fait le maximum pour ne pas montrer qu'elle suit notre conversation mot à mot. J'emmène Clarisse dans une petite pièce qui sert à entreposer les milliers de manuscrits refusés. Sans se faire prier, Clarisse s'assied sur une énorme pile de brochures et fait de grands gestes comme pour rassembler ses idées en un tout cohérent.

— En fait, c'était très simple. Nous savons qu'Arsène Anxielevitch a travaillé comme lecteur professionnel. Il devait donc avoir un statut de salarié auprès des différents éditeurs qui l'ont employé.

— Sans doute.

Elle écarte les mains devant l'évidence. Comme je ne comprends toujours pas, elle embraie.

— Éditeurs qui devaient payer des cotisations sociales à l'organisme chargé de les récupérer…

— Tu as appelé l'Urssaf ?

— C'était aussi simple que ça ! En France tout commence et tout finit par des taxes, c'est un rite. J'ai dû parlementer un peu mais, finalement, j'ai réussi à obtenir ses coordonnées.

— Qu'est-ce que tu leur as inventé comme bobard ?

— Je me suis fait passer pour la DRH d'une maison d'édition qui aurait employé Arsène Anxielevitch il y a quelques années. J'ai prétendu que suite à un audit financier, nous avions remarqué une anomalie : nous avions oublié de déclarer une période de travail d'Anxielevitch, et donc négligé de verser les cotisations correspondantes à l'Urssaf. Cotisations que nous acceptions de verser, bien évidemment. À charge pour nous d'en informer le principal intéressé afin de régulariser sa situation.

— Tu es gonflée.

— J'ai eu beau retourner la question en tous sens, c'était la seule manière d'obtenir son adresse.

— Cela veut dire qu'une maison d'édition parisienne va bientôt recevoir un rappel de cotisations qui ne correspond à aucune prestation réelle.

— On ne fait pas d'omelettes sans casser d'œufs, mon chéri. Tu te rends compte ? Nous allons enfin rencontrer quelqu'un qui a tenu le *Manuscrit* entre ses mains ! Peut-être même qu'il en a gardé une copie ! On y va ?

Je ne sais pas ce qui m'éblouit le plus chez Clarisse, sa beauté, sa joie de vivre ou l'incroyable assurance qui l'accompagne partout où elle pose le pied. À croire qu'avec elle tout se dénoue sans à-coup, comme un récit bien ficelé. La vie devient tellement simple avec elle, tellement fluide…

— Je vais chercher mon blouson et j'arrive.

Je laisse tout en plan sur mon bureau. Les bouquins des autres cinglés sont là, bien en vue à côté de mon écran d'ordinateur. Les intrus n'ont plus qu'à se servir. Ils ne seront pas déçus.

Station Stalingrad. Il faut marcher cinq minutes sous le viaduc du métro puis prendre à droite. Rue de l'Aqueduc. Nous nous arrêtons devant le numéro 82. Une vaste porte cochère. Devant sa loge, la concierge bat ses paillassons avec fureur. Je laisse Clarisse établir le premier contact — elle est plus douée que moi pour les travaux d'approche.

— Bonjour. Nous cherchons monsieur Anxielevitch.

La concierge lui jette un regard hargneux.

— Le professeur ? Escalier A, sixième étage, deuxième porte à droite. Mais il n'est pas là.

— Quand reviendra-t-il ?

— Qu'est-ce que j'en sais ? C'est l'heure de sa balade. Il peut revenir dans une heure, ou dans trois… Repassez une autre fois.

— Nous l'attendrons devant chez lui.

— Mais puisque je vous dis…

— Merci beaucoup.

La concierge rouspète pour la forme puis passe sa rage sur ses tapis.

Nous pénétrons dans un de ces vieux immeubles haussmanniens sans ascenseur. Leurs escaliers sont impitoyables : les centaines de déjeuners bien arrosés et les dizaines de milliers de clopes grillées se rappellent à mon bon souvenir. Même Clarisse a du mal. Nous devons nous asseoir sur les marches pour reprendre notre souffle. Ma respiration évoque une bouilloire au bord de l'implosion.

— Cela faisait des années que…

Clarisse n'arrive même plus à articuler une parole. Elle hoche juste la tête pour confirmer qu'elle aussi est au bord de la syncope.

Des pas fermes et réguliers résonnent dans la cage d'escalier. Aucun à-coup dans la cadence, un-deux, un-deux, un rythme quasi militaire. Peu après, un vieil homme aux cheveux blancs apparaît devant nous, droit comme un I dans sa gabardine grise. Il soulève son chapeau pour nous saluer et se fraie un chemin entre nous.

— Bonjour. Si vous voulez bien m'excuser… Merci.

Sa voix a les intonations gracieuses d'une prononciation slave. Je me redresse péniblement.

— Monsieur Anxielevitch ?

— C'est bien moi. À qui ai-je l'honneur ?

— Je suis Paul Miller. Éditions Galibier.

— Enchanté.

Il me serre la main. Sa peau très blanche rappelle la délicatesse du vélin. Il m'observe d'un air malicieux.

— Vous avez bonne mine, jeune homme, mais vous devriez perdre un peu de poids. Votre silhouette recouvrerait la prestance d'un personnage de Pouchkine. Et mademoiselle ?

— Clarisse Méry. Je travaille avec monsieur Miller.

— Très bien. Tout à fait charmante. Et parfaitement assortie à monsieur, je dois dire. Avec vous, en revanche, nous lorgnons plutôt du côté de Boulgakov. Dans ma bouche c'est un compliment, rassurez-vous. Que puis-je pour vous ?

Il reprend son ascension sans attendre notre réponse. Nous le suivons à grand-peine jusqu'au sixième étage, qu'il atteint sans montrer le moindre signe d'essoufflement.

— Nous aimerions vous parler d'un livre, parvient à articuler Clarisse.

— Ah bon ? s'amuse-t-il en tirant un jeu de clés de sa poche. En quoi pensez-vous que cela m'intéressera ?

— Vous avez bien été lecteur dans de grandes maisons d'édition ?

Une main sur le front, il fait semblant de chercher dans sa mémoire.

— Oui, en effet, maintenant que vous me le dites… Je me souviens. Les livres… J'ai dû en parcourir deux ou trois dans ma vie. Mais entrez donc, nous allons bavarder devant une tasse de thé.

Il ouvre la porte de son appartement.

Nous nous figeons sur le seuil.

L'appartement est sculpté dans les livres. Il y en a partout, sur le parquet, entre les fenêtres et jusqu'en haut des murs, à croire que ce sont les piles de bouquins qui supportent le poids du plafond. Des volumes de tous genres et de tous formats, classés avec un soin maniaque. Dans le reflet d'un miroir, il apparaît que la chambre à coucher est elle aussi aménagée en bibliothèque géante. L'ameublement proprement dit se résume à un fauteuil de velours râpé et à une lampe à abat-jour orientable. Le sol est d'une propreté scrupuleuse — là où il n'y a pas de livres, bien entendu.

Clarisse se place devant les étagères, des étoiles pleins les yeux.

— Vous avez lu tout ça ?

Le vieil homme ne répond pas immédiatement. Il ôte son manteau et le dispose avec soin sur un cintre qu'il pend à une patère, puis plante le chapeau à son extrémité selon un angle précis. Il est vêtu avec goût, blazer orné d'un emblème prestigieux, pantalon de flanelle grise et foulard de soie qu'il fait jaillir de son encolure. Ces opérations effectuées, il rejoint Clarisse devant les rayonnages, les mains dans les poches.

— Voyez-vous un autre usage à ces objets ?

— Cela a dû vous prendre un temps fou…

— Je déteste perdre mon temps, mademoiselle, il est précieux. D'autant qu'il ne m'en reste plus beaucoup. Donc oui, j'ai lu tous ces livres. J'ai également médité sur l'effet qu'ils ont produit sur moi au point que j'ai été effleuré par la tentation de consigner ces réflexions dans un cahier. Tout bien considéré, je doute qu'elles soient d'un grand intérêt pour les générations futures, qui n'en feraient aucun cas. On publie par ailleurs suffisamment de livres inutiles pour que je rajoute une pierre à cet édifice absurde. Par conséquent je me contente de réserver ces pensées à mon for intérieur. Quand l'occasion se présente, je les partage avec l'un ou l'autre vieillard qui comme moi trouve encore de l'intérêt à la chose, mais je dois reconnaître qu'ils se font de plus en plus rares. Je ferais mieux de préparer le thé. Allons à la cuisine.

D'un geste il nous invite à nous asseoir autour d'une

table minuscule.

— C'est la seule pièce où vous ne trouverez pas de livre. Érudition et combustion font rarement bon ménage.

Avec une prestance de prince russe, il pose devant nous un samovar en métal doré et fait chauffer l'eau du réservoir tout en dosant avec précision une quantité de thé noir dans la théière.

— Je fais encore mon thé à l'ancienne. J'ai horreur de ces sachets pendus à un fil. Je vous prie de m'excuser pour l'image, mademoiselle, mais cela fait penser à des protections hygiéniques.

— Ce n'est pas faux.

— Ou, si vous me permettez une métaphore à peine moins scabreuse, à des corps pendus à un gibet. Qu'on puisse enfermer un breuvage aussi délectable dans un conditionnement aussi fruste témoigne du peu d'attention que notre époque accorde aux valeurs authentiques. Notez cependant que j'ai sacrifié à une certaine modernité en adoptant le samovar électrique. On perd en clarté d'intention ce qu'on gagne en sécurité. Compte tenu du contexte que représente ce logement dédié au papier imprimé, avouez qu'il s'agit là d'une précaution non négligeable.

Sans cesser un instant de commenter les vertus respectives de l'Assam, du Nilgiri ou du Darjeeling — « onctueux mais vite écoeurant, comme ces romans à l'eau de rose qu'on retrouve aujourd'hui un peu partout dans les halls de gare » — ses mains ont produit comme par enchantement des tasses en porcelaine blanche, des petites cuillers en argent, un sucrier en cristal et une assiette de macarons. D'un des meilleurs pâtissiers de Paris, cela va de soi. Après avoir évalué la température de l'eau en posant la main sur le samovar, Arsène Anxielevitch prend enfin place autour de la table.

— Vous me disiez, jeune homme, que vous étiez employé par les éditions Galibier.

— En effet.

— Maison très prestigieuse. L'une des rares pour laquelle je n'aie jamais travaillé. Elle a malheureusement laissé beaucoup de son lustre dans des publications trop commerciales à mon goût. Mais je suis un peu extrême en la matière, je l'admets.

— Il faut bien faire tourner la boutique, comme on dit.

— Galibier ne fait pas commerce de robes ou de sacs, que je sache. Et tant pis si je passe pour un affreux sexiste.

— Je suis assez d'accord avec vous, répond Clarisse avec son sourire le plus irrésistible.

— Vous m'en voyez ravi. Une maison d'édition a un rôle vital à jouer dans la vie des hommes. Elle fait circuler l'esprit, elle apporte une bouffée d'air frais. Alors réduire son activité à la vente de volumes reliés… Je sais, je suis un rêveur impénitent. C'est que je me suis toujours fait une très haute idée de la littérature.

Clarisse saute sur l'occasion.

— Précisément, c'est pour parler d'un livre en particulier que nous souhaitions vous rencontrer.

— Merveilleux. Si vous le voulez bien, je vais d'abord servir le thé.

Il s'empare délicatement de la théière qui trône au sommet du samovar et verse de minces filets d'un liquide ambré dans les tasses, qu'il remplit d'eau chaude en actionnant le robinet du samovar.

— Il ne faut jamais laisser bouillir l'eau. C'est la condition indispensable pour déguster un thé digne de ce nom. L'idéal est de l'amener à une température de 98°. Alors, et alors seulement, le thé peut exprimer tout son arôme. Autrement vous n'aurez droit qu'à de l'eau chaude vaguement parfumée. Tout est question d'équilibre, comme dans un bon roman. L'imagination du lecteur ne peut s'enflammer que si l'écrivain a bien dosé les éléments de son récit. Mais vous souhaitiez me parler d'un livre…

— Oui, c'est un roman que vous avez lu à l'état de manuscrit mais qui n'est pas sorti à l'époque.

— Ma foi, cela faisait partie de mes attributions. Lorsqu'un texte ne me semblait pas abouti, j'en déconseillais la publication. J'avoue que c'est arrivé plus d'une fois.

— Dans le cas qui nous concerne, c'est plutôt l'inverse. Vous aviez vivement recommandé la publication d'un roman qui n'a jamais vu le jour. Il s'intitulait *Le Manuscrit*.

Le regard d'Arsène Anxielevitch se fige. Lui qui l'instant d'avant s'imprégnait des effluves du thé repose lentement sa tasse et croise devant lui ses belles mains qui ont bercé tant de livres.

— Qui vous a parlé de cette histoire ?

— Flora Mavrescu, une libraire. Vous fréquentez sa boutique. C'est au cours d'une de ces visites que vous avez évoqué ce roman. Du moins, nous supposons que c'est à ce livre-là que vous faisiez allusion.

— C'est exact.

— L'auteur était…

— Alexandre Mascaret.

Silence. Interminable. Clarisse se penche vers lui, tendue à l'extrême.

— Vous vous souvenez de ce livre ?

Il laisse passer quelques secondes. Sa voix est dure à présent.

— On n'oublie pas le nom des tragédies qui nous frappent.

Tension palpable. Son visage est totalement fermé. Je tente d'embrayer en douceur.

— Nous avons de bonnes raisons de penser qu'Alexandre Mascaret est toujours en vie. Et qu'il cherche à nouveau à publier son manuscrit.

— Il vous l'a envoyé ?

Sa voix tremble comme s'il hésitait entre la colère et l'émotion.

— Oui.

— Eh bien, qu'attendez-vous ? s'écrie-t-il. Publiez-le ! Oui, publiez-le enfin ! Que le monde sache ! Qu'enfin on prenne conscience de son génie !

— Le problème, c'est que *Le Manuscrit*…

Je cherche la formulation la moins cruelle.

— *Le Manuscrit* a été égaré.

Le vieil homme se frotte les yeux, incrédule.

— Dites-moi que ce n'est pas vrai… Ce cauchemar ne prendra donc jamais fin ?

Puis il relève la tête, farouche, et désigne le salon.

— Vous voyez tous ces livres ? Les plus grands romans de ces deux derniers siècles ? Flaubert, Dostoïevski, Kafka, Tolstoï, Sartre, Steinbeck, Thomas Bernhard ? Eh bien, je vous les échange tous, vous m'entendez, tous, contre *Le Manuscrit* !

Il lâche une suite d'imprécations en russe où se cachent toute la douleur, toute la rage et toute la fatalité du monde. Puis il se met à hurler, les larmes aux yeux.

— Dire que je le tenais entre mes mains ! Et je l'ai laissé s'échapper !

— En quoi était-il si extraordinaire ?

Arsène Anxielevitch me dévisage avec une sorte de stupeur.

— C'était… C'était parfait. Voyez-vous, un chef-d'œuvre ne change pas seulement votre rapport à l'art. C'est toute votre existence qui se trouve bouleversée. Vous avez le sentiment que l'artiste vous parle à vous seul, qu'il perçoit toutes les failles de votre âme et qu'il vous console en même temps de tous vos chagrins. Si une telle œuvre est possible, c'est que la vie vaut la peine d'être vécue : voilà ce qu'on ressent quand on découvre ces livres. C'est le type d'émotion qui vous traverse quand vous écoutez un concerto de Mozart, quand vous découvrez une toile de Vermeer ou quand vous assistez à une pièce de Shakespeare… C'est cela que j'ai éprouvé à la lecture du *Manuscrit.* Comme si tout l'univers était rassemblé là, dans le creux de ces pages. C'était plus qu'un roman, plus que de la littérature, c'était… la vie.

— Mais si c'était tellement génial, pourquoi n'a-t-il pas été retenu ?

— Parce qu'il faisait peur ! L'histoire qui était racontée était effrayante ! Épouvantable ! Cet accident de voiture, la mort de cet enfant, cet amour foudroyé par ce coup du sort ! Qui peut sortir indemne d'un tel récit ? Personne !

Il semble découvrir avec stupéfaction la pièce où il se tient assis.

— Moi-même, je ne m'en suis jamais remis. À côté de cette splendeur, tout ce que j'ai lu par la suite m'a paru fade, insipide, sans profondeur. Mais vous le savez aussi bien que moi, jeune homme…

— Malheureusement je n'ai lu que le début de l'histoire.

— Malheureusement ? Au contraire, vous avez beaucoup de chance ! La brûlure restera superficielle. Moi, j'ai eu l'impression à chaque page que l'auteur m'enfonçait un tisonnier chauffé à blanc dans le cœur. Comment se remettre d'un tel choc ?

Clarisse prend la parole d'une voix très douce. Je la reconnais à peine. Les traits de son visage se sont creusés, à croire que le *Manuscrit* a aspiré ses forces vitales.

— Cela veut-il dire que… l'histoire racontée était véridique ?

Le vieil homme lui adresse un regard tendre, quasi paternel.

— Je le crois, mademoiselle. Je suis intimement persuadé que l'auteur a vécu ce qui est raconté dans ce livre. Mais il l'a magnifié dans un style unique. Il faut lire Vian, Céline, García Márquez ou Rushdie pour comprendre ce qu'un authentique écrivain peut accomplir avec des mots. Transfigurer la réalité, même la plus triviale, la plus glauque ou la plus cynique, en feu d'artifices. Créer une œuvre où la vie palpite ligne après ligne, comme un cœur battant. Je suis convaincu que pour arriver à ce prodige, il faut avoir vécu ce qu'on restitue par la suite avec un stylo et du papier. Bien plus qu'avec de l'encre, c'est avec du sang qu'on écrit ce genre de roman.

Le silence dans l'appartement n'est troublé que par la rumeur du trafic et l'ébranlement métallique des rames de métro sur le viaduc.

— C'est ce qui a effrayé l'éditeur ?

Fataliste, Anxielevitch lève les mains au ciel puis les fait retomber sur la table. Devant lui, sa tasse de thé ressemble à un accessoire inutile.

— Alexandre Mascaret invitait ses lecteurs à regarder le soleil bien en face. L'éditeur craignait qu'ils ne se brûlent les yeux. J'ai eu beau argumenter, Jacques Delchambre n'arrivait pas à prendre de décision. Puis on a appris le drame survenu quelques jours plus tôt chez Galibier, cet éditeur qui s'était pendu dans son bureau après avoir fait disparaître le texte. Ce livre était devenu trop dangereux. Delchambre a refusé de le publier. Les autres maisons ont suivi le mouvement. Tout était terminé.

— Mais vous avez gardé la brochure avec vous, n'est-ce

pas ? demande Clarisse d'une voix sourde.

Le vieil homme hoche la tête avec accablement.

— C'est ici que les choses deviennent étranges. Pour ne pas dire criminelles.

Il se lève et fait quelques pas dans le salon. Il regarde le soleil qui se couche par-dessus les toits, l'obscurité qui gagne la pièce, l'ombre qui tapisse le dos des livres.

— Un matin, j'ai regagné mon bureau et j'ai remarqué que le *Manuscrit* avait disparu. Volatilisé. J'ai eu beau interroger les collaborateurs de Jacques Delchambre, personne n'a pu me dire ce qu'il était devenu.

— Le directeur devait bien le savoir ! s'exclame Clarisse.

— Il prétendait tout ignorer de cette affaire. Aujourd'hui encore je suis sûr qu'il mentait.

— Pourquoi ?

— Parce qu'il voulait s'assurer que ce manuscrit ne finirait pas chez un autre éditeur, je présume. Il ne faut rien laisser à la concurrence qu'on puisse regretter un jour. Maintenant que j'y pense, je me souviens que Jacques Delchambre avait une amie, pour ne pas dire une maîtresse, qui posait beaucoup de questions à propos de ce maudit livre. Je crois qu'elle a joué un rôle déterminant dans cette histoire. Et si c'était elle qui l'avait volé ? Je n'affirme rien, c'est une simple supposition. Peut-être Delchambre pensait-il réellement que ce roman allait porter malheur à la personne qui le lirait ? Je n'ai pas cherché à en savoir davantage, j'ai claqué la porte. Depuis je vis avec ce regret au fond du cœur. Regret qui est le vôtre à présent, jeune homme.

Le sourire qui apparaît sur son visage contient autant de tendresse que de pitié.

— Je vous préviens, c'est un terrible fardeau à porter.

Un lourd nuage glisse dans le ciel. La silhouette d'Arsène Anxielevitch se fond dans les ténèbres.

Clarisse est silencieuse dans le taxi qui nous ramène rue Monge. Plus que silencieuse, abattue. Je glisse ma main dans la sienne. Elle réagit à peine, perdue dans ses pensées. Son visage soigneusement dissimulé derrière ses lunettes noires est fermé à double tour. Les rues sont balayées par l'averse. Les passants se hâtent de rentrer chez eux, accrochés à leurs parapluies. Le silence feutré n'est troublé que par le battement monotone des essuie-glaces et les cliquètements des clignotants.

La voiture se gare au bord du trottoir.

— On est arrivé, constate le chauffeur.

Je m'apprête à payer. Clarisse pose une main sur mon avant-bras.

— Si ça ne te dérange pas. je préfère rester seule ce soir.

Elle sort et claque la portière. Je n'ai même pas le temps de réaliser, la porte de son immeuble s'est déjà refermée derrière elle. Le chauffeur fait comme s'il n'avait rien vu.

— On va où maintenant ?

— Rue de Poissy.

Nous repartons dans un silence de mort.

14

Faux-semblants

Le reste de la semaine s'est écoulé dans une atmosphère sinistre pour moi et survoltée pour le personnel de Galibier. Le jour de la proclamation des prix approchait et *Encombrement* figurait bien dans le dernier carré du Goncourt, du Renaudot et du Femina. Kléber Savin alignait les déjeuners avec les différents membres des jurys et les apéritifs avec des animateurs vedettes de la télévision : si l'un d'eux acceptait de recevoir Cyril dans son talk-show, c'était dans la poche. Tout le monde retenait son souffle.

Quant à moi, je faisais bien semblant. L'entrevue avec Arsène Anxielevitch m'avait fait l'effet d'un coup de massue. Et pas seulement à moi : Clarisse ne donnait plus signe de vie. Elle ne répondait ni à mes appels ni à mes textos. Purement et simplement volatilisée. Ce qui n'arrangeait pas mon moral.

Je ne me faisais plus d'illusion : le *Manuscrit* était bel et bien perdu. Je ne voyais plus quelle piste suivre. Les éditions Delchambre avaient fermé leurs portes, les protagonistes de l'époque étaient morts ou avaient tout oublié de cette histoire. Je finissais par croire que le vieil homme avait raison : j'avais de la chance dans mon malheur, je ne passerais pas le restant de mes jours à vivre avec cette cicatrice. L'histoire du *Manuscrit* paraissait aberrante, mais j'avais appris que la rationalité n'a que rarement voix au chapitre dans la vie. Et dans l'édition moins qu'ailleurs.

La preuve, c'est que Jeanine me parlait à nouveau. Rassurée par les piles de manuscrits aperçues dans mon bureau, elle revenait à de meilleures intentions à mon égard. Elle me demandait où j'en étais dans ma recherche de nouveaux auteurs, m'encourageait, m'assurait que Merchant passerait l'éponge sur mes incartades. Il suffirait que je dégotte un nouveau Jiniac et tout redeviendrait comme avant. Même mieux qu'avant : Grandpierre n'aurait plus qu'à se taire. Seul problème, les torchons de mes cas sociaux étaient impubliables. Ce qui ne me dissuadait pas de les recevoir.

J'enchaînais les rendez-vous avec des écrivains qui avaient tout compris sur tout, mais d'une façon très particulière. Ils se présentaient à l'accueil, fiers comme des dindons, puis me serraient la main avec cérémonie. Ils se mettaient à l'aise et me parlaient de leur œuvre avec des airs autorisés et mystérieux. Je me souviens d'un gros type à quadruple menton qui affirmait que nous vivions dans une réalité augmentée et que des êtres mystérieux tiraient les ficelles. Un autre, regard fixe et barbiche satanique, m'a expliqué pendant une heure que son père avait tenté d'assassiner le pape quelques années plus tôt. Pour un troisième, la vague de décès qui secouait le monde était une réponse divine parfaitement logique à nos égarements — comme tous les frappadingues, il insistait lourdement sur le mot « logique ». Une jolie femme évoquait quant à elle les manipulations dont se rendaient coupables les laboratoires pharmaceutiques : comme le laissait entendre le titre de son ouvrage, *Dans la peau d'un cobaye*, le genre humain n'avait d'autre choix que de vivre sagement dans sa cage en attendant la fin de l'expérience.— une fin qu'elle pressentait imminente, cela va sans dire.

J'écoutais ces énormités d'une oreille. L'important pour le moment, c'était de gagner du temps.

Comme si les choses n'allaient pas suffisamment mal, je croise Cyril devant les portes de l'ascenseur. Il s'est mis aux lunettes noires, lui aussi, sauf que dans son cas c'est pour se protéger d'une nouvelle gueule de bois. Il passe ses doigts sous ses verres fumés et se masse les paupières.

— Tu n'as pas idée de l'enfer que je vis. Tous ces journalistes qu'on me fait rencontrer… Toujours les mêmes questions, le même blabla… Et cette surveillance perpétuelle. Ce type, là, Grandpierre… Quel emmerdeur. Sans cesse derrière moi à me dire ce que je dois répondre, à croire que j'ai de nouveau dix ans. Sans compter l'attachée de presse, Marion Lespinasse. Elle, c'est à peine si elle ne me fait pas passer l'alcootest avant chaque interview.

— Fais le gros dos. Dans deux semaines tu auras le Goncourt et tout le monde te cirera les pompes.

— Tu sais, moi, les prix littéraires, ça me passe au-dessus de la tête. Je n'écris pas des livres pour la gloriole… Au fait, on en est à combien en termes de ventes ?

— D'après les derniers chiffres, tu approches des 40 000. Comme quoi faire un scandale n'est pas un si mauvais calcul.

— Ce n'était pas prémédité. Ah oui, j'oubliais : je dois aussi me coltiner les gens qui viennent m'insulter dans la rue. Ils me disent que je suis un ivrogne, une honte nationale, qu'on devrait retirer mes livres des librairies… Il y en a même qui me font des gestes déplaisants, des doigts d'honneur, des…

— Dis-moi, Cyril… Que penses-tu de ta collaboration avec Galibier ?

Ma question le désarçonne quelque peu.

— Eh bien… À part ce casse-couilles de Grandpierre, ça peut aller.

— Tu ne songes pas à aller voir ailleurs ?

— Quelle idée.

— J'avais entendu des rumeurs.

Il ajuste ses lunettes sur son nez légèrement rouge.

— Eh bien, ce sont des rumeurs sans fondement. Mais tant qu'à évoquer des rumeurs… Ta copine, Clarisse Méry…

— Oui ?

— Tu es sûr qu'elle est vraiment ce qu'elle prétend être ?

— Pourquoi me poses-tu cette question ?

— J'ai mené ma petite enquête… Personne ne la connaît dans le métier.

— Elle ne bosse qu'avec des indépendants.

— Soit. Tu n'as qu'à lui poser la question sur Tinder. Elle y est très active.

Les portes de l'ascenseur s'ouvrent. Il m'adresse un petit signe de la main, satisfait de mon embarras.

Jeanine se marre en observant les volutes qui s'élèvent de son gobelet de café.

— Drôle de coco, ton Jiniac. On dirait que le succès ne lui fait même pas plaisir. Il me rappelle un peu Antoine Blondin. Un vrai phénomène, Antoine. Je ne me souviens pas l'avoir vu sobre une seule fois dans ma vie. Ses livres marchaient bien mais il avait l'air de trouver ça ridicule. Je crois que s'il buvait autant, c'était pour oublier le côté comédie de la scène littéraire. Il paraît qu'un jour il s'est réveillé dans un avion en partance pour le Japon. Des admirateurs l'avaient reconnu dans la rue et l'avaient persuadé d'aller faire une conférence à l'autre bout du monde. Comme l'idée l'avait amusé, il l'avait l'arrosée en conséquence. Et voilà mon Antoine rond comme une queue de pelle embarqué dans un vol pour Tokyo. Je ne sais pas comment il est rentré, ni même s'il l'a faite, sa conférence. Mais je suis sûre qu'il a trouvé un bistrot là-bas… Tu m'écoutes ?

Non, je n'écoute pas. Je suis sur le profil Tinder de Clarisse. Sa présentation a changé. Elle qui se dépeignait comme une fille aimant les livres, les animaux et la nature est devenue une femme à la recherche d'une épaule sur laquelle s'appuyer. Il y a deux nouvelles photos aussi, deux selfies. Sur l'un d'eux, je distingue le bâtiment des éditions Galibier en arrière-plan. Elle a la même tenue que le jour où elle a débarqué à l'improviste pour m'emmener chez Arsène Anxielevitch. Commentaire : « Petite balade en solo à Paris ».

Quel jeu joue-t-elle ?

Le soir tombe doucement. Un vent tiède porte de fines gouttes de pluie. Comme un adolescent, je fais les cent pas devant le 56 rue Monge. Je tente de reconnaître la silhouette de Clarisse sous les dizaines de parapluies qui se dandinent devant moi. Finalement un homme s'arrête devant le 56, compose le digicode. J'attends que la porte soit presque refermée pour me glisser dans l'immeuble. L'homme ne se méfie pas : j'ai l'air d'être un familier des lieux puisque je me dirige droit vers l'escalier au fond de la cour. Je grimpe les deux étages. Pas un bruit chez Clarisse. Je colle mon oreille à sa porte. Rien. Le cœur battant, je sonne. Pas de réponse. Je prends mon téléphone, je l'appelle. Pas de sonnerie à l'intérieur. Et messagerie, encore une fois : « Bonjour, Clarisse Méry n'est pas disponible, veuillez laisser un message. »

« Bonsoir Clarisse, c'est Paul. Je n'ai pas de nouvelles, je commence à m'inquiéter. Rappelle-moi. »

Je ne peux rien faire de plus. Je rentre chez moi à pied. Je remarque à peine les ambulances qui se succèdent dans la rue, toutes sirènes hurlantes. J'ai la tête ailleurs. Comment expliquer son comportement ? L'après-midi elle débarque chez Galibier complètement euphorique, et le soir elle disparaît sans crier gare. A-t-elle rencontré quelqu'un d'autre ? C'est possible : le commentaire de son selfie la décrit comme célibataire. Mais ça n'explique pas un tel changement d'humeur dans la même journée. S'est-elle servie de moi pour faire signer un contrat d'édition à Flora Mavrescu ? Ça n'aurait aucun sens : elle n'a rien à gagner dans l'affaire, et de toute façon le contrat n'a aucune valeur juridique. Peut-être est-elle tombée malade ? Ou bien elle a été victime d'un accident ? Mon cœur se serre à cette seule perspective.

Ça m'apprendra à tomber amoureux…

Au moment où je pousse la porte de mon immeuble, une silhouette se détache de la façade voisine et marche très vite dans ma direction. Une main ferme bloque la fermeture de la porte cochère.

Jean-Luc Magloire. Il se tient au milieu du hall d'entrée, un sourire très doux sur les lèvres.

— Bonsoir, Monsieur Miller. Vous me remettez ?

Je ne sais pas quoi dire. Ce type n'a pas sa place dans ce hall d'immeuble, ni dans ma vie professionnelle ou personnelle, ni dans aucun aspect de mon existence. C'est une erreur, une anomalie, tout simplement. Un incident qui ne mérite même pas d'être relevé. Je le dévisage sans arriver à dire un mot. Il s'approche.

— J'attends de vos nouvelles. Cela fait presque un mois maintenant.

— Recontactez-moi à mon travail. Bonsoir.

Je pose mon passe magnétique sur l'interphone pour déverrouiller la porte vitrée qui mène aux escaliers. Une main d'une force inouïe m'empoigne par le col de mon blouson et me fait voler en arrière. Je tombe par terre. Cette fois, le sourire est plus forcé.

— Ce n'est pas la réponse que j'espérais.

— Vous êtes dingue ?

— Pas du tout. Je suis juste un auteur qui attend son contrat d'édition.

Je me relève en me frottant le bas du dos. C'est qu'il m'a fait mal, ce con.

— Je ne vous ai rien promis.

— Ce n'est pas le souvenir que je garde de notre rencontre.

— Écoutez, il est tard, je suis fatigué, je vous rappellerai dès que nous aurons pris une décision.

Je n'ai même pas le temps de récupérer mon passe qui est tombé un peu plus loin. Il m'a déjà empoigné par le revers de mon blouson et me colle au mur.

— Vous ne devinerez jamais mon hobby ? Les sports de combat. On ne dirait pas comme ça, j'en suis conscient. Mais de nos jours, quand on enseigne dans certains établissements, il vaut mieux prévoir un bon entraînement. C'est même devenu indispensable.

— Lâchez-moi ou j'appelle la police.

— Oh non, vous n'appellerez pas la police. Parce que si vous esquissez le moindre geste vers votre téléphone, je vous casse les deux bras et les deux jambes. Croyez-moi, avec un peu de technique, cela ne représente aucune difficulté particulière. Donc, demain vous irez voir votre patron, Antoine Merchant, pour lui annoncer que vous souhaitez publier *Les romancières de l'ombre*. Sinon je me verrai dans l'obligation de vous expliquer la politesse.

Il me lâche enfin. Je reprends péniblement mon souffle.

Son visage est à quelques centimètres du mien — son haleine est rance.

— Je sais qu'à vos yeux je ne suis qu'un minable. Un petit prof sans intérêt. Dans votre milieu, on méprise des gens comme moi. Des écrivains du dimanche. Des gens qui ne savent pas ce qu'est la vraie littérature. Eh bien, à partir d'aujourd'hui, que ça vous plaise ou non, vous allez devoir me respecter. Vous pouvez m'envoyer mon contrat par la Poste. J'espère que vous vous souvenez de mon adresse. Parce que moi je connais la vôtre. Bonsoir.

Il me sourit de nouveau et glisse ses mains dans les poches de sa veste. Je n'ai aucun doute : la prochaine fois, il s'en servira pour me briser le cou.

15

Le temps ne fait pas de cadeaux

Une heure durant, je retourne mon bureau avant de retrouver l'exemplaire des *Romancières de l'ombre* coincé sous une pile de manuscrits. La couverture est pliée en deux, une dizaine de pages se sont détachées de la reliure, mais il est là, entre mes mains. Un moment, je me dis que je pourrais procéder comme avec Flora Mavrescu, signer un contrat bidon pour avoir la paix. Sauf que Magloire est autrement plus dangereux : dès qu'il aura flairé l'arnaque, il m'infligera une correction au sens le plus physique du terme — pour ne pas dire un point final.

Je feuillette son petit bouquin. Comment vendre ça aux collègues ? Sans même parler de Savin ou Merchant ? Ce serait de dernier clou sur le cercueil de ma carrière.

C'est alors qu'un nom me passe sous les yeux. Page 47. Éditions Delchambre. C'est dans l'interview de Chantal Camoyeu. Elle a travaillé quelques mois comme secrétaire dans cette maison avant de se mettre à son compte. Une idée me traverse l'esprit, une pure intuition, puis repart aussitôt, comme toujours quand on a trop de choses en tête.

Bref. Je dois gagner du temps avec Magloire. Si Cyril gagne un prix, on me fera peut-être une fleur. On demandera à un auteur maison de retravailler *Les romancière de l'ombre* pour lui donner un peu d'épaisseur et on le republiera avec une notice historiographique. Ça pourrait passer comme ça. Il est même possible qu'on en vende quelques centaines, de quoi amortir les frais.

Je pose le livre sur le dessus de la pile de manuscrits. Maintenant que la question est provisoirement réglée, je peux aller à l'essentiel.

Rachid me sort son sourire le plus content de lui.

— Tu me demandes si je peux séduire une fille ? Franchement… Est-ce qu'on demande à un dauphin s'il sait nager ?

— J'aimerais que tu me rendes ce service.

— Bon, vite fait, parce qu'on a beaucoup de boulot en ce moment.

Il prend son téléphone, ouvre l'application Tinder et va sur le profil de Clarisse. Il lui propose une mise en contact. Une minute s'écoule. Un petit ding. Il me montre son téléphone d'un air blasé.

— Tu vois, ça a matché. Comme toujours.

— Propose-lui un rendez-vous.

— Comme ça, de but en blanc ?

— Tu es irrésistible, oui ou non ?

— Ben oui.

Il échange quelques messages. Rachid me regarde d'un air stupéfait.

— Elle m'a écrit : Je ne suis pas libre. Tu comprends ça, toi ? Elle me matche puis elle me jette immédiatement.

Je suis aussi soulagé qu'interloqué. Que cherche-t-elle ?

— Bon, c'est pas tout ça mais il faut que je retourne au turbin, soupire Rachid. On a un dossier brûlant sur le feu.

— Que se passe-t-il ?

— Quelqu'un s'est fait passer pour le DRH de Galibier. Il a raconté n'importe quoi à l'Urssaf. Bilan : un rappel de cotisations et une amende. Il y en a pour plus de 50 000 euros. On m'a demandé de trouver le nom d'un certain Arsène Anxielevitch dans les fichiers, tout en espérant qu'il n'y figure pas. J'en ai pour des jours et des jours, je te dis pas l'embrouille. Tu imagines un truc pareil, toi ?

Je l'imagine d'autant mieux que je connais la responsable. Il est grand temps que j'aie une conversation avec Clarisse.

Samedi matin. Cela fait deux heures que je suis en planque derrière le container à bouteilles posé sur le trottoir, à quelques mètres du 56. La vue est dégagée. À ma gauche, un escalier qui mène à un secteur piétonnier. À droite, une petite rue qui conduit aux arènes de Lutèce. Devant moi, la rue Monge, presque déserte.

Vers 9 heures mon cœur bondit dans ma poitrine. Clarisse sort de son immeuble. Elle est entièrement vêtue de noir comme lors de notre première rencontre, avec sa casquette et ses lunettes de soleil. Un détail ne colle pas : sa démarche a changé. Elle n'a plus ce côté aérien de danseuse qui suit un fil sur le sol. Maintenant sa foulée est rapide, sa démarche raide. Elle traverse la rue Monge et se dirige vers les Arènes de Lutèce. Je lui emboîte le pas en gardant une dizaine de mètres de distance.

Elle marche avec assurance : visiblement elle sait où elle va. Elle tourne à droite dans la rue des Arènes, puis à gauche rue Lacépède, puis de nouveau à droite, rue de Quatrefages. De grands immeubles impersonnels en pierres de taille blanches ou en briques rouges. Au bout de la rue, le minaret de la Mosquée de Paris avec sa flèche blanche rehaussée de turquoise et de vert tendre. Clarisse continue sur une cinquantaine de mètres et pousse une grande porte cochère. Numéro 14. Je me cache un peu plus loin, derrière un pan de mur qui s'avance sur le trottoir, et j'attends quelques minutes. Deux ou trois personnes sortent de l'immeuble. Pas trace de Clarisse. Je dois en avoir le cœur net.

Je file vers le numéro 14, j'actionne le digicode et je pousse la lourde porte vitrée. Le hall d'entrée est plutôt classieux, tapis et plantes vertes. Les noms s'alignent sur les boîtes aux lettres. L'un d'eux me saute aux yeux.

Angélique Méry. Cinquième gauche.

Une dame très respectable, la cinquantaine volumineuse, entre dans le hall avec son cabas à courses et se poste devant l'ascenseur. Pas de temps à perdre. Je fonce dans les escaliers en la bousculant au passage. Sa voix me poursuit.

— Holà, vous ne pouvez pas faire attention ! Voyou !

Je grimpe les marches quatre à quatre. Je suis tellement impatient que je ne ressens aucun essoufflement. Cinquième étage. Le bruit de mes pas est étouffé par la moquette du palier. Je colle mon oreille à la porte de gauche. Il me semble reconnaître la voix de Clarisse. On dirait qu'elle parle toute seule. Tant pis, il faut que je sache. Je sonne. Des pas. La porte s'ouvre.

Je me retrouve face à une vieille femme. Un visage sillonné de rides. Des longs cheveux gris emmêlés sur les épaules. Un regard sombre. Une voix râpée par le temps et la colère.

— C'est à cette heure-ci que vous arrivez, docteur ? Pas trop tôt !

Elle est vêtue d'une chemise de nuit et d'une robe de chambre d'un rose délavé jetée sur les épaules. La voix de Clarisse s'élève dans l'appartement.

— Maman, qu'est-ce que tu fais ? Je t'ai déjà dit de ne pas ouvrir quand…

Elle apparaît dans l'embrasure de la porte. Un peu de stupeur. Beaucoup d'hostilité. Et, pour ma part, une conviction fulgurante et assassine : notre histoire d'amour est terminée. Au bout d'un temps infini, elle baisse la tête et s'écarte pour me laisser entrer.

— Autant que tu saches, dit-elle dans un soupir.

Elle ramène la vieille dame dans un fauteuil, devant la baie vitrée qui donne sur la rue. Elle se penche vers elle et lui parle comme à une enfant.

— Ce n'est pas le docteur. C'est un ami qui vient nous rendre visite.

— Il passe quand, le docteur ? grogne la vieille dame.

— Pas aujourd'hui.

D'un signe de la tête elle me demande de l'attendre dans la cuisine.

On ne fait pas de saut dans le temps comme chez la veuve de Vincent Caume. L'ameublement est moderne, l'électroménager flambant neuf ou presque. Tout est propre et lumineux. Je m'assieds sur un haut tabouret. Clarisse me rejoint. Sur son visage, une gravité que je ne lui connais pas.

— Comment m'as-tu retrouvée ?

— Je t'ai attendue en bas de chez toi et je t'ai suivie.

— Ce n'est pas très loyal de ta part.

— Tu ne donnais plus signe de vie. Je voulais savoir. Je supposais que tu voyais quelqu'un d'autre.

— La confiance règne.

— Je te retourne le compliment.

Je tire une cigarette de mon paquet. Elle bloque mon geste.

— On ne fume pas ici.

Je remets mon paquet dans ma poche. Nous nous observons en silence. Elle se décide à parler, les yeux baissés.

— Quand je t'ai dit que je n'avais plus de nouvelles de ma mère, ce n'était pas tout à fait exact. Ce n'était pas faux non plus. J'aurais dû plutôt dire : elle n'est plus en état de m'en donner. Alzheimer.

— À un stade avancé ?

— Les médicaments ont contenu la maladie pendant des années mais depuis quelque temps elle perd de plus en plus conscience du monde qui l'entoure. Elle confond les noms. Les dates. Les souvenirs. Elle a encore des périodes de lucidité mais elle s'aperçoit qu'elle mélange beaucoup de choses. D'où l'agressivité. Il ne faut pas se faire d'illusions, c'est irréversible.

— Tu aurais pu m'en parler.

— C'est mon problème.

Elle me défie du regard. Je n'en saurai pas plus.

— Pourquoi ne réponds-tu pas à mes appels ?

— J'avais à faire.

— J'avais pourtant l'impression que…

— La vie ne tourne pas autour de ton nombril, Paul. Moi aussi j'ai mes préoccupations, comme tu peux le constater.

Elle désigne le salon où sa mère observe le vide avec stupéfaction.

— J'ai mes soucis. J'ai mes objectifs. J'ai mes doutes. Comme toi.

— Et tu as tes méthodes. Le problème, c'est qu'elles laissent des traces. Lorsque tu as appelé l'Urssaf, tu t'es fait passer pour la DRH de Galibier.

— Il me fallait un nom de boîte qui impose le respect.

— Sauf qu'aujourd'hui tout le monde cherche la personne qui a donné ce coup de téléphone. Et s'ils apprennent que c'est toi, ils remonteront inévitablement jusqu'à moi.

— Tu extrapoles.

— Geneviève, la dame de l'accueil, nous a vus ensemble l'autre jour. Tu peux être certaine que le lendemain tout le monde chez Galibier était au courant de notre relation.

— Rien ne prouve qu'ils feront le rapprochement avec

mon coup de fil à l'Urssaf. Et puis cela a été efficace, non ? J'ai bien retrouvé l'adresse d'Arsène Anxielevitch. Et tu m'as suivie sans hésiter.

— Tu ne t'embarrasses d'aucun état d'âme.

Elle sourit amèrement.

— Je t'ai déjà dit que quand je veux quelque chose, je me débrouille toujours pour l'obtenir. Il faudrait être vraiment naïf pour croire je me contente de le demander poliment. Non, il faut ruser. Et il me semble que jusqu'ici, tu ne t'es jamais plaint de mes procédés. Chaque fois qu'il a fallu remonter une piste, tu m'as fait confiance.

Touché. Je ne pouvais rien répondre à cela. Au dehors, une mélopée s'élève — l'appel du muezzin à la prière, plutôt incongru en plein Paris. Tout comme cette conversation dans cette pièce. Et comme la question que je finis par poser malgré moi.

— Et *Le Manuscrit* ? Tu as laissé tomber ?

Soupir et haussement d'épaules.

— Je crois qu'on a épuisé toutes les possibilités... Cette histoire remonte à quarante ans, la plupart des témoins sont morts ou ne veulent plus en entendre parler. Nous pouvons frapper à des milliers de portes, ça ne nous mènera à rien. Je suis passée à autre chose.

Il ne reste qu'une question, celle qui me brûle les lèvres depuis que je suis assis en face d'elle.

— Et nous deux ? Tu es aussi passée à autre chose ?

Elle regarde ailleurs. À l'évidence elle redoutait ce moment tout autant que moi.

— Je ne sais pas. J'ai besoin d'un peu de temps pour y voir clair.

— Okay, j'ai compris.

Je me lève. Elle pose sa main sur la mienne.

— Je suis sincère. Notre rencontre, ce n'était pas prévu.

Je n'avais pas imaginé que…

Elle cherche ses mots, retire sa main pour dessiner un signe évasif dans les airs.

— Je dois m'occuper de ma mère. Et j'ai du travail.

— Ton job d'attachée de presse qu'aucun éditeur n'a jamais rencontrée ?

— C'est plus compliqué que ça. Un jour, peut-être, je t'expliquerai.

— Je suis tout disposé à t'écouter.

— Il faut d'abord que je règle certaines choses. Bientôt j'y verrai plus clair.

Elle se tait. Je comprends qu'elle n'en dira pas davantage. Je ne suis même pas triste. C'est bien pire : je ne sens plus rien. Une enveloppe vide. Sans un mot, je me dirige vers la porte de l'appartement. La mère de Clarisse n'a pas bougé. Finalement, n'est-ce pas préférable ? Revenir une bonne fois pour toutes au stade de la page blanche, à la pureté du vide ? Oublier les millions de lignes écrites au fil des jours, tout ce qui constitue notre vie, en échange d'un oubli confortable ?

Je sors avec la conviction que je ne reverrai plus jamais Clarisse.

La voix de mon père est étrange. Comme nouée par une forme d'angoisse. Peut-être est-ce l'effet produit par le téléphone. Ou alors la demi-bouteille de meursault que je viens de m'enfiler cul sec. Quoi qu'il en soit, j'ai du mal à reconnaître le ton habituel de sa voix.

— Écoute, Paul… Tu pourrais passer un de ces jours ?

— Oui… Je regarde mon agenda et je te donne une date.

— Je veux dire : ce serait bien que tu te libères très vite. Ça nous ferait plaisir.

— Ce dimanche ?

— Le plus tôt sera le mieux. D'autant qu'il y aura sans doute des restrictions de mouvements. Je ne peux pas t'en dire plus. Bref, je compte sur toi.

Je raccroche, encore sous le coup de la surprise. Je ne me souviens pas avoir entendu mon père formuler une requête aussi insensée : passer chez eux pour témoigner de mon affection. C'est toujours ma mère qui se charge de cette tâche. Y a-t-il un problème ? Dans le marasme où je me débats, il ne manquerait plus que cela…

La voix de Jeanine résonne en moi. *Je t'ai pourtant dit que le Manuscrit porte malheur.* Je n'avais pas tenu compte de son avertissement. Aujourd'hui j'ai le sentiment que ma vie s'effiloche par petits bouts, comme un tissu usé par la tension. Trop de pression, trop de coups bas. Trop de menaces. Trop de questions restées sans réponses. Trop de…

Trop de choses en tête.

J'ai oublié d'appeler Chantal Camoyeu.

La vie de Chantal Camoyeu obéit à un certain nombre de rituels. Le samedi est consacré à ses petits-enfants. Elle les garde toute la journée. Leurs parents ayant divorcé il y a deux ans et demi, m'annonce-t-elle avec une précision chirurgicale, elle se fait une obligation de recevoir Sarah et Michel chez elle afin de soulager un peu leur mère. Elle va jusqu'à m'expliquer qu'elle les emmène faire les courses chez Auchan entre seize heures et dix-huit heures avant de les ramener à leur domicile.

— Je suis désolée, je ne peux pas m'entretenir plus longtemps avec vous. Ce soir, comme tous les samedis soirs, je sors au cinéma avec mon mari. Nous pouvons nous voir demain matin. À 11 heures je fais mon marché boulevard Blanqui. Je n'aurai que quelques minutes à vous accorder, nous déjeunons ensuite chez des amis.

Elle me fixe rendez-vous à 11 heures 30 précises à l'intersection du boulevard et de la rue Barrault.

— Vous me reconnaîtrez sans peine. J'aurai un caddie rouge. Et un parapluie. Il y a un risque d'averse entre 11 heures et 11 heures 30.

Je pressens que l'entretien va être court mais éprouvant.

J'arrive au rendez-vous avec une gueule de bois ahurissante. La veille j'ai appelé Hervé et Nico à la rescousse. Seul Nico a répondu. On s'est retrouvés dans un bar de la rue Oberkampf pour fêter notre célibat assumé, mais qui menace de devenir un sérieux handicap à en juger par l'âge moyen des consommateurs. Alors que j'attendais ma pinte de bière au bar, une jeune fille m'a même appelé « Monsieur ». Et je n'ai que 35 piges.

— Tu as repris tes activités sur Tinder ? m'a demandé Nico passablement imbibé.

— Non. Pas le cœur à ça.

— Tu vieillis. Bientôt tu vas passer le cap.

— Le cap ?

— Le cap de l'obsolescence. Tu vas cesser d'être un homme à prendre pour devenir un coup d'un soir. Un kleenex.

— C'est notre destin à tous.

— Oui, même dans le boulot. Au fait, j'ai appris, pour Jiniac. On l'a confié à quelqu'un d'autre alors que c'est toi qui l'as amené chez Galibier. C'est dégueulasse.

— C'est la vie.

— Ils ne perdent rien pour attendre.

— Pourquoi tu me dis ça ?

— Il est en pourparlers avec une autre maison. On dirait que vous êtes les derniers au courant.

Ma conclusion, c'est que j'étais complètement largué. Et

le résultat, c'est que je suis rentré à 3 heures du matin après m'être pris une sévère « mufflée » — je n'en démords pas, il faut rester précis dans les termes.

Inutile d'expliquer ces subtilités lexicales à Chantal Camoyeu. C'est une dame d'une soixantaine d'années très comme il faut. Cheveux courts, imperméable gris, fines lunettes à monture d'acier, parapluie coincé sous le bras. Rien qu'à sa façon de se tenir à côté de son caddie, raide et pincée, je sais qu'elle fait partie de ces gens qui ne conçoivent la vie que bien rangée, et sans les débordements encore perceptibles dans mon haleine. Je lui tends la main, autant pour la saluer que pour garder une certaine distance.

— Madame Camoyeu ? Paul Miller. Enchanté.

Elle me serre la main en me jetant un regard acéré et se force à sourire. Il est clair que ma mine défaite ne lui fait pas bonne impression.

— Bonjour. Que puis-je pour vous ?

— Nous pourrions peut-être aller prendre un café quelque p…

— Je suis navrée, j'ai un empêchement, je n'ai qu'une toute petite minute à vous accorder.

— Bien. Je travaille en ce moment à la réédition d'un livre de Jean-Luc Magloire, *Les romancières de l'ombre*. Dans un passage qui vous est consacré, il est écrit que vous avez travaillé aux éditions Jacques Delchambre.

— Exact. J'ai travaillé là-bas six mois, de fin 1978 à début 1979.

— Vous êtes sûre de la date ?

Elle ne répond même pas à ce qu'elle considère comme une insulte à la précision de sa mémoire.

— Si je vous pose la question, dis-je très vite, c'est qu'à l'époque un manuscrit très original a circulé dans différentes maisons d'édition. Notamment chez Jacques Delchambre. Mais c'était en 1980.

— J'avais déjà quitté la maison. Désolée, je ne peux pas vous aider. Au revoir.

Elle empoigne déjà son caddie.

— Mais peut-être que vous en avez entendu parler par un ancien collègue. Ou une connaissance. Il semblerait que ce soit la maîtresse de Jacques Delchambre qui lui ait apporté le manuscrit et…

Brusquement, la physionomie de Chantal Camoyeu change du tout au tout. Elle ouvre de grands yeux, respire à petits coups précipités et met une main devant ses lèvres pour étouffer des hoquets de poule pondeuse.

— Jacques Delchambre ? parvient-elle à articuler. Une maîtresse ?

Nouveaux hoquets. Son visage est écarlate, j'ai l'impression qu'elle va éclater en sanglots. Je comprends enfin qu'elle rit. À pisser dans sa culotte, si cette expression pouvait convenir à une personne aussi bien élevée. Elle reprend peu à peu son souffle.

— Une maîtresse ? Mais… C'est impossible… Jacques Delchambre… préférait la compagnie… Des messieurs.

Une idée me griffe l'esprit. Je ne l'oublie pas cette fois. J'ai juste besoin d'une confirmation.

Le boulevard de la Chapelle crépite sous la pluie. De véritables cascades dégringolent du viaduc et inondent la chaussée en contrebas, où les roues des voitures déchirent le bitume. Quelques rares promeneurs se hâtent de rentrer chez eux. Je m'abrite sous le métro avant de traverser le boulevard au pas de charge. Rue de l'Aqueduc, numéro 82. La porte cochère est ouverte. Je tombe nez à nez avec la concierge, raclette à la main, qui attend la fin de l'averse pour évacuer l'eau de la cour.

— Encore vous ! s'écrie-t-elle. Vous n'avez pas fait assez de mal comme ça ?

— Que s'est-il passé ?

— Depuis que vous avez rendu visite à Monsieur Arsène, ce n'est plus le même homme. Il se traîne littéralement. Je m'inquiète, ça fait trois jours qu'il n'est pas sorti. Ça ne lui était jamais arrivé.

— Je dois le voir.

— Pas question !

Je n'écoute pas ses cris de protestation. Je grimpe les escaliers en courant — j'ai retrouvé la forme, je ne suis même pas essoufflé. Le palier baigne dans une lumière crépusculaire. Je frappe à sa porte. Pas de réponse.

— Monsieur Anxielevitch ? C'est Paul Miller. L'éditeur.

Des pas traînants se font entendre. Puis le bruit d'une porte qu'on déverrouille. Elle s'ouvre.

Le choc.

Je suis face à un moribond. Le visage du vieil homme est livide, ses yeux disparaissent dans ses orbites. Même son apparence, gilet grisâtre et pantalon de velours usé, est laissée à l'abandon.

— Ah oui, dit-il d'une voix sourde, je me souviens de vous. Entrez.

Il se dirige à pas lents vers son fauteuil et se rassied avec difficulté. Ses gestes sont lents, comme s'il craignait de se casser les os. À ses pieds, des photos jetées sur le parquet.

— Vous n'êtes pas venue avec votre amie ? Charmante personne…

— Vous devriez aller voir un médecin.

— Ce n'est pas grave, jeune homme, ça va passer. Tout passe toujours.

— Vous êtes sûr que… ?

— Épargnez-moi les questions superflues, je vous prie.

Les nuages de pluie obscurcissent un peu plus la pièce, qui n'est éclairée que par la lampe posée au-dessus du fauteuil. Elle creuse des ombres terrifiantes sur le visage d'Anxielevitch.

— Qu'est-ce qui vous amène, dites-moi ? Mais où ai-je la tête… C'est *Le Manuscrit*, bien sûr. Ce maudit *Manuscrit*. Il n'y a pas grand-chose à faire contre lui. Il produit toujours cet effet sur les gens.

— Que voulez-vous dire ?

Sa main s'élève et retombe sous le poids de la nostalgie. Il semble perdu dans une brume tenace. Sur le coup j'ai l'impression qu'il s'est endormi. Mais non. Il hoche la tête, comme s'il était parvenu à une conclusion définitive.

— Plus j'y pense, plus j'en suis convaincu. Tout est vrai dans ce roman. C'est la vie dans toute son horreur. Il ne faut pas rendre ce texte public. Il fait perdre tout espoir. Vous ne devriez pas vous y frotter, jeune homme. Vous allez y laisser votre peau. Je vous aurai averti. Regardez-moi. Il est en train de m'achever.

Il semble exténué par cet aveu. J'hésite à lui poser mes questions. J'ai le sentiment qu'en sollicitant ses souvenirs, je vais l'épuiser un peu plus. Mais je dois savoir.

— Lorsque je vous ai rendu visite l'autre jour, vous aviez fait allusion à une femme. Une femme qui avait une influence profonde sur Jacques Delchambre.

— En effet.

— L'avez-vous rencontrée ?

— Comment faire autrement ? Elle était là tous les jours. Elle harcelait littéralement Jacques Delchambre.

— Vous pourriez me la décrire ?

Il se passe une main noueuse dans sa chevelure ivoire.

— Il y a tellement longtemps… J'en serais bien incapable… Tenez, j'ai retrouvé des photos de cette époque. La vie était assez douce, en somme…

D'une main tremblante il me tend un cliché aux couleurs passées. Je ressens toujours un malaise face aux vieilles photographies, surtout quand elles sont heureuses. C'est comme si toute nos réserves de joie et d'insouciance s'étaient diluées dans le temps, à la manière de ces couleurs pâlies. L'une d'elles montre une dizaine de gens souriants regroupés autour d'un homme grand et élégant — Jacques Delchambre sans aucun doute. En arrière-plan, on distingue les branches et les garnitures d'un sapin de Noël. La photo a été prise au dépourvu, certains lèvent une coupe de champagne à l'attention du photographe, d'autres poursuivent leur conversation, une cigarette à la main.

À l'extrême gauche on reconnaît Arsène Anxielevitch, impeccable dans son costume trois-pièces. Âgé d'une quarantaine d'années, les cheveux marron coiffés avec rigueur, il sourit à l'objectif, sûr de lui, conquérant. À droite, entre deux femmes aux vêtements bigarrés typiques de la fin des années 70, on devine une silhouette féminine assez mince. Son visage est caché par le bras d'une des femmes mais sa veste de tailleur détone avec les robes légères et les pantalons pattes d'éléphant. Un détail attire mon attention.

— Vous pouvez me dire si…

Les yeux du vieil homme se ferment doucement, sa tête dodeline sur ses épaules. Autour de nous, l'obscurité est de plus en plus profonde, on ne voit même plus les murs de livres. Sur son visage, les os sculptent des ombres macabres.

Je sors sur la pointe des pieds.

16

Le nœud coulant des souvenirs

D'un pouce alerte, Jeanine fait défiler les infos sur son écran de portable tandis que son café s'agite en cadence dans son autre main.

— Tu as vu ? Jiniac a une interview dans le Monde ! Ça me casse les genoux de l'admettre, mais Grandpierre a accompli une véritable performance. Regarde comme il a l'air sérieux, notre auteur… Il faut reconnaître qu'il passe bien à l'image. Au fait, tu connais la nouvelle ? Attention, c'est top secret. Tu ne le répéteras pas, promis ? Le Goncourt, c'est dans la poche. Je sais ce que tu vas me répondre : tout peut changer en quinze jours, les jurés sont versatiles, il n'est jamais bon d'être favori… Je connais la chanson. Mais là, Kléber Savin est formel. Tous les voyants sont au vert.

Elle pose son gobelet sur la table haute installée devant le distributeur. Je suis bon pour les souvenirs.

— Je me rappelle comme si c'était hier une conversation avec Jean-Marc Roberts. Il était éditeur au Seuil à l'époque. Tu sais ce qu'il m'a dit ? « Jeanine, pour le Goncourt, mieux vaut qu'on ne parle presque pas de ton bouquin. Les jurés ont horreur qu'on leur force la main et… »

Je pose la photo sur la table. Elle me jette une œillade interloquée puis observe le cliché. Son sourire se fige.

— Qu'est-ce que c'est ?

— Ça ne te rappelle rien ?

Elle fait semblant de regarder attentivement.

— Non. Ce doit être une vieille photo, en tout cas. Les gens sont habillés de façon très décontractée. On ne m'ôtera pas de l'idée que les colliers fantaisie…

— … sont moins classe que la broche que tu portais déjà à l'époque.

Je lui montre la veste et la broche or et lapis lazuli, bien visible à côté du bras de la femme en pattes d'eph.

— Tu avais quel âge quand la photo a été prise ? Vingt-cinq ans ? Tu n'as pas changé. De style vestimentaire, je veux dire.

Elle me rend le cliché d'un air agacé.

— Je ne vois pas ce qui peut te faire croire que…

— Les dates correspondent. Vincent Caume est mort juste avant Noël. Et là, derrière Jacques Delchambre, on voit parfaitement le sapin joliment décoré. Il y aussi le calendrier, un peu sur la droite de la photo, qui porte une date : 1980.

Ses yeux sont deux épingles pointées sur moi. Elle crispe tellement les mâchoires que j'entends ses dents grincer les unes contre les autres.

— Qui t'a donné cette photographie ?

Je désigne le côté gauche du cliché.

— Ce monsieur, Arsène Anxielevitch. Il était lecteur aux éditions Delchambre à l'époque. On lui avait confié *Le Manuscrit*. Dans sa fiche de lecture, il recommandait la publication du livre. Il a été subjugué, lui aussi. Mais l'annonce de la mort de Vincent Caume quelques jours plus tôt a fait capoter le projet.

Un bruit de pas se fait entendre dans le couloir : Grandpierre passe devant nous. Il me dévisage avec arrogance, un petit sourire satisfait en travers de la trogne. Jeanine me fait signe de la suivre dans son bureau et ferme la porte.

— Et même si ce que tu dis est vrai, en quoi dois-je me sentir concernée ? Alexandre Mascaret aura transmis un exemplaire de son roman aux éditions Delchambre, voilà tout.

— C'est toi qui l'as amené là-bas pour la simple raison que tu tenais absolument à ce que ce livre soit publié. Et c'est toi qui l'as volé à Vincent Caume. Quand il s'est aperçu que la brochure avait disparu, il a perdu la tête. Ou plutôt, il l'a passée dans un nœud coulant et…

— Non !

Elle s'assied, les larmes au bord des paupières. J'ai visé juste.

— C'est trop facile de m'accuser. Il faudrait se replonger dans le contexte. Tu ne peux pas imaginer ce que nous vivions à l'époque. Ce roman tombé du ciel nous a plongés dans un véritable enfer. On ne parlait plus que de ça, matin, midi et soir. Publier, ne pas publier ? Comme si la vie toute entière s'arrêtait à cette question. C'était… c'était de la folie. Nous devenions tous hystériques. Je n'y ai pas échappé. Aujourd'hui encore, quarante ans après, j'ai toujours aussi honte de ce que j'ai fait.

Elle tourne le visage vers ses rangées de livres. Même eux sont impuissants à la protéger des mauvais souvenirs.

— Tu as raison. J'ai pris la brochure dans le bureau de Vincent. Je l'avais aperçu un jour debout sur son fauteuil et j'en avais déduit qu'il la cachait dans le faux-plafond de son bureau. Si on a retrouvé les lieux dans un tel état à sa mort, ce n'est pas parce qu'il était devenu fou. C'est parce qu'il avait fouillé partout. Cela dit, j'estime que je n'ai pas volé le livre. Il ne lui appartenait pas, il était la propriété de son auteur et de lui seul. Vincent avait commis une faute professionnelle. Je voulais réparer cette erreur. Et puis, le lendemain matin, quand nous sommes revenus au bureau… Nous avons découvert le drame.

Elle sort un mouchoir, soulève ses lunettes pour s'éponger les yeux.

— Si Dieu existait, il serait témoin que je ne voulais pas cela. Je voulais simplement que ce livre arrive à la connaissance du public.

— Donc tu l'as lu.

— En grande partie, la nuit où je l'ai… emprunté. Et je confirme : c'est un texte unique. Aussi génial qu'effrayant. J'ignore toujours qui l'a écrit, mais je peux te garantir que ce type mérite d'être connu. C'est un livre monumental. Mais après ce qui s'était passé avec Vincent…

— Impossible de le publier chez Galibier. Par conséquent tu l'as amené à Jacques Delchambre.

— J'étais une jeune éditrice ambitieuse. Et, pour mon plus grand malheur, amoureuse.

Son index se pose au milieu de la photo.

— J'aimais Jacques Delchambre. Je l'avais rencontré au cours d'un cocktail. Dès le premier regard j'ai su qu'il était l'homme de ma vie. Il avait cette classe, cette élégance que j'attendais chez un homme. Et même quand j'ai compris que je n'aurais jamais la moindre chance, je me suis accrochée à cet espoir, comme une idiote. Parce qu'on ne vit que pour cela, vois-tu. Espérer. Se projeter dans l'inconnu en pensant que les choses vont bien se passer. Il n'y a que cela qui nous maintienne en vie. Si on perd ça, on perd tout. Pour Vincent, ça a été le *Manuscrit*. Pour moi, c'était l'amour pour Jacques Delchambre. Absurde, non ?

— Pas du tout.

— Si j'étais née trente ans plus tard, j'aurais peut-être fait comme toi. J'aurais fait mon marché sur Tinder et je serais passée d'un homme à l'autre, comme si l'amour se trouvait sur les rayons d'un magasin. Mais je suis d'une autre génération. À mes yeux il y en avait un qui m'était destiné, et l'un des buts de ma vie était de le rencontrer.

Elle secoue la tête. J'ai devant moi une vieille femme prise aux pièges de ses regrets.

— Tu dois me trouver pathétique, je sais. C'est exactement ce que je me disais chaque matin en me regardant dans la glace : ma pauvre fille, tu es pathétique. Tomber amoureuse d'un homosexuel… Il faut être la dernière des imbéciles. Il m'a fallu du temps pour comprendre que ce n'était pas un hasard. Que les gens comme moi désirent d'autant plus fortement quelque chose, ou quelqu'un, qu'il est inaccessible. Pas par masochisme, comme tentaient de me le faire avaler tous ces thérapeutes que j'ai payés cher et vilain pour essayer de comprendre ce qui m'était arrivé. Non, ce n'était pas du tout pour me punir, ou parce que je ne m'estimais pas digne de bonheur ou je ne sais quelle explication psychologique tarabiscotée. C'était juste pour entretenir l'espoir. Pour rester en vie. Et quand on comprend cela, quand on le regarde bien en face, il ne reste que deux solutions. Se résigner à vivre, comme je l'ai fait. Ou se résoudre à disparaître, comme l'a décidé Vincent.

Elle tourne vers moi des yeux éteints.

— Voilà ce que j'ai voulu te dire lorsque j'ai découvert le *Manuscrit* sur ton ordinateur. Ne te mets pas dans cette situation. Ne sois pas obligé de choisir, pas tout de suite. Essaie de vivre avant. Essaie d'en profiter tant qu'il en est encore temps. Inutile d'appeler le malheur : il viendra bien tout seul. Et bien assez tôt.

Un long silence.

— Pendant toutes ces années, reprend Jeanine, j'ai connu la double peine : la nostalgie de l'amour déçu et la perte d'un être cher. Une valise dans chaque main. Étonne-toi après ça que je sois restée simple éditrice. Moi qui me voyais directrice littéraire à trente ans ! Je peux dire que le *Manuscrit* a plombé ma vie. J'ai eu quelques histoires d'amour, si on peut les appeler ainsi. Des rencontres éphémères, des coïts expédiés en cinq minutes. Jusqu'au jour, vers quarante ans, où je me suis aperçue que je préférais me réveiller à côté d'un livre que d'un homme. Les livres arrivent encore à me surprendre, eux.

— Qu'est devenu le *Manuscrit* ? Arsène Anxielevitch m'a dit qu'on le lui avait pris dans son bureau.

— Quand j'ai compris que c'était cuit chez Jacques Delchambre, je l'ai repris avec moi. J'étais bien décidée à tenter ma chance ailleurs. Et là, mystère.

Sa main glisse sur son plan de travail pour disperser des poussières malfaisantes.

— J'avais à peine regagné ce bureau que Louis Grenier m'appelait au téléphone. Bien sûr, il n'était pas au courant de mes négociations avec une maison concurrente. S'il l'avait su j'aurais été virée dans l'instant. Il fallait faire bonne figure. Je me suis donc précipitée au cinquième étage. Malheureusement pour moi, j'avais oublié qu'après le suicide de Vincent on avait retiré les clés de toutes les portes de la maison. Quand je suis revenue une demi-heure plus tard, le *Manuscrit* avait disparu. Envolé. Je ne l'ai plus jamais revu.

— Quoi ? Tu veux dire que…

— Oui. Quelqu'un chez Galibier a pris la brochure. Et s'il n'est pas décédé aujourd'hui, il la possède toujours. Ou alors il l'a cachée quelque part. Le bâtiment est vaste, une vie ne suffirait pas à fouiller les pièces une à une. Pour ma part, j'ai renoncé.

— Certains n'ont pas renoncé, en tout cas. Il y a au

moins une personne qui visite régulièrement mon bureau.

— Possible. Mais je te jure que ce n'est pas moi. Je ne veux plus rien avoir à faire avec ce livre.

Elle sourit enfin, d'un pauvre sourire fané.

— D'une certaine façon je ne peux que remercier celui qui m'a joué ce coup-là. Même si j'étais dans tous mes états, il m'a sauvé la vie. Libre à toi de continuer à chercher. Moi, j'ai décidé de vivre.

Elle plante ses yeux brûlants de fièvre dans les miens.

— Oublie ce fichu bouquin. Vis ta vie à fond. Et si tu rencontres une femme qui te plaît, donne-toi à elle et aime-la à en crever. Tout plutôt que finir comme moi, vieille fille racornie dans ses livres et ses souvenirs.

Son visage hagard a pris vingt ans en quelques minutes.

Je remarque que chaque fois que je m'aventure dans les couloirs, ils se vident aussitôt. Les portes, elles, restent ouvertes. Tout le monde m'observe, attend le faux pas. Je dois vraiment faire gaffe. Surveiller chacun de mes gestes.

Une image me hante. Geneviève, la réceptionniste. Le registre. Je n'ai pas le temps d'approfondir, je croise Rachid, l'une des rares personnes à m'adresser encore la parole. Il est visiblement tendu.

— Tous aux abris. Ça barde au cinquième étage.

— Que se passe-t-il ?

— Il paraît qu'une bonne femme a appelé ce matin pour exiger des corrections à son contrat d'édition. Le problème, c'est que personne n'a jamais entendu parler d'elle.

Surtout ne rien laisser paraître.

— Encore une mytho.

— Peut-être. Mais celle-là gueule vraiment fort au téléphone. Même l'assistante de Merchant n'a pas réussi à la faire taire. C'est dire.

— Et le Big Boss, qu'est-ce qu'il en dit ?

— Rien pour l'instant. Il est à la foire de Francfort pour vendre les droits étrangers d'*Encombrement*. Il rentre après-demain.

Si on remonte jusqu'à moi, je suis mort. Et je ne trouverai jamais la solution à l'énigme. Solution que, grâce à ma conversation avec Jeanine, je commence à entrevoir.

Avant de refermer la porte de son bureau, Rachid lève l'index.

— Au fait, je t'avais dit qu'on avait trouvé ?

— Trouvé quoi ?

— La personne qui s'est fait passer pour la DRH de la maison. Une certaine Clara… Ou Clarissa… J'ai déjà vu son nom quelque part, mais je ne rappelle plus où. Je suppose que ça me reviendra. Très bientôt on en saura un peu plus sur elle. La direction compte porter plainte.

Les paroles de Jeanine me trottent dans la tête.

Et si tu rencontres une femme qui te plaît, donne-toi à elle et aime-la à en crever.

17

Stratégies et stratagèmes

Clarisse a répondu tout de suite à mon message. Il faut dire qu'elle n'a plus trop le choix.

Si sa démarche a retrouvé sa grâce de ballerine, son visage, lui, est fermé. Claquemuré derrière ses lunettes noires. Devant nous, la perspective des quais de Seine. Derrière, les tours vertigineuses de la Bibliothèque Mitterrand. Quelques passants traversent rapidement le parvis au milieu des rafales de vent glacé. L'avantage, c'est qu'ici personne ne peut nous espionner.

Clarisse observe les falaises de verre qui nous cernent de toutes parts.

— Il n'y avait pas un coin plus romantique pour nos retrouvailles ?

— Nous n'avons pas beaucoup de temps, Clarisse. Dans quelques jours le service juridique de Galibier va donner ton nom à la police. Tu seras convoquée.

— La belle affaire. Je dirai que c'était une mauvaise blague et on en restera là.

— Pour toi peut-être. Mais moi aussi j'aurai des problèmes. Je serai viré comme un malpropre.

— Sincèrement désolée, dit-elle sans émotion apparente.

— Ce serait dommage. Il faut que je reste chez Galibier pendant quelques jours encore.

— Pourquoi ?

— Parce que je sais où retrouver l'adresse d'Alexandre Mascaret.

Même si elle se force à l'impassibilité, j'ai capté son attention.

— Bonne nouvelle. Comment vas-tu t'y prendre ?

— J'ai eu une conversation avec une de mes collègues ce matin. Une expression m'a frappé : Le *Manuscrit* était un livre tombé du ciel. Il faut toujours faire attention aux termes employés.

— Tu m'as fait venir jusqu'ici pour une leçon de sémantique ?

— Non, une leçon d'histoire.

Le ciel est uniformément gris, le vent coupant comme le fil d'une épée. Nous faisons quelques pas pour nous réchauffer.

— Un détail m'a sauté aux yeux tout à l'heure, quelque chose de tellement évident que je ne l'ai pas relevé sur le coup. Le *Manuscrit* a été envoyé pour la première fois en 1980. Par définition Internet n'existait pas à l'époque. C'était un exemplaire papier.

— Brillante déduction, ricane Clarisse. Je n'aurais pas fait mieux.

— Mais il faut savoir que pour des raisons juridiques, tous les manuscrits qui arrivent en format papier sont répertoriés dans un registre. Titre de l'œuvre, nom de l'auteur, prénom, coordonnées, tout est noté pour empêcher les contestations. On n'est jamais à l'abri qu'un escroc attaque la maison au motif qu'on n'a pas lu son livre, ou qu'on a essayé de le lui subtiliser. Et exiger dommages, intérêts et préjudice moral pour faire bonne mesure.

— C'est idiot.

— C'est déjà arrivé. C'est même la raison d'être du registre : il prouve que Galibier a bien reçu son ouvrage.

— Quant à tourner la page de couverture…

— C'est une autre histoire, je te l'accorde. Toujours est-il que ces registres existent. Et je suis presque certain qu'ils sont conservés dans les archives de la maison.

Derrière les lunettes noires, je vois les yeux de Clarisse marquer un va-et-vient qui trahit sa réflexion.

— Et si tu retrouvais le registre en question…

— J'obtiendrais les coordonnées d'Alexandre Mascaret.

— En admettant qu'il soit encore en vie. Et si c'est le cas, il a sûrement déménagé.

— Dans chaque immeuble parisien, il y a au moins une personne qui ne bougerait pour rien au monde. Même si tu détruisais les murs à coups de bulldozers, tu la retrouverais assise sur sa chaise au milieu des décombres. En général, ces gens-là ont une mémoire infaillible.

— Pourquoi viens-tu me parler de tout cela ? Tu n'as pas besoin de moi pour aller dans les archives.

— Pas ces archives-là. Laisse-moi t'expliquer.

Geneviève m'accueille avec un sourire crispé.

— Géraldine Raguet vient de me laisser un message. Elle aimerait vous voir. De toute urgence.

— J'ai beaucoup de travail. Je l'appellerai dès que je pourrai.

— Elle semblait vraiment très en colère.

— La routine. Vous avez reçu des manuscrits ce matin ?

Elle me tend trois brochures plus ou moins épaisses.

— Vous vous dévouez ?

— Je suis d'humeur charitable.

— C'est le bruit qui court en effet.

— Pourquoi me dites-vous cela ?

Geneviève est un peu gênée.

— Eh bien… Tous ces auteurs que vous recevez depuis deux semaines… On se pose des questions dans la maison. Ils ont l'air un peu bizarres, vous ne trouvez pas ?

— Disons qu'ils sortent des sentiers battus.

— Ah, ça, le moins qu'on puisse dire, c'est qu'ils en sont sortis. L'un d'eux m'a demandé si j'étais un suppôt du diable. Et une autre a sorti un pendule pour choisir le fauteuil où elle allait s'asseoir.

— Il faut bien accepter de nouvelles visions du monde. C'est notre travail après tout !

— Si vous le dites…

Je brandis les manuscrits.

— Vous les avez bien répertoriés ?

Elle pose sa main manucurée sur le registre. C'est un gros livre à couverture rigide grise et aux coins renforcés de carton couvert de tissu rouge.

— Plutôt élégant comme registre, fais-je remarquer.

— On utilise le même modèle depuis cinquante ans.

— On devrait en publier les meilleures pages. Qui sait, ça ferait peut-être un bestseller ?

À son regard, je comprends que Geneviève est persuadée que j'ai perdu la raison. Ce qui me convient parfaitement.

Je ne suis pas fou. Je suis simplement ma propre logique. Comme Vincent Caume quarante ans plus tôt.

Lucien se marre franchement. De façon étonnante, plus les choses se compliquent, plus il y voit prétexte à rigolade.

— Ça faisait longtemps qu'on n'avait plus vu un tel bordel. Il suffit qu'un écrivaillon soit pressenti pour remporter le Goncourt et tout se barre en couilles ! Son éditeur se fait jeter comme un malpropre, son remplaçant n'en peut plus de se regarder dans la glace, une mytho qui s'est fait passer pour la DRH de la maison provoque un raffut pas possible à la compta et, cerise sur le gâteau, une foldingue harcèle une autre foldingue pour qu'on lui modifie un contrat que personne ne lui a jamais signé. Tu trouves pas ça marrant, toi ?

— Pas vraiment, vu que je fais partie de ton énumération.

— Parlons-en ! Il paraît que tu as commencé une collection de tarés à présent ?

— Décidément les rumeurs vont vite.

— Et ça ne va pas s'arranger, crois-moi. Tu comptes vraiment publier ces trucs-là ?

— Pourquoi pas ? Tu les as lus, toi ?

— Ça risque pas ! Moi, vos histoires d'intellos me débectent. Mais il se dit que c'est vraiment des maboulerie.

Parfait. Mon intrus a jeté un coup d'œil sur les manuscrits des autres cinglés. Exactement ce que j'espérais.

— Tu veux un conseil ? me dit Lucien en ôtant sa clope de sa bouche. Casse-toi d'ici. Il n'y a que des coups à prendre.

— Tu crois ?

— Évidemment ! Fie-toi à mon expérience de vieux militant : quand la consigne de dispersion est lancée, mieux vaut prendre la tangente. Tu veux finir comme l'autre malheureux ? Pendu dans son bureau ? Mais regarde-moi ces empotés… Vous êtes pas encore partis ?

Lucien gicle de son atelier pour hurler sur ses gars. J'ouvre le deuxième tiroir à gauche. Un trousseau de clés. Dans ma poche, ni vu ni connu.

Je salue Lucien en partant. Il ne me remarque même pas, trop occupé à vocaliser sur les pauvres bougres.

Les réserves. Seul local chez Galibier qui connaisse encore l'usage du verrou.

J'ai mis dix minutes à trouver la bonne clé. Après les avoir essayées l'une après l'autre, j'ai senti enfin la serrure se libérer et j'ai étouffé un cri de triomphe. Je n'imaginais pas ce qui m'attendait.

Des tubes néons qui clignotent, de la poussière qui flotte entre des draperies de toiles d'araignées et, à perte de vue, des alignements d'armoires métalliques noyées dans l'éclairage blafard. Un peu partout, des cartons remplis de manuscrits oubliés là depuis vingt ou trente ans. Des piles de catalogues de l'automne 1992 jamais ouverts. De vieilles affiches publicitaires pour un bestseller que tout le monde a oublié.

Je n'ai pas beaucoup de temps devant moi. Je parcours les rayonnages. Des centaines de classeurs avec leur intitulé : contrats, factures, redevances, cessions de droits étrangers, achats de traductions… Vertigineux quand on y pense. Des milliers de publications, des millions de pages imprimées, une montagne d'idées et d'émotions immortalisées dans des centaines de millions d'exemplaires dispersés aux quatre coins du monde, et tout ce qu'il en reste ce sont des liasses de papier accolées à d'autres liasses de papier, le tout recouvert de poussière. Et moi, je cherche une ligne perdue dans un vieux registre caché dans je ne sais quel recoin.

Les heures passent à effacer la poussière sur les tranches des classeurs, ouvrir et fermer des cartons, soulever des tonnes de paperasses inutiles. Pour rien. Pas de registres.

Vers seize heures, bip sur mon téléphone. Message de Cerbère, qui montre les crocs. Passer la voir. Plus brefs délais. Silence inadmissible. Je coupe mon téléphone et je continue. Les classeurs et les boîtes à archives dansent devant mes yeux. J'arrive au fond de la cave. Devant moi, les relevés de droits d'auteur pour l'année 1947. Je reste là à regarder l'intitulé en petites lettres gracieuses à moitié effacées par le temps. Il n'est pas exclu que j'aie complètement perdu l'azimut.

Puis j'essaie de raisonner.

Les registres que je cherche n'ont aucune importance pour Galibier. On doit donc les ranger là où ils gênent le moins. Je reviens sur mes pas. L'entrée des réserves. J'étais tellement obnubilé par le décor qui s'étendait devant moi que je n'avais pas remarqué la petite armoire vitrée cachée dans l'obscurité. Bingo. Des centaines de registres aux coins rouges, soigneusement alignés. Je les ouvre, les referme. Des dates, des titres de livres, des noms d'auteurs, Mireille Aspic, « Dernières nouvelles de moi », Jean-Paul Cachan, « Vivre en dépit du bon sens commun », Alfred Depasse, « La guimbarde du facteur ». 1996… 1983… 1980. Mon index remonte fébrilement les lignes, décembre, novembre, Astrid Mille, « Le chant des cygnes », Léonore Taquin, « Je l'aimais », Patrick Moulin, « Faites entrer l'accusée ».

Alexandre Mascaret, « Le Manuscrit ». Reçu le 15 novembre 1980.

Adresse : 87 rue Faubourg Saint-Denis, Paris 10. Téléphone : 751 22 69.

Je bondis de joie, je hurle en tapant sur les murs.

Cette fois, je le tiens.

Kléber Savin, qui arpente le couloir de sa démarche d'ours rêveur, n'aurait pas été plus surpris si j'avais surgi d'une cheminée. Je suis crasseux et ravi de l'être.

— Je l'ai !

— Vous avez quoi, Paul ?

— La solution à tous nos problèmes !

— Vous m'en voyez ravi. Ça nous aiderait grandement, croyez-moi. Vous n'avez pas vu Jeanine ? Elle n'est pas venue travailler aujourd'hui et…

— Pas le temps.

Je bondis dans mon bureau pour attraper mon blouson. Je

laisse là mon sac à dos et toutes mes affaires. Ils peuvent fouiller autant qu'ils veulent, prendre mon ordinateur, confisquer mon bureau, ça n'a plus aucune importance.

La rue du Faubourg Saint-Denis est encore plus sinistre sous la pluie d'automne. C'est un long alignement de vitrines taguées et de façades décaties. Le numéro 87 ne fait pas exception. Gribouillis informes sur la porte, lambeaux d'affiches collés aux murs, tessons de bouteilles sur le trottoir, tout prouve que les occupants de l'immeuble ont baissé les bras devant le désarroi ambiant. Seule anomalie : une caméra de surveillance au-dessus du porche. Digicode bloqué. Je dois attendre que quelqu'un sorte. Un clochard passe, me demande de l'argent, je l'entends à peine. Toute ma volonté est tendue vers cette porte à la peinture écaillée. Derrière elle vit l'un des plus grands écrivains du monde, le plus grand peut-être, j'en ai la conviction.

Elle s'ouvre enfin. Deux hommes d'une quarantaine d'années me barrent le passage. Ils portent de simples pulls, preuve qu'ils n'ont pas l'intention de quitter l'immeuble : ils ont plutôt le projet de m'empêcher d'entrer. Le plus grand, un type à lunettes plutôt rébarbatif, m'aborde d'un air méfiant.

— On peut faire quelque chose pour vous ?

— Je cherche quelqu'un qui vit dans l'immeuble. Alexandre Mascaret.

— Connais pas.

— Je vais vérifier sur les boîtes aux lettres, si ça ne vous dérange pas.

L'autre type, un malabar pas commode, me repousse d'une main ferme.

— Vous n'avez pas entendu ? Il n'y a personne de ce nom ici.

— Une minute ! Vous n'avez pas le droit de…

La porte se referme sur les deux types.

Je peux attendre autant que je veux : ils me tiennent à l'œil avec leur caméra. Même si j'arrivais à me faufiler derrière un visiteur, ils m'intercepteraient dans l'entrée. Qu'est-ce qui se cache derrière cette porte ? Une secte ? Une milice d'extrême-droite armée jusqu'aux dents ? Un centre de torture des services secrets ?

La réponse tombe quelques instants plus tard, de la poche d'un homme d'une cinquantaine d'années qui se présente devant la porte, me jette un regard mauvais et actionne le digicode. Un journal est tombé de sa veste : « Le cri », organe officiel du POL, ou Parti Ouvrier Libéré.

Cette forteresse imprenable, c'est le siège d'un parti trotskyste. Ce qui signifie qu'aux yeux des deux gars qui m'ont refoulé sans ménagement, je suis l'ennemi personnel du prolétariat.

L'autre enseignement, c'est qu'Alexandre Mascaret a fait parvenir sa correspondance à son adresse professionnelle. En gros, je n'ai pour ainsi dire pas avancé d'un millimètre.

Sauf sur un point fondamental : c'est dans ce quartier que l'idée du *Manuscrit* a pris naissance.

Clarisse hoche la tête pendant que je lui raconte ma mésaventure. À ses côtés, sa mère marmonne hargneusement en fixant le vide. Clarisse a préféré que nous nous voyions rue de Quatrefages, en terrain neutre. Plus prudent.

— Je ne vois pas ce que ça nous amène de plus, fait-elle d'une voix lasse.

— Rappelle-toi ce que nous a dit Arsène Anxielevitch. Pourquoi le *Manuscrit* est-il aussi saisissant ? Parce qu'il repose sur une histoire vécue.

— Mais encore ?

— Je suis persuadé que l'accident décrit au début du livre s'est réellement produit.

— Tu veux dire par là que Mascaret a accidentellement tué un enfant en voiture ?

— J'en ai la conviction. Et maintenant, nous avons une indication de lieu. Cela s'est produit dans ce quartier.

— Qu'est-ce qui te fait dire cela ?

— J'ai gardé un souvenir précis des premières pages du texte. Mascaret mentionne un boulevard.

— Ce n'est pas ce qui manque à Paris.

— Mais il explique aussi que son amie Gabriella est passée le chercher à son bureau. Ils se disputaient pour des questions de ligne politique, ce qui laisse supposer qu'ils venaient tout juste de quitter les locaux du parti.

Clarisse s'anime, en phase avec mon raisonnement.

— Donc si l'accident est authentique, il s'est produit sur un boulevard proche de la rue du Faubourg Saint-Denis.

— Selon toute vraisemblance, le boulevard de Strasbourg ou le boulevard Sébastopol. Ce n'est pas tout, l'auteur donne aussi une indication temporelle : il situe l'action à la fin de l'été. Disons août ou septembre. Maintenant, laissons-lui un an ou deux pour écrire son roman et le retravailler. S'il l'a envoyé chez Galibier en 1980…

— L'accident aurait eu lieu durant l'été 1978 ou 1979.

— Si nous arrivons à accéder aux archives d'un journal local, et avec un peu de chance, nous saurons exactement ce qui s'est passé. Et surtout qui sont les protagonistes.

— On sait de qui il s'agit, non ?

— Je sais maintenant que l'auteur a utilisé un pseudonyme.

— Pourquoi ?

— Parce qu'il faisait adresser sa correspondance au siège du parti. Or, chez les trotskystes, tout le monde utilise un pseudo. C'est une façon de déjouer la surveillance de la police.

Clarisse me regarde, assez impressionnée.

— Je ne t'imaginais pas aussi calé en politique.

— J'ai un professeur particulier chez Galibier. Et toi, as-tu trouvé un contact dans le journal dont je t'ai parlé ?

Elle sourit modestement.

— Dans cinq journaux. La presse est un milieu accueillant. Il suffit qu'une jeune et jolie pigiste offre gracieusement ses services pour que toutes les portes s'ouvrent en grand.

— Je n'en doute pas.

— J'irai voir Rémy, du *Parisien*. C'est là que j'ai les meilleures chances.

— Rémy ?

— Le responsable des archives. Il s'est dévoué pour m'expliquer tout ce que je dois savoir sur le boulot de journaliste. Je t'appelle dès que j'ai une info.

Nous nous levons. Assise à côté de nous, la mère remarque à peine notre départ. Perdue dans ses souvenirs.

Je m'apprête à sortir quand Clarisse pose sa main sur mon épaule.

— Tu sais, je voulais te dire… Nous deux…

Mon téléphone sonne. Mon père. Vraiment pas le moment. D'un regard Clarisse m'incite à répondre.

— Salut, papa. Je suis désolé, je n'ai pas eu le temps de passer. Je suis…

— Viens tout de suite. Ta mère est en train de mourir.

Les platanes du boulevard Malesherbes tendent leurs branches presque dénudées vers le ciel gris. Des paquets de feuilles ocre et carmin jonchent les trottoirs. Le quartier baigne dans un calme inhumain.

Quand mon père ouvre, c'est le choc. Il a pris dix ans dans la figure. Cernes, teint grisâtre, pas rasé. Pire encore, il ne porte pas de cravate, ce qui veut dire qu'il ne va pas travailler. Autrement dit un tremblement de terre dans sa vie. Il n'arrive même pas à dissimuler son angoisse.

— Le médecin vient de partir.

— Qu'est-ce qu'elle a ?

— Mystère. Elle dépérit à vue d'œil.

— Quand est-ce que ça a commencé ?

— Il y a quelques semaines. Je pensais que nous n'avions rien à craindre. Et puis…

Malgré ma réticence, il me pousse vers la chambre de ma mère. On n'a jamais envie de se confronter à la douleur des autres, surtout quand ils comptent pour nous. On se dit fort commodément que notre peine leur fera de la peine. Mais cette fois je ne peux pas me dérober.

J'entre doucement. Elle est couchée dans son lit, très pâle. Son corps soulève à peine la couette. Autour d'elle, des livres éparpillés, ouverts au hasard. Je m'assieds sur le bord du lit, prends sa main dans la mienne. Elle ouvre les yeux et sourit. Sa voix est faible, un souffle.

— Ah, Paul, tu es venu. C'est gentil.

— Tu aurais dû me prévenir plus tôt.

— Tu étais occupé avec cette histoire de prix Goncourt. Et d'ailleurs, à quoi bon… Il y a tant de gens qui tombent malades. Pourquoi serais-je épargnée ?

— Que dit le médecin ?

— Les bêtises habituelles. Une insuffisance, quelque chose comme ça. Il m'a fait une piqûre pour soutenir le cœur. Mais je savais que ça me pendait au nez.

— Pourquoi dis-tu une chose pareille ?

— Parce que c'est la vérité. Il y avait des signes avant-coureurs. J'étais de plus en plus indifférente à ce que les gens me racontaient. Et même les livres… Je n'arrivais plus à m'y intéresser. Ni même à en terminer un. Je ne croyais plus aux histoires. Et cela, c'était terrible pour moi.

Les larmes me montent aux yeux. Je fais ce que je peux pour ne pas montrer mon chagrin.

— Il ne faut pas baisser les bras. Moi aussi j'ai du mal à terminer les livres qu'on me propose. Je fais semblant.

— Et celui de Cyril Jiniac ?

— C'est un coup éditorial, rien de plus. Mais il y a un mois j'ai reçu un manuscrit… C'est le titre, figure-toi : *Le Manuscrit*. Et tout s'est éclairé.

Ma mère me sourit.

— C'était bien ?

— C'était plus que ça : parfait. Le livre que je rêvais de lire sans même imaginer qu'on puisse écrire un truc pareil. Quelque chose d'aussi vrai, d'aussi fort…

— Tu vas le publier ?

J'hésite à peine un instant.

— Oui, bien sûr. Je t'enverrai un exemplaire. Tu verras, c'est fantastique.

— Merci.

Son sourire est radieux. Je comprends à ce moment, et à ce moment seulement, qu'elle est heureuse de me savoir heureux. Et que le reste n'a guère d'importance pour elle. Son regard est plein de douceur.

— Tu sais, ton père… Il a été très gentil ces derniers jours. Il s'est bien occupé de moi.

— Je m'en doute.

— Rien n'était moins sûr. Si tu m'avais dit il y a un mois que j'utiliserais le mot « gentil » pour désigner ton père, je t'aurais ri au nez. Tu vois, on se trompe…

Elle me sourit de nouveau, plus douloureusement cette fois.

— Je ne sais pas comment on en est arrivé là. Notre éloignement. C'était absurde. Ou trop logique, ce qui revient au même. Quand on y pense, deux êtres humains ne devraient jamais vivre ensemble. Il faut être fou pour croire que ça peut fonctionner. Il nous aura manqué cette folie, sans doute…

Elle ferme les yeux, épuisée.

— Je vais dormir un peu, maintenant. Tu me tiens au courant pour ton livre ? Je suis vraiment… curieuse… de lire ça.

Son souffle va et vient, calme, comme une voile gonflée par un vent léger mais régulier. Elle s'endort. J'ai presque l'impression de voir un sourire sur son visage.

Mon père est assis à son bureau. Il lève vers moi un regard anxieux.

— Alors ?

— Elle se repose. Tu crois que…

Je n'ose même pas prononcer la fin de ma phrase.

— On n'en sait rien. Ces prochains jours seront décisifs. J'ai décidé de ne pas bouger d'ici. Le travail attendra un peu. Je mettrai les bouchées doubles quand… ça ira mieux.

— Toujours aussi surchargé ?

— C'est inimaginable. Une véritable hécatombe. Je sais de source sûre que le gouvernement va instaurer un couvre-feu. Pour voir si ça peut servir à quelque chose, je suppose… Bien, tu dois avoir du travail. Je t'appelle s'il y a du nouveau.

Mon père, un roc de détermination que j'avais longtemps pris pour un monument d'habitudes. Mais au cœur, très apparente soudain, une fissure.

18

Il faut être précis dans les termes

Grandpierre passe une tête dans mon bureau.

— Salut, je ne te dérange pas ? On a une réunion avec les responsables droits étrangers. On prépare le salon de Londres et on se demande comment on va vendre *Encombrement* en Extrême-Orient. Tu es dispo quelques minutes ?

J'ai réussi à esquiver Cerbère mais ma mise à pied n'est plus qu'une question de jours, pour ne pas dire d'heures. Mieux vaut faire profil bas. Je prends mon carnet de notes et je le suis. Très grand seigneur, Grandpierre me tient la porte de l'ascenseur.

— On dirait qu'on a réussi à sauver le coup avec Jiniac. L'article du Monde a changé complètement la donne. À présent il fait figure de favori. D'accord, ce n'est qu'un prix, mais une petite satisfaction d'amour-propre c'est toujours bon à prendre. Réponse demain matin… Suspense !

Il se contemple dans la glace. Il est évident que ce petit discours ne concerne que lui.

— On a vraiment assuré sur ce coup-là, tu ne crois pas ? *Encombrement* va faire un carton, c'est évident. Avec une bonne campagne de pub on devrait atteindre les 500 000, poches compris. Et on a une vingtaine de traductions déjà signées. De quoi assurer l'équilibre financier pendant une bonne année. Pas mal, non ?

Les portes de l'ascenseur s'ouvrent. Il passe devant moi et se souvient enfin de ma présence dans la cabine.

— Incroyable, cette histoire de couvre-feu… Oui, ça commence ce soir. On n'aura plus le droit de circuler. Toujours cette épidémie… Au fait, tu as des nouvelles de Jeanine ? Ça fait trois jours qu'elle est absente. Ce n'est pas qu'elle me manque, mais bon, on l'aime bien quand même. Pas vrai ?

Nous entrons dans une salle de réunion et je comprends son petit jeu. Je suis tombé dans un traquenard : ce n'est pas une réunion ordinaire, mais un tribunal. Grandpierre avait pour mission d'amener l'accusé sur le lieu du jugement. Comme un jury d'assises, mes collègues sont assis sur deux rangs, leurs visages anxieux tournés vers moi. Seule consolation, Jeanine n'est pas là. Dans le rôle de l'avocat commis d'office, Kléber Savin farfouille dans un calepin pour mieux dissimuler sa gêne. Tel le juge chargé de la sentence, Antoine Merchant se tient au centre du cénacle. Son œil est d'une froideur de banquise. En sa qualité de greffière, Cerbère est assise à sa gauche, un sourire mauvais plaqué sur le visage — elle connaît déjà le verdict, ce qui la fait jubiler. La voix du Grand Mogol s'élève dans un silence de mort.

— Monsieur Miller, j'ai appris à mon retour de Francfort qu'une certaine Flora Mavrescu affirme avoir signé un contrat d'édition avec notre maison pour un livre intitulé *Une femme d'occasion*. Elle nous a même fait parvenir une copie dudit contrat. Or, je ne me souviens absolument pas d'avoir signé quelque chose de ce genre. Elle prétend que c'est vous qui lui avez remis les deux exemplaires, dûment datés et signés de mon nom.

— Flora Mavrescu… Attendez que je me souvienne…

— Nous avons découvert par ailleurs qu'une de vos connaissances, une certaine Clarisse Méry, a usurpé le titre de

DRH des éditions Galibier pour obtenir des informations auprès de l'Urssaf. Lequel organisme nous a contacté afin de réclamer un rappel de cotisations sociales d'un montant astronomique.

— Clarisse qui ?

— En outre, il semblerait que vous envisagiez de soumettre à la publication des ouvrages au contenu rigoureusement inepte. Auriez-vous la bonté de nous expliquer de quoi il retourne ?

— C'est à propos de…

Mon téléphone sonne à ce moment précis. La voix de Clarisse est à la recherche de son propre souffle.

— Je sors du journal. Tu avais raison. J'ai trouvé. Tu es occupé ?

— Je n'ai rien de prévu, non.

— On peut se voir ?

— Okay. Rendez-vous Chez Georges. J'arrive.

Tant qu'à abréger ma carrière, autant finir en beauté.

— Tout bien réfléchi, vous pouvez tous aller vous faire foutre.

Je quitte la pièce devant une quinzaine de visages médusés.

Rien n'a changé Chez Georges, mis à part qu'une poignée de soiffards a déjà pris place au bar pour savourer un dernier verre avant le couvre-feu. Accoudé à son comptoir, Hugo papote avec les uns et les autres. Clarisse et moi sommes installés à la même table que la dernière fois. Elle me montre les copies de coupures de presse qu'elle a faites au *Parisien*, qui s'appelait encore le *Parisien libéré* en ce temps-là.

— L'accident a eu lieu le 3 septembre 1978 aux alentours de 19 heures. Une voiture blanche a renversé un enfant qui s'était engagé sur la chaussée. D'après plusieurs témoins, l'enfant se trouvait sur un passage pour piétons. La voiture l'a percuté violemment avant de disparaître dans le trafic.

— Il y a eu délit de fuite ?

— Tout à fait. Mais un passant a eu le temps de relever la plaque d'immatriculation. Le propriétaire de la voiture a pu être identifié.

— Génial ! On a le vrai nom de Mascaret.

— Malheureusement non, soupire Clarisse en me montrant un autre article. Le propriétaire en question avait un alibi en béton armé : il était en garde à vue au moment de l'accident.

— La voiture avait été volée ?

— Ou empruntée. Cela n'a jamais été éclairci.

L'article était intitulé « Mystère autour du chauffard tueur d'enfant ». Sur une mauvaise photo en noir et blanc, on voyait un homme qui écartait les mains en signe d'innocence. Jeune, mince, nerveux. J'approche la photo tout près de mes yeux. Ce visage… Je lui rajoute quarante ans. Des cheveux gris. Des rides. Des mains déformées par le temps. Le regard, lui, n'a pas changé.

Et parce qu'il faut toujours être précis dans les termes : putain de bordel de merde.

— Tu le connais ?

— Je croyais le connaître.

Je lui explique l'histoire en deux mots. Elle en reste bouche bée.

— Il est temps que nous ayons une petite conversation avec ce monsieur, dis-je en me levant.

Je me fraie un chemin parmi les clients pour payer nos consommations.

— Mignonne, ta copine, me fait Hugo d'un air appréciateur.

— Oui. Mais un sacré caractère.

— Qui se ressemble s'assemble.

— Il paraît.

— En tout cas, tu es très demandé.

— Pourquoi tu me dis ça ?

— Parce que ce monsieur aussi veut te parler.

Clarisse a disparu. À la place je découvre un homme qui me fait face, un grand sourire aux lèvres.

Jean-Luc Magloire.

— Bonsoir, Monsieur Miller.

Je salue Hugo et je file dehors. Je n'ai pas fait cinq pas qu'il me bloque d'une main ferme.

— Je commençais à me demander quand vous sortiriez de ce café.

— Écoutez, ce n'est vraiment pas le moment…

— Je vous le confirme, ce n'est jamais le bon moment pour se faire casser la figure.

Il se colle à moi, se saisit de mon blouson. Je sens ses poings prêts à me broyer. Des passants nous jettent des regards étonnés. Drôle d'endroit pour une rencontre, surtout quand l'un des deux a visiblement envie d'être ailleurs.

— On va se trouver un coin tranquille pour discuter.

De la tête, il désigne une petite rue perpendiculaire, déserte en cette fin d'après-midi. Le soleil décline, il fera bientôt tellement sombre que personne ne pourra nous voir.

Je pense en un instant : c'est trop con, si près du but.

Je fais semblant de le suivre puis je m'arrache à sa prise. Je fonce droit devant moi, bouscule tout ce qui se présente sur mon passage. Des pas derrière moi. J'ai le cœur qui bat à 120 mais j'ai retrouvé un sacré souffle à force de courir en tous sens depuis des semaines. Il n'arrive pas à me rattraper. Je débouche boulevard Saint-Germain. La cohue, des bagnoles, des scooters et des trottinettes électriques qui surgissent des quatre coins de l'horizon. Je veux traverser, un vélo freine trop tard, me percute. Mon bras. Douleur intense. Le cycliste se met à hurler.

— Pouvez pas faire attention ?

Je le repousse, une main agrippe mon col, c'est le dingue, je lui fais lâcher prise d'un brusque mouvement d'épaule et je zigzague entre les voitures. Des enseignes lumineuses, des vitrines éclaboussées de lumière, aveuglantes. Droit devant moi, une librairie. Je rentre dedans, je ne sais pas pourquoi, comme si les livres pouvaient me protéger d'un fou furieux. La caissière me voit débouler, les yeux ronds. Je serpente entre les tables, des piles de bouquins tombent ici et là. Je l'ai semé. Non, il m'a vu entrer, il pousse la porte, il regarde à gauche et à droite, ivre de haine. Tout ça pour un livre, un simple livre, ai-je envie de lui dire…

La responsable de la librairie tend la main pour l'arrêter.

— Monsieur, vous n'avez pas le droit de…

Il la frappe à pleine volée, elle s'effondre contre une étagère, ça fait un boucan pas possible, des dizaines de volumes tombent sur elle. Magloire me cherche du regard, la librairie est immense, il y a des étagères partout, je file au fond, pousse une porte, la sortie de secours. Non, des toilettes. Cul-de-sac. J'entends le type qui s'approche. Il a deviné. Pression des poings, craquement des phalanges. Je me cache derrière une étagère. Elle est en équilibre instable. Des bandes dessinées, des livres pour enfants. Il m'aperçoit entre les rayons. Son sourire. Un fou furieux.

— Je te tiens.

Je pousse l'étagère de toutes mes forces. Il se la prend sur la gueule, trébuche, tombe par terre. Un coffret de bédés bascule du sommet de l'étagère et atterrit sur son crâne. Il est sonné. Je l'enjambe, file vers la sortie. Des clients attirés par le barouf me dévisagent, stupéfaits. Ils s'écartent avec effroi. La libraire est au téléphone. Elle crie « Police, venez vite ! »

Où aller ?

Galibier ? Je suis grillé là-bas, personne ne me laissera entrer.

Chez moi ? Magloire connaît mon adresse personnelle. C'est le premier lieu où il se rendra.

Mes parents ? Je ne dois pas les inquiéter. Pas maintenant.

Un seul point de chute.

Couvre-feu oblige, le trafic est fluide dans les rues. Personne ou presque sur les trottoirs. Impression d'une ville morte, seulement troublée par le hurlement des sirènes d'ambulances. Je passe par les petites rues pour me rendre chez Clarisse. Le quartier Mouffetard flotte dans un silence surréaliste — les restaurants ont fermé leurs portes. Arrivé place de la Contrescarpe, j'oblique à gauche puis tout de suite à droite, rue Rollin, une voie piétonne où je ne risque pas de croiser de flics en maraude. Je descends l'escalier avec une extrême prudence et me planque derrière le container à bouteilles. J'appelle Clarisse. Messagerie.

Plus le choix. Je traverse la rue Monge quasi déserte et je file rue de Quatrefages. Coup de chance, un type rentre justement au numéro 14. Je me glisse derrière lui et fonce chez Angélique Méry. Je sonne. Des pas traînants. La vieille dame m'ouvre. Elle a cet air ahuri des gens qui redécouvrent la vie à chaque instant.

— Vous êtes en retard, docteur.

— Bonsoir. Clarisse n'est pas là ?

Elle ne répond pas, rebrousse chemin. Elle a déjà oublié qu'elle devait fermer la porte. Ce que je m'empresse de faire. Je la suis dans le salon. Elle a repris place dans son fauteuil devant la baie vitrée. Elle fixe la façade de l'immeuble d'en face. Son visage maigre et ridé ne laisse voir qu'une expression absente, figée. Le grand voile blanc de l'Alzheimer.

Je m'assieds à côté d'elle. J'aimerais faire le vide, moi aussi. Ne plus penser à rien. Ne plus rien espérer, quitte à finir comme tous ces pauvres gens, asphyxiés par le manque de perspectives, la tête prisonnière dans un sac plastique de contraintes. Car c'est cela, l'épidémie. Juste cela : l'absence d'espoir, la résignation devant le mur de briques du réel. Quand on en arrive là, il ne reste plus qu'un seul horizon possible, l'attente de la mort physique. Car l'esprit, lui, est déjà mort d'indifférence.

La respiration de la vieille dame s'accélère. Elle se met à tousser douloureusement. Je vais lui chercher un verre d'eau à la cuisine. Elle prend le verre et le boit à petites gorgées. Puis me le rend.

— Merci, Alexandre.

Je m'apprête à ramener le verre à la cuisine. Puis je réalise.

— Vous avez dit…

— Merci, Alexandre.

Ces deux mots lâchés distraitement explosent dans ma tête.

Merci, Alexandre. Mascaret. Alexandre Mascaret.

Cette fois, tout s'éclaire.

C'est plus que jamais ma conviction : il faut être précis dans les termes employés. Encore plus avec les noms propres.

Mon autre conviction, c'est que rien, absolument rien de ce qui est arrivé n'est dû au hasard.

19

Dans la gueule du loup

Je renoue avec une sensation oubliée ce matin-là : le chant des oiseaux. Je crois même que ce sont eux qui m'ont réveillé. Quand j'ai ouvert les yeux, j'ai eu la sensation presque agréable de retrouver mon enfance. Les vacances à la campagne avec mes parents. L'impression chaque matin de revenir à l'essentiel. Rire, bouger. Courir pour le simple plaisir d'aller vite. Avoir confiance en l'avenir. Entendre son père et sa mère s'adresser la parole.

La veille, j'avais aidé Angélique Méry à rejoindre son lit, puis j'avais trouvé une couverture dans un placard et je m'étais allongé dans le canapé du salon. J'avais eu le plus grand mal à trouver le sommeil : des dizaines de scénarios défilaient dans ma tête. J'ai dormi trois ou quatre heures grand maximum.

Au matin j'avais les idées claires. L'avantage, quand on est au bord du précipice et qu'on ne peut pas rebrousser chemin, c'est qu'il n'y a pas trente-six solutions. On est obligé de longer l'abîme. Avec interdiction de commettre le moindre faux pas.

En allumant mon téléphone, je remarque un mail de Cerbère envoyé quelques minutes plus tôt. Elle a dû jouir en l'écrivant : une procédure de licenciement pour faute grave est diligentée contre moi. Entre autres motifs : absentéisme, comportements violents, insuffisances constatées dans le travail. Si elle savait…

Un bruit de pantoufles. La vieille dame se tient devant moi. Elle m'observe, interloquée.

— Qui êtes-vous ?

— Je n'en suis plus très sûr moi-même.

Le pire, c'est que cette réponse est totalement sincère.

Mon père répond dès la première sonnerie.

— Ah, c'est toi, Paul. Tu viens aux nouvelles ?

— Oui.

— Ta mère va mieux ce matin. On dirait que ta visite lui a fait du bien.

— J'en suis ravi.

— Repasse dès que du peux.

— Je n'y manquerai pas. Mais je dois terminer un boulot avant.

— Ah oui, c'est vrai. Le prix Goncourt… C'est bien aujourd'hui qu'on le décerne ?

— Oui. En fait, je t'appelle pour avoir une information.

— Je t'écoute.

— C'est à propos d'un dossier.

— J'espère que tu ne me demandes pas de trahir le secret professionnel ?

— Je te laisse seul juge.

Il m'écoute attentivement. Puis soupire.

— C'est assez extravagant.

— Je te l'accorde.

— Je ne sais pas…

— Vraiment, tu m'aiderais beaucoup.

— Je dois y réfléchir. Je te rappelle.

Il raccroche. J'ai le choix. Attendre son appel qui ne viendra peut-être pas. Ou me jeter dans la gueule du loup.

Et en finir une bonne fois pour toutes.

Paris baigne dans une quiétude inhabituelle. À moins que ce ne soit une angoisse diffuse. On dirait que le monde est suspendu à l'annonce d'une nouvelle sidérante. Et que tous les éléments vont se déchaîner quand elle nous tombera dessus.

Je ne prends que les rues transversales. Rue Rollin de nouveau, la Contrescarpe, puis une enfilade de petites artères désertes qui me mènent au jardin du Luxembourg. Les allées sont vides de promeneurs. Impression de fin de l'humanité, saluée par les gazouillis enthousiastes de milliers d'oiseaux. La rue Vavin. Au loin, dressée dans la perspective du boulevard Raspail, la statue de Balzac. Le boulevard Montparnasse.

Comme je l'espérais, le camion d'un grand traiteur parisien stationne devant les bâtiments de Galibier — Saint-Germain-des-Prés vit sur une autre planète, ils n'ont pas voulu annuler l'événement en dépit du couvre-feu. Des employés en chemise blanche et pantalon noir déchargent caisses de champagne, verres et plateaux de petits fours en prévision du cocktail puisqu'il ne fait aucun doute qu'*Encombrement* va rafler le Goncourt. Plus que trois heures avant de faire péter les bouchons. C'est ma chance.

Personne ne remarque ma présence au milieu du va-et-vient des employés en tenue de cérémonie. Je me glisse jusqu'à la porte du garage. Elle est entrouverte, comme par hasard. Je pénètre dans la cour de l'atelier. Des palettes de bouquins un peu partout, dérisoires montagnes de papier. Un Fenwick rangé dans un coin, telle une bête de métal qui n'attend qu'un ordre pour se réveiller. La lumière est allumée dans le cagibi de Lucien. Je file droit vers les escaliers.

Les couloirs de Galibier sont remplis de chuchotements.

Du responsable marketing à l'attachée de presse, on s'appelle, on s'inquiète, on demande des nouvelles, on se rassure. Seul Rachid échappe à la frénésie : il s'intéresse plus à son compte Tinder qu'à de vagues conjectures. Ce qui ne l'empêche pas d'ouvrir de grands yeux en me voyant pénétrer dans son bureau.

— Qu'est-ce que tu fais là ? Je croyais que t'étais viré ?

— Ce n'est pas si sûr. J'ai besoin d'un service.

— Encore !

— Il n'y a que toi qui puisses m'aider. Et crois-moi, tu vas te faire plein d'amis en quelques minutes.

Il m'écoute patiemment puis se tient le front en hochant la tête.

— Mais où vas-tu chercher des trucs pareils ?

— C'est à force de lire des bouquins.

Il pousse un long soupir, décroche son téléphone et appelle en interne.

— Allô, Claudia ? C'est Rachid. Tu sais ce que j'ai vu sur Internet ? Le Goncourt, c'est dans la poche. Mais tu le gardes pour toi, okay ? C'est pas encore officiel.

Il raccroche.

— Dans un quart d'heure, tu pourras y aller.

La première loi chez Galibier, c'est que les rumeurs surgissent des moquettes. La seconde, c'est que plus on exige la discrétion, plus elles circulent rapidement. Comme je le supposais, les gens sont sortis de leurs bureaux pour commenter l'info qui en quelques minutes est devenue une très forte probabilité, puis une certitude gravée dans le marbre. C'est déjà la cohue autour du buffet. Les premiers bouchons de champagne sautent dans des éclats de rire. Je quitte discrètement le bureau de Rachid et je me glisse jusqu'à l'ascenseur sans que personne me remarque.

Je n'en mène pas large. Mon téléphone vibre. Mes mains tremblent en prenant l'appareil. C'est un message de mon père. Il confirme ce que je pressentais. La cabine ralentit. Je ne sais pas ce que je vais découvrir lorsque les portes s'ouvriront. J'éprouve le genre de vertige qu'on doit ressentir la première fois qu'on fait du saut à l'élastique. Tout l'univers qui se renverse pendant qu'on plonge dans le vide en hurlant.

La cabine s'arrête. Les portes s'ouvrent lentement.

Personne.

Je me rue vers le bureau. Fermé, comme je le craignais. Là encore les règles ne sont pas les mêmes pour tous. Je sors le trousseau de clés de ma poche. Le bruit de ferraille est assourdissant. Cette fois, c'est quitte ou double. J'en essaie une, une autre. La quatrième est la bonne. La pièce est plongée dans une semi-obscurité menaçante. Je fonce vers le bureau, allume une lampe. Ouvre un tiroir, un deuxième. J'ai une chance, infime. C'est mieux que rien.

Mon cœur fait un bond. Dans le tiroir du bas, une chemise d'un orange fané. Le titre, écrit à la main. *Le Manuscrit.* Je tourne la couverture, lis la première page. La calligraphie est soignée.

« La mort n'est pas une question de temps. C'est une affaire de circonstances.

Ce dont je me souviens lorsque le corps de l'enfant est entré en contact avec la voiture, c'est le son. »

Des pas sur le parquet. Une voix, menaçante.

— Qu'est-ce que vous faites là ?

Antoine Merchant se tient devant moi, terrible, gigantesque.

— Rendez-moi ça immédiatement.

Je referme *Le Manuscrit*, le serre contre moi. Il fait partie de ma vie à présent.

— Bonjour, Monsieur Antoine Merchant. Ou dois-je dire Monsieur Alexandre Mascaret ? Vous auriez pu vous donner un peu de mal pour votre pseudo. Plutôt que de choisir les mêmes initiales.

— Vous êtes complètement fou.

— Mieux vaut être un fou qu'un assassin, vous ne croyez pas ?

Silence. Il fait un pas vers moi, je m'écarte. La voix de Merchant est pleine de venin.

— Vous vous rendez compte que votre carrière d'éditeur est terminée ?

— C'est exactement ce que j'allais vous dire, au mot près. Après ce que j'ai découvert…

Je dépose les coupures de presse sur le bureau. Il n'a besoin que d'un coup d'œil pour les reconnaître.

— Où avez-vous trouvé cela ?

— Dans votre passé.

— Je n'ai rien à voir avec cet accident.

— Dommage. Vous en parlez de façon remarquable dans votre roman. On s'y croirait. La seule chose que vous avez oublié de décrire, ce sont vos pensées quand vous avez fui après avoir tué cet enfant. Si je me fie à votre talent, cela aurait donné de fort belles pages.

Nouveau silence, assourdissant. Comme un vide qui aspire tout autour de lui. Merchant redresse la tête.

— Et même en admettant que ce soit vrai, vous n'avez aucune preuve que j'ai été ce personnage.

— Un militant trotskyste ?

— Vous confondez avec mon frère. C'était lui, le révolutionnaire de la famille.

— C'est faux. Vous n'avez pas de frère.

— Qu'en savez-vous ?

— Mon père, qui est notaire, s'est occupé d'une succession vous concernant. Il a naturellement accès à certaines informations personnelles. Et il vient de me le confirmer, vous étiez le seul héritier. Un bon résumé de votre vie, non ? Vous ne partagez rien. Ni l'argent, ni la gloire, ni les sentiments. Seul au sommet du monde.

Merchant s'applique à ne rien montrer. Je sens pourtant que j'ai mis dans le mille.

— De quel droit me jugez-vous ? Comment avez-vous obtenu une place chez Galibier à votre avis ? Si vous n'étiez pas issu d'un milieu privilégié, on n'aurait certainement pas choisi un type comme vous. Alors, vos leçons de morale…

— C'est vrai. Mais j'ai peut-être l'occasion de réparer les injustices commises depuis que je travaille ici. Ce ne serait déjà pas si mal.

Je m'éloigne encore pendant que Merchant s'avance vers son fauteuil. Il s'assied pesamment. Un sourire aigri apparaît sur son visage.

— Ah, vous, les riches... Vous me faites bien rigoler. Moi, j'ai dû me faire tout seul. Je viens d'une famille d'instituteurs. Le milieu idéal pour découvrir les livres, c'est vrai. Mais ça ne suffit pas pour ouvrir certaines portes. Comme tant d'autres jeunes gens à cette époque, je me suis engagé politiquement pour que des types comme moi puissent eux aussi avoir leur chance. J'ai vite compris que ça ne serait pas si simple. Vous pouvez donner de grands coups dans la porte, elle ne s'ouvrira jamais. Elle est bien verrouillée par les puissants. Mieux vaut se faire accepter, entrer dans leur jeu, changer les choses de l'intérieur. C'est ce que j'ai fait.

— Vous n'avez rien changé du tout. Vous avez juste attendu que la place se libère. Puis vous avez agi comme tous ceux qui vous ont précédé.

— C'est votre interprétation. Pas la mienne.

Je lui montre la chemise orange.

— Pourquoi ne pas avoir continué à écrire ? Ce roman est extraordinaire.

— Après le suicide de Vincent Caume puis le refus de Jacques Delchambre, j'ai réalisé que l'écriture ne me permettrait pas d'entrer dans ce milieu. J'ai laissé tomber. Tout en sachant que j'avais écrit un grand livre. Mais… c'était trop tôt.

— Vous ne l'avez jamais proposé à d'autres maisons ?

— J'avais l'orgueil de mes vingt-cinq ans. Je voulais être publié chez un grand éditeur, sinon rien. J'ai rangé mon livre dans un tiroir et je me suis intéressé à ce que les autres écrivaient. Puis le temps a passé à toute vitesse. Et si vous vous posez la question, je préfère vous répondre tout de suite : je ne regrette rien.

— Pas même ce que vous évoquez dans votre *Manuscrit* ?

Son regard se fait dur. Un regard de tueur.

— Vous croyez qu'on sort indemne d'une telle histoire ? Vous croyez que je suis un sale type sans conscience ? Ça vous arrangerait, pas vrai ? Au contraire, ça n'a jamais cessé de me hanter. Chaque jour de ma vie j'ai revécu cette scène. Il aura suffi d'un petit moment d'inattention. Gabriella qui me crie dessus sans arrêt. Je tourne la tête pour la supplier de se taire. La voiture qui se déporte légèrement. Puis…

Un silence, écrasant. Antoine Merchant est devenu un vieil homme. La malédiction du *Manuscrit* le frappe à son tour. Sa voix est faible, sourde.

— Certains parlent de destin. Ou de karma. Ils se rassurent en se persuadant que rien n'arrive par hasard. Que tous nos actes, même les plus horribles, ont une justification cachée. J'aimerais tellement les croire. Moi, je sais depuis ce jour-là qu'un coup de malchance peut tout anéantir. Tous vos espoirs, toutes vos illusions. Le sens de votre vie. En une seconde il n'en reste plus rien. Après, vous décidez de vivre malgré tout. Ou de mourir. C'est pour cela que j'ai écrit *Le Manuscrit*. C'était une tentative de survie, rien de plus.

— Ce qui ne vous a pas empêché de poursuivre vos objectifs. Ni de faire un enfant à…

Le regard que me lance Merchant me glace le sang. Il y a tant de haine, mêlé à un tel dégoût de soi-même, que je n'ose plus prononcer un mot.

— Vous me jugez alors que vous n'avez pas la moindre idée de ce qui s'est passé dans cette voiture. Il n'y a que deux personnes qui connaissent la vérité : Gabriella et moi. Et cette vérité…

Des éclats de voix au-dehors. Cerbère hurle de toutes ses forces.

— Je vous interdis d'entrer dans ce bureau !

Un bruit de galopade, la porte qui claque. Soudain Clarisse est là, hors d'haleine. Chemisier blanc, pantalon de tailleur noir : elle s'est déguisée en serveuse pour se glisser dans les locaux de Galibier. Cerbère arrive en courant derrière elle, échevelée, et lui saisit le bras.

— Monsieur Merchant, je suis désolée, je…

— Laissez, Géraldine. Autant qu'elle apprenne cette partie-là de l'histoire. Qu'on en finisse…

Clarisse s'avance dans la pièce. J'ai du mal à reconnaître la jeune femme fière et sensuelle qui mettait tout le monde dans sa poche. C'est une enfant que j'ai devant moi, une enfant effrayée.

— C'est donc vous, mon père ?

— Si vous voulez… Même si je ne mérite pas ce titre. Je me considère surtout comme un homme qui a réparé sa faute.

Merchant se tourne vers moi avec un air de défi.

— Car je ne suis pas un monstre. Pas tout à fait.

Merchant s'appuie à son bureau, perdu dans ses souvenirs.

— Je ne me pardonnais pas d'avoir fui ce jour-là. Mais Gabriella était encore plus choquée que moi. Une minute plus tôt, elle m'assurait que la Révolution justifiait tout, y compris le sacrifice d'innocents. Et là, nous avions la réalité devant nos yeux : nous venions de tuer un enfant. Nous avons attendu quelques jours en espérant qu'il ait survécu à ses blessures. Puis l'article est paru dans la presse. Finis les grands discours : nous avions commis un meurtre. Et nous n'avions même pas le courage d'affronter la vérité en face.

— Comment a réagi votre compagne ? demande Clarisse.

— Elle a sombré. La culpabilité était trop forte. Quant à moi, la seule façon de m'en sortir a été d'écrire mon livre. Mais même après ça il m'a fallu des années pour remonter la pente et accepter ce qui s'était passé. Le plus étrange, c'est qu'on est restés ensemble. En général, un tel malheur sépare les êtres. Mais parfois il les unit encore plus puissamment. C'est ce qui s'est passé entre Gabriella et moi. Ça a été notre secret. Les années ont passé. Nous n'étions pas beaucoup plus heureux mais au moins nous avions réussi à tenir le coup.

Long silence, seulement troublé par quelques gouttes de pluie sur la fenêtre.

— Puis une idée a fait son chemin. Une idée complètement folle. Mais tout bien pesé, c'était la seule issue pour nous reconstruire. J'en ai parlé à Gabriella. Malgré le sacrifice que cela impliquait, elle a été d'accord.

Il prend une longue inspiration.

— Nous avons décidé de retrouver la mère de l'enfant que nous avions tué pour réparer notre faute. Entre-temps, j'étais devenu éditeur. Un jour, je déjeunais avec un journaliste littéraire quand il m'a appris qu'à ses débuts il avait couvert les faits divers. Il se rappelait parfaitement cette affaire. L'accident du boulevard Sébastopol, comme il disait avec pas mal de dégoût dans la voix. Il se rappelait même le nom du petit garçon qui avait perdu la vie : Bernard Méry. Il m'a raconté brièvement l'histoire en affirmant que ça ferait peut-être un bon sujet de livre. Il n'imaginait pas à quel point il avait raison. Bref. De retour dans mon bureau, j'ai mené l'enquête. J'ai vite retrouvé la trace des parents : Angélique et Jean-Baptiste Méry. Lui travaillait comme cadre commercial dans une grande entreprise, elle était mère au foyer. Sauf qu'elle n'était plus mère, et son foyer n'en était plus un.

Clarisse recueille chaque mot comme s'il devait être le dernier.

— Elle n'avait pas réussi à surmonter la mort de son fils ?

— Non. Son mari non plus. Ils étaient devenus deux étrangers l'un pour l'autre. Deux étrangers vivant sous le même toit. Je les ai contactés. J'ai été prudent, je me suis présenté sous mon pseudo d'Alexandre Mascaret. Je me souviendrai toute ma vie de ma première visite rue de Quatrefages. Le visage d'Angélique, terrifiée. Celui de son mari, livide. Il aurait pu me casser la figure, j'aurais trouvé cela tout à fait normal. Mais c'était un type bien. Lorsqu'ils ont entendu ma proposition, ils n'en croyaient pas leurs oreilles. Angélique était en larmes, Jean-Baptiste m'a demandé de partir. J'ai attendu quelques jours. Puis je les ai rappelés. Avec le temps, l'idée ne leur paraissait plus si folle. Elle l'était, bien évidemment, mais quand le monde entier a perdu la raison, les actes les plus fous finissent pas paraître raisonnables. Ils ont été d'accord. C'est ainsi que vous êtes née, Clarisse.

La voix de la jeune femme n'est qu'un murmure.

— Vous m'avez… échangée ?

— Gabriella et moi, nous vous avons donné la vie. Puis, dans le plus grand secret, nous vous avons confiée à vos nouveaux parents, vos parents adoptifs, pour réparer notre faute. Même si cela a été un déchirement pour Gabriella, nous ne pouvions plus revenir sur notre parole.

— Mais ce Jean-Baptiste Méry… Je ne l'ai pas connu.

— Cet accord, il l'a accepté surtout pour sa femme. Malheureusement pour vous, la situation lui a vite été insupportable. Comment lui en vouloir ? Il a préféré partir. La seule chose qui compte à mes yeux, c'est que grâce à vous Angélique a peu à peu repris goût à la vie. Comme elle vous élevait seule, elle avait besoin d'un travail. Je lui ai trouvé quelques piges comme journaliste littéraire. Elle avait une belle plume, plusieurs journaux lui ont commandé des critiques. C'est ainsi qu'elle s'en est sortie.

— Et ma vraie mère ? Qu'est-elle devenue ?

— Gabriella ? Vous ne la rencontrerez jamais. Un an après votre naissance, elle est retournée vivre en Argentine. Son pays venait de tourner la page de la dictature, elle voulait revoir sa famille, ses amis… Je ne pouvais rien faire. Cette histoire avait brisé quelque chose en elle. Elle voulait commencer une nouvelle vie, ce qui me semblait tout à fait normal. Je n'ai plus de nouvelles depuis plus de trente ans. J'ignore même si elle est encore de ce monde. Et si vous voulez un bon conseil, n'essayez pas de retrouver sa trace. Votre vraie mère, comme vous dites, c'est celle qui a décidé de vous aimer.

— Elle ne s'est pas vraiment occupée de moi.

— Je peux vous jurer que si un enfant a été désiré, c'est bien vous. Simplement, vous êtes entrée dans sa vie par… accident.

Merchant se tourne vers moi, épuisé.

— Jusqu'ici, j'ai réussi à vivre avec ces secrets. Je pensais que ce passé était mort et enterré… Après quarante ans de combat, j'estimais avoir gagné le droit de vivre en paix. Et ce maudit *Manuscrit* a refait surface.

— Qu'allez-vous en faire ?

— Quand on a vécu un événement aussi horrible que ce qui est raconté dans ce roman, on n'a envie que d'une chose : le réduire au silence une bonne fois pour toutes. Ce livre ne paraîtra jamais. C'est la seule idée qui me donnera un peu de réconfort pour la fin de mes jours : savoir que tout cela est bel et bien derrière moi. Maintenant, Miller, posez ce manuscrit sur le bureau et disparaissez. Disparaissez tous. Laissez-moi seul.

Je serre la liasse de feuillets contre moi. Elle me brûle les mains. L'idée de m'en séparer m'est intolérable. Et pourtant, je le dois. Sinon j'y laissera ma peau, comme les autres.

Lorsque je repose le *Manuscrit* sur le bureau de Merchant, j'ai le cœur en miettes. Et je comprends ce qu'a dû ressentir Gabriella lorsqu'elle a donné naissance à Clarisse — un arrachement viscéral, dont la nostalgie ne guérira jamais.

Clarisse se tient devant Merchant, des larmes dans les yeux. Elle voudrait capter son regard. Elle n'aura droit qu'à son indifférence. Elle quitte le bureau, bouscule Cerbère et fuit en courant dans l'escalier.

À ce moment, venu de nulle part, un flash radio claironné d'une voix triomphale retentit dans le couloir : « Et nous apprenons à l'instant que le prix Goncourt a été décerné à l'unanimité à Marie-Hélène Reverdit pour son roman *Les serpents jaloux* paru aux éditions de l'Essor ! »

Le cagibi de Lucien. La lueur d'une ampoule. Lucien, une cigarette dans une main, un livre dans l'autre : *Fictions*, de Borges.

Il tourne la tête dans ma direction.

— Tu arrives seulement ? Pour info, une jeune femme t'a devancé hier soir. Très jolie, d'ailleurs. Et plutôt perspicace.

— Plus roublarde aussi. Et surtout elle n'a pas eu à se coltiner un forcené.

Lucien sourit, désabusé.

— J'ai entendu dire que tu mets l'ambiance dans les librairies à présent ? Au moins ils ne pourront pas te reprocher de ne pas mouiller la chemise, chez Galibier.

— Les bruits vont décidément très vite.

— La seule chose qui m'étonne, c'est qu'on ne t'ait pas viré beaucoup plus tôt. Enfin… Les intellos ont toujours besoin de temps avant de prendre une décision.

— Il est vrai que toi, tu n'hésites pas à prendre tes responsabilités.

Je lui mets les coupures de journaux sous le nez. La photo a beau être un peu floue, on reconnaît parfaitement Lucien, plus jeune d'une quarantaine d'années. La barbe est plus drue, les cheveux plus longs mais le regard, lui, n'a pas changé. C'est la même intensité, prête à se charger de colère.

Il ne prend pas l'article en main. Il se contente d'y jeter un coup d'œil distant.

— Une sale histoire…

— Qu'il serait temps de me raconter.

Il se prépare un espresso, comme un sursis dérisoire.

— Je t'ai dit qu'en ce temps-là, la plupart des jeunes gens militaient dans un groupe ou un autre. Eh bien, je n'ai pas toujours été anar. En ce temps-là j'étais plutôt trotskyste. Je sais, aujourd'hui ça paraît idiot, tous ces grands mots pleins d'idéal. Mais je ne renie rien parce que je me suis fait des amis sincères. Certains le sont restés. Pas beaucoup, je te l'accorde. Le temps a passé, les convictions aussi. Mais notre combat était juste et nos méthodes correctes. Nous n'avons jamais appelé au meurtre, nous.

Il rajoute au café une longue rasade de gnôle. Il va en avoir besoin.

— Nous passions beaucoup de temps ensemble. Le parti, c'était notre seconde famille. La plus importante, celle qu'on s'était choisie. Il y avait des amitiés, mais parfois cela allait plus loin. Les histoires d'amour étaient là, à portée de main. Il suffisait de les cueillir. Mais sans s'afficher, surtout pas. L'amour, tu comprends, c'était un sentiment bourgeois. Ça ne représentait pas grand-chose face à une réunion de cellule ou une distribution de tracts. Pire encore, cela risquait de prouver qu'on n'était pas un bon militant : faire passer l'amour avant la Révolution était presque considéré comme une trahison vis-à-vis de la classe ouvrière. Donc on passait son temps à se cacher.

Il sourit. L'amertume du breuvage prend le pas sur le plaisir de raconter.

— Gabriella, au départ, c'était juste une camarade. Une des plus passionnées. Une des plus brillantes aussi. Elle faisait des études, j'osais à peine lui adresser la parole. Moi, le prolo, je n'avais à ma disposition que les mots que j'entendais à longueur de réunions. Prolétariat, péréquation des profits, contradiction fondamentale, tout ce baratin. Comment avons-nous fini ensemble, elle et moi ? La force de conviction, peut-être. Ça fait quelquefois des miracles.

Silence.

— Je ne sais toujours pas ce qu'elle a pu me trouver, soupire-t-il. Elle était si belle, un vrai bijou, tout le monde rêvait d'avoir une histoire avec elle. Et c'est moi qu'elle a choisi. Ça a duré ce que ça durait en ce temps-là, quelques mois. Puis elle en a remarqué un autre. Tu vas rire mais quarante ans après, je sens encore le chagrin qui m'a tordu les tripes quand elle m'a annoncé que c'était fini entre nous. Un amour pareil, aussi pur, on ne le vit qu'une fois dans sa vie. Après, fatalement, on doit faire avec cette fêlure. On sait que plus rien ne sera comme avant. Surtout après ce qui s'est passé…

— L'accident de voiture.

Il pose sa tasse sur l'établi, comme pour y laisser un souvenir indésirable.

— Je savais qu'elle fréquentait ce type. C'était pour lui qu'elle m'avait quitté. Un beau parleur. Encore un théoricien de la révolution. Les mots, il savait les utiliser, lui. Pour la faire rêver. Moi et mes doigts crasseux, je n'avais plus qu'à me cacher. Eux, en tout cas, ne se cachaient pas. Leur relation était connue de tous. C'était le grand amour. Qu'est-ce que je pouvais dire ? Un homme n'est rien, la Cause est tout. Alors, quand elle m'a demandé ma voiture à prêter, est-ce que j'allais lui refuser ce service ? C'était une camarade avant tout. Évidemment, si j'avais su ce qui allait se produire…

— Donc, depuis le début, tu connaissais le coupable ?

— Exact, fait-il en baissant la tête. Pourquoi je n'ai rien dit à l'époque ? La solidarité des militants. La défiance vis-à-vis des flics. La Cause, encore et toujours. Tous les autres ont fait pareil. C'est pour ça que j'ai pris mes distances : nous, les soi-disant purs et durs, étions aussi hypocrites que les bourgeois. L'engagement justifiait tout, même la mort d'un enfant.

— Et Gabriella ? Tu l'as revue ?

— Elle s'est éloignée du mouvement mais nous sommes restés en contact. De mon côté, j'ai commencé à militer chez les anars. Tant qu'à perdre, autant perdre avec la tête haute, et sans se mentir. Je n'ai pas réussi à faire comme… l'autre.

— Antoine Merchant.

— Oui, Merchant. Il n'a pas hésité à retourner sa veste, lui.

— Pourquoi tout révéler maintenant ?

Il plonge ses yeux dans les miens. Je retrouve son regard, ardent, indomptable.

— Parce que le temps a passé. Certains diront que c'est justement une bonne raison pour oublier tout ça. Au contraire, je crois qu'il faut parler avant qu'il ne soit trop tard. Avant que l'amnésie ne gagne la partie, comme toujours.

— Tu t'y es pris bizarrement.

— Si je t'avais dit la vérité, est-ce que tu m'aurais cru ?

— Bien sûr que non.

— C'est pourquoi j'ai fait en sorte que tu la découvres par toi-même.

— Tu savais, pour Clarisse ? Son origine, l'échange…

— Oui. Gabriella m'avait expliqué le plan que Merchant avait imaginé pour… réparer leur faute, comme ils disaient. J'ai tout essayé pour l'en dissuader. Rien à faire. Merchant était déjà très persuasif en ce temps-là. J'avais deviné qu'elle ne s'en remettrait pas. Quand elle est repartie pour Buenos Aires, je l'ai accompagnée à l'aéroport. Appelons cela la fidélité de l'engagement. Un trait de caractère typique des idéalistes…

— Si je comprends bien, c'est toi qui as volé *Le Manuscrit* dans le bureau de Jeanine il y a quarante ans…

Lucien sourit avec résignation.

— Eh oui. Pour une fois je me suis aventuré dans les étages. Ceux réservés aux intellos. J'ai pris la brochure. Ce n'était pas pour moi, je voulais la rendre à Gabriella. Elle a refusé. Elle m'a dit que cet accident avait brisé sa vie, elle ne voulait plus en entendre parler. J'ai gardé le bouquin chez moi, dans un tiroir. Le temps a passé. Je me suis résigné. Lorsque Merchant est devenu directeur de cette maison, j'ai fermé ma gueule. Du reste il avait complètement oublié mon existence. Pour lui, je n'étais qu'un sous-fifre, un prolo sans importance. J'ai vécu avec mon secret. Mais plus le temps passait, plus j'avais l'impression d'étouffer. Un jour, je me suis dit que la vérité devait éclater au grand jour. Il y avait forcément une personne que cette histoire pouvait intéresser.

— Et tu as contacté Clarisse.

— Elle était la première concernée après tout. J'ai retrouvé sa trace, ainsi que celle de sa mère. Angélique Méry, je l'ai rencontrée une fois. Je suis passée chez elle en me faisant passer pour un employé du gaz. Elle ne savait pas qui j'étais, bien entendu. Mais je me suis vite aperçu qu'elle non plus ne savait plus trop qui elle était. Alzheimer. Bientôt toute cette histoire allait sombrer définitivement dans l'oubli. Et cela, je ne pouvais pas l'accepter. Il fallait agir, et vite.

— Tu as fait un scan du livre, que tu as fait parvenir à Clarisse en lui suggérant de le proposer à un éditeur de Galibier.

— Je te connaissais un peu, je savais que cette histoire allait t'intéresser. J'avais vu juste.

Il regarde loin devant lui, vers le passé.

— Que veux-tu… Certains lieux resteront toujours fermés aux prolos. L'important, c'est de comprendre qu'ils ont d'autres armes pour se faire entendre.

— Quand même, quarante ans pour une vengeance…

— Ce n'est pas une question de vengeance. C'est une question de vérité. Le reste, c'est du passé. Voilà, tu sais tout. Pour moi, cette affaire est enfin terminée.

Il se détourne de moi et plonge à nouveau dans son bouquin.

Je remonte dans les étages. On remarque à peine ma présence. Certains regards sont distraits, d'autres méfiants ou hostiles, mais l'ambiance générale est sinistre. On se croirait sur un champ de bataille après la défaite, à l'image des petits fours qui commencent à piquer du nez sur les plateaux. Les employés du traiteur commencent à ranger les verres sous les yeux de trois commerciaux ricanants qui se partagent un fond de bouteille de champagne.

Silence feutré au quatrième. Dans mon bureau, une silhouette s'agite entre les piles de manuscrits. Sans prendre la peine de se cacher, elle ouvre des tiroirs, inspecte les rayons d'une armoire. Je pousse la porte.

Kléber Savin.

Il m'observe sans un mot. Puis cale ses lunettes dans sa tignasse de plus en plus grisonnante.

— Qu'est-ce que vous faites là ?

— Ce serait plutôt à moi de vous poser cette question, il me semble.

— Mais… vous ne faites plus partie de la maison, Paul.

— Ce n'est pas encore officiel.

— Eh bien, considérez que c'est chose faite.

— Je sais encore distinguer la réalité de la fiction, Kléber. Et je note que cela fait déjà quelques semaines que vous avez pris vos aises dans mon bureau. J'aimerais avoir des explications.

Savin s'affaisse dans mon fauteuil et me dévisage de ses yeux de hibou stupéfait.

— Vous ne croyez quand même pas que j'allais passer à côté de cette chance ? Publier le livre dont rêve tout éditeur ! Le livre parfait, définitif ! Le couronnement de ma carrière !

Cela fait presque quarante ans que j'attends ce moment… Enfin, pour être tout à fait sincère, je ne l'attendais même plus. Pour moi, c'était un mythe inventé de toutes pièces. Eh oui, à mes débuts dans le métier, j'avais moi aussi entendu parler du *Manuscrit*. Ce roman écrit par un inconnu, d'une puissance tellement inouïe qu'il avait coûté la vie à son éditeur. À l'époque je pensais que c'était encore une de ces histoires qu'on se racontait autour d'un verre, entre vieux briscards de l'édition. J'ai vite oublié. Et puis voilà que des rumeurs se font entendre à propos d'un manuscrit mystérieux qui serait arrivé chez vous par hasard… Un manuscrit qui a mis Jeanine de Ribécourt dans tous ses états… Il n'en fallait pas plus pour aiguiser ma curiosité. Et au moment où je m'y attendais le moins, vous me le servez sur un plateau !

— Je vous en ai parlé, c'est tout.

Kléber lève les bras au ciel.

— C'était suffisant ! Bon sang, Paul, comment pensez-vous qu'on progresse dans cette profession ? En cédant sa place aux autres ? Bien sûr que non ! On grimpe les échelons en attirant des auteurs qui vendent, en faisant des coups, en publiant des bestsellers ! Que croyez-vous que je fasse depuis quarante ans ? Comment suis-je devenu directeur littéraire à votre avis ? En attendant que ça me tombe tout cuit dans le bec ? Non. En étant plus rapide que les autres.

— Vous auriez pu m'en parler.

— Soit vous êtes d'une naïveté sans bornes, soit vous êtes bête, et dans les deux cas je me demande ce que vous fabriquez chez Galibier. Si j'avais montré de l'intérêt pour ce livre, vous vous seriez cramponné dessus. C'est à vous qu'il avait été adressé, je ne pouvais rien faire contre ça. J'ai observé la situation à distance et quand je me suis aperçu que vous perdiez les pédales, je me suis dit que j'avais une bonne carte à jouer. C'était la chance de ma vie, le gros coup qui allait enfin me permettre de diriger cette maison. J'en ai plus qu'assez de faire le tri dans des projets plus ou moins dispensables. Les années filent, je n'ai plus de temps à perdre. Mais voilà, je n'ai pas trouvé *Le Manuscrit*.

— Dites-vous que vous avez eu de la chance. Parce que vous aussi vous auriez pété un câble. Comme tous ceux qui ont été confrontés à ce livre.

— Vous savez où il est caché ? Il n'est pas dans ce bureau, cela fait deux jours que je le retourne de fond en comble.

— Oui, je sais où on peut le trouver.

Ses mains se serrent l'une contre l'autre. Il crie sa souffrance.

— Mais où est-il, bon sang ? Où ?

— Je vous le dirai peut-être un jour. Quand le moment sera venu.

— Je compte sur vous.

— Au fait, vous savez que Cyril Jiniac a loupé le Goncourt ?

Il se lève de mon siège et hausse les épaules.

— Nous le remporterons l'année prochaine, voilà tout. *Encombrement* n'était pas un si bon livre que ça.

Il quitte mon bureau, tête basse. C'est un jour de défaite. *Le Manuscrit* a fini par semer le malheur chez lui aussi.

Je range un peu mon capharnaüm quand un visage hilare passe dans le couloir : la coupe de champagne que Sylvain Grandpierre tient à la main n'est sûrement pas étrangère à son état euphorique.

— Tu as appris pour le Goncourt ? On l'a dans l'os ! Bon, on ne va pas en faire un drame… C'est clair que si je m'en étais occupé plus tôt, on l'aurait gagné… Mais avec

50 000 exemplaires vendus et plus de vingt traductions signées, sans compter les droits en poche, on ne va pas pleurer sur notre sort. Les affaires tournent, c'est l'essentiel. Au fait, on m'a confié un projet : *Une femme d'occasion*, d'une certaine Flora Mavrescu. C'est pas mal, je crois que je vais le proposer au prochain comité de lecture. Avec un peu de travail, on pourrait en faire un bouquin qui se vendra honnêtement.

Je ne peux m'empêcher de rigoler. Je lui tape sur l'épaule.

— Félicitations, Sylvain. Tu as l'avenir devant toi.

Je ferme la porte de mon bureau et me dirige droit vers l'ascenseur. Je sais que je ne mettrai plus jamais les pieds chez Galibier.

20

Une bonne cure de rêve

Salon du Livre de Paris. Journée du samedi, la plus déterminante en termes de fréquentation, donc de ventes. Les allées sont noires de monde. Par-dessus le brouhaha des conversations, la voix d'un speaker annonce les dédicaces à venir et les conférences en cours. Une queue de dix mètres s'est formée devant le stand des éditions Galibier : c'est que Flora Mavrescu en personne est là pour dédicacer son best-seller *Une femme d'occasion.* Paru en janvier dans la plus grande discrétion, son roman a été accueilli par des critiques enthousiastes et les cinq premiers tirages ont été épuisés en moins de temps qu'il n'en faut pour lire le prologue. Flora signe ses exemplaires avec l'entrain d'une machine. Légèrement en retrait, Sylvain Grandpierre couve sa protégée d'un regard attentif et calculateur.

Pile en face, Marie-Hélène Reverdit occupe la place d'honneur au stand des éditions de l'Essor. Elle dédicace *Les serpents jaloux*, un Goncourt pour le moins inattendu. Malgré de bonnes critiques, la queue devant sa table ne fait qu'un mètre. Il va de soi que Flora Mavrescu, qui est en contact visuel permanent avec sa consoeur, affecte la plus parfaite indifférence.

À un jet de pierre, au stand des éditions du Carré d'or et devant une foule compacte, Cyril Jiniac répond aux questions de Gwenaëlle Miraval. Les spectateurs rient à chaque bon mot de l'auteur qui semble pour une fois en totale possession de ses moyens. Au premier rang, Hervé ne perd pas un mot de son speech. Il faut dire qu'il est son éditeur depuis quelques mois — eh oui, pendant que je m'escrimais à maintenir Cyril dans les marges de la sobriété, Hervé faisait le forcing pour le persuader de signer au Carré d'or. Jiniac n'avait même pas attendu le résultat du Goncourt pour s'engager avec la concurrence — on parlait d'un à-valoir flirtant avec les 100 000 euros. Voilà qui ne manque pas de faire ricaner Nico, qui contemple le spectacle à mes côtés.

— C'est bouleversant, pas vrai ? Un écrivain plein de reconnaissance et un éditeur qui n'a que le mot « fidélité » à la bouche…

— Tu oublies le mot « sincérité », Nico. Il faut toujours être précis dans les termes.

— Tu sais ce que m'a dit Hervé lors de la soirée d'inauguration du Salon ? Qu'il n'avait absolument rien demandé à personne, et que c'est Jiniac qui était venu le voir.

— Je n'en attendais pas moins de lui…

C'était d'autant plus culotté que pendant des semaines, tout ce que Saint-Germain-des-Prés comptait d'éditeurs avait vu Hervé et Cyril boire des coups aux terrasses des bistrots. À l'instar des histoires de mari cocu, tout le monde était au courant de ces manœuvres sauf le premier intéressé, c'est-à-dire moi. Quand j'avais appris ça, j'avais eu la tentation de leur mettre mon poing dans la figure, à l'un comme à l'autre. À présent, j'en rigolais.

— À lui de le gérer désormais, dis-je en levant les yeux au ciel. Ça me fera des vacances.

— Raison de plus pour te réjouir d'être venu chez nous.

C'est vrai qu'après mon départ de Galibier, j'avais touché deux mots de ma situation à Nico, qui avait tout de suite relayé l'information auprès de sa direction. Deux semaines plus tard, on me proposait un poste d'éditeur avec pour mission principale de découvrir de nouveaux talents. Après un temps de réflexion, j'avais signé avec plaisir.

J'avais mis à profit cette brève période de chômage pour m'occuper de ma mère. Elle se remettait lentement de sa maladie. Je passais prendre de ses nouvelles tous les jours. J'avais constaté à cette occasion que mon père et ma mère avaient renoué des liens. Sans aller jusqu'à parler d'amour fou, j'avais surpris dans leurs regards des éclairs de complicité et, puisque les mots ont leur importance, de tendresse. Mon père avait accepté de passer moins de temps à son étude. Son rythme de travail avait ralenti à mesure que la mystérieuse épidémie avait reflué. À ce sujet, personne n'était parvenu à fournir une explication satisfaisante. Certains affirmaient que la chaleur humaine était le meilleur antidote à la perte d'espoir et à l'effondrement physique, mais il s'agissait certainement là d'élucubrations de poètes. Toujours est-il que la maladie avait fait son lot de victimes. J'avais ainsi appris le décès d'Arsène Anxielevitch. Il ne s'était jamais remis de notre conversation, ni des souvenirs qui avaient ressurgi à cette occasion. Un beau matin, sa concierge l'avait retrouvé raide mort dans son fauteuil. D'après la rumeur, il était vêtu de son plus beau costume, comme s'il s'était fait un point d'honneur d'accueillir la mort avec panache.

Peu de temps après mon départ, les éditions Galibier avaient connu un véritable tremblement de terre : après plus d'un quart de siècle à la tête de la prestigieuse maison, Antoine Merchant avait fait valoir ses droits à la retraite. Il s'était retiré dans sa résidence secondaire, près d'Alès, où de l'avis général il coulait des jours heureux. J'étais le seul à savoir que ce n'était pas le cas et que, du point du jour au coucher du soleil, la malédiction du *Manuscrit* lui rongeait l'âme et le peu de cœur qui lui restait. Ne sachant que faire d'autre, Cerbère l'avait suivi dans son exil, ce qui avait contribué à alléger l'atmosphère dans les couloirs.

Kléber Savin les avait précédés de peu. Lui aussi avait prétexté le besoin de prendre du recul, sans quitter le métier pour autant. Il avait trouvé un boulot de consultant éditorial chez un éditeur de taille moyenne, ce qui lui permettait de rentabiliser tranquillement ce qu'on pouvait considérer comme le plus beau carnet d'adresses de l'édition française.

La bataille pour sa succession s'était déclenchée sans délai. Jean Havard, le successeur de Merchant à la tête de Galibier, avait longtemps hésité entre une promotion interne et l'arrivée d'un directeur littéraire issu de la concurrence. Dans un premier temps, le nom de Jeanine de Ribécourt avait été avancé. Elle ne s'était même pas donné la peine de décliner l'offre : après avoir été affectée elle aussi par l'étrange maladie, elle avait mis les pouces au prétexte qu'il était temps pour elle de lire les 3000 romans qui sommeillaient sur sa table de chevet. La direction avait alors consulté tous azimuts, sondant les esprits les plus distingués du microcosme. Par quel concours de circonstances Sylvain Grandpierre avait-il décroché la timbale ? Cela restait un mystère pour moi. Le fait est qu'il ne doutait pas de ses capacités et que quand il s'agit de pourvoir des postes à responsabilités, on a souvent tendance à pencher pour les personnalités sonores à défaut d'être profondes, ce qui correspondait en tous points à l'intellect de tambour-major de Grandpierre. Il était donc devenu le plus jeune directeur littéraire de l'histoire des éditions Galibier. Avec ses chemises froissées et son mépris à peine dissimulé pour les auteurs, il était taillé pour le costume.

Et Lucien ? Il était resté dans son atelier, fidèle au poste. Entre deux engueulades avec ses employés, il devait méditer sur le temps qui passe et sur ce *Manuscrit* dont il était le dernier à posséder une preuve écrite. Sortirait-il un jour la brochure du tiroir où il l'avait cachée ? J'avais du mal à y croire. Mais qui sait ? Peut-être ce livre reverra-t-il la lumière pour tourmenter d'autres consciences ? Il ne faut jurer de rien.

Toutes ces nouvelles, je les avais glanées au fil des mois. À vrai dire je n'avais même pas l'impression de les avoir recherchées, elles étaient venues à moi naturellement, comme portées par le vent. Ma seule tentative pour forcer le cours des choses s'était bien sûr soldée par un échec.

Depuis cette fameuse entrevue dans le bureau de Merchant, Clarisse n'avait plus donné de signe de vie. Je lui avais laissé un message mais en absence de réponse, j'avais laissé tomber. Je savais maintenant qu'avec elle, un silence valait tous les mots du monde. Un jour où je devais rencontrer un auteur dans le quartier, j'étais passé rue Monge. Pour être tout à fait sincère, j'avais donné rendez-vous du côté de Mouffetard dans l'espoir de provoquer une hypothétique rencontre. J'avais encore l'illusion que la fiction serait plus belle que la réalité. J'étais passé trois fois devant son immeuble, pour rien. La troisième fois, un homme était sorti et j'en avais profité pour me glisser dans le hall d'entrée. J'étais monté jusque chez elle, j'avais collé mon oreille à la porte de son studio. Pas un bruit. En repartant, j'avais vérifié les noms sur les boîtes aux lettres. Le sien avait disparu. C'était une certaine Mélanie Da Costa qui occupait son logement à présent. Comme un crétin, j'avais fait un détour par la rue de Quatrefages. J'avais tenté d'apercevoir la mère de Clarisse derrière sa baie vitrée. Personne. En consultant les annonces nécrologiques, j'avais appris qu'Angélique Méry était décédée en décembre, peu avant Noël. La dernière victime du *Manuscrit*.

Peu à peu le souvenir de Clarisse s'était étiolé. Je ne lui en voulais pas : elle passait dans la vie des autres de sa démarche de danseuse, c'était ainsi qu'elle concevait son existence. Un jour, sans doute, elle s'arrêterait auprès de quelqu'un, par amour ou par lassitude, allez savoir. Quand cette pensée rôdait autour de moi, généralement lorsque que quelque chose dans un manuscrit me rappelait notre histoire d'amour, je ressentais un petit pincement au cœur. Ce n'était pas un regret à proprement parler. Plutôt un vague désir de clarification. Une note en bas de page dans ce chapitre de ma vie.

Le printemps se précise enfin. Il commence à faire et plus doux et, certains jours, on voit les gens sourire dans la rue et dénouer leur écharpe, le visage ébloui de soleil.

Pour ne pas rompre avec mes rituels, je m'arrête chaque matin au bistrot du coin et je prends un café. Je repense parfois à Jeanine, à nos moments de complicité. Elle ne m'avait pas donné de nouvelles depuis mon départ et je savais que je n'en aurais plus. L'histoire du *Manuscrit* était sûrement trop douloureuse pour elle. Elle avait banni mon nom de ses souvenirs et s'était repliée dans son petit univers de livres et de poireaux-vinaigrette. Comme Clarisse l'avait été pour moi, j'avais été un passager clandestin dans sa vie. Je m'étais arrêté brièvement, j'avais saccagé toutes ses espérances et j'étais reparti. Plus je repensais à cette histoire et plus j'avais le sentiment que nous sommes tous, à un moment donné de notre existence, un passager clandestin dans la vie de quelqu'un d'autre. Et que nous n'y pouvons rien.

Ce matin-là donc, je suis accoudé au comptoir. Par réflexe, je sors mon téléphone et je consulte ma messagerie entre deux gorgées de café quand le barman dépose une lettre devant moi.

— Quelqu'un a laissé ceci pour vous.

Je relève la tête de mon écran.

— Pour moi ? Vous êtes sûr ?

— Vous vous appelez bien Paul Miller ?

— Oui.

— Eh bien, une dame est passée hier soir et m'a prié de vous la remettre.

Je retourne l'enveloppe. Elle est signée d'un simple C. Tout de suite mon cœur se met à battre, mon souffle s'accélère. Il n'y a rien à faire contre cela, certains êtres nous font exister plus fort. Je déchire rapidement l'enveloppe. La lettre est écrite à la main.

Cher Paul,

Ne sois pas étonné de recevoir cette lettre de cette manière. Cela fait plusieurs jours que je mène mon enquête et, comme tu le sais, quand je décide d'atteindre mon but, j'arrive toujours à mes fins.

Plus d'une fois tu m'as dit qu'il faut être précis dans les termes employés. Encore faut-il avoir les mots à portée de main. J'ai souvent l'impression que je n'en ai pas assez à ma disposition. Ou que je les perds en chemin. C'est peut-être pour cela que je perds la trace des êtres que je croise sur ma route. Je ne sais pas leur dire ce que je ressens pour eux. Alors je fuis pour ne pas les décevoir.

Lorsque j'ai reçu cette clé USB, un matin qui me paraît tellement lointain aujourd'hui, j'ignorais où je mettais les pieds. Tu n'es pas obligé de me croire, mais c'est la vérité. Et si je l'avais deviné, j'aurais jeté cette clé dans la première poubelle venue. Je ne crois pas pouvoir me remettre de tout ce que j'ai appris durant ces derniers mois, sur les autres et plus encore sur moi-même. Avant cela, je n'irai pas jusqu'à dire que j'étais heureuse, mais je n'étais plus malheureuse, ce qui était presque inespéré. Disons que je flottais à la surface de l'existence, un progrès notable quand, comme moi, on a passé autant de temps à couler corps et âme. Et puis tu es arrivé dans ma vie et la quête du Manuscrit m'a emportée. Nous a emportés, devrais-je écrire. Oui, il faut toujours être précis.

Crois-le ou non, il n'y avait aucun calcul dans ma démarche. C'est vrai, je pressentais qu'une part de moi-même se cachait dans l'histoire de ce livre. Appelle cela l'intuition féminine, même si je ne pense pas être intuitive, sauf pour repérer le malheur. C'est sans doute pour cette raison que je fuis : j'ai toujours le sentiment que le malheur m'attend au tournant et je préfère le devancer. Ce que certains n'hésiteraient pas à qualifier de cynisme, je le nomme anticipation.

Je n'espérais plus retrouver mon père. Aujourd'hui je regrette même d'avoir entretenu cette espérance un seul jour. La vérité est cruelle, et je sais que je devrai vivre avec cette écharde dans le cœur jusqu'à la fin de ma vie. Par chance, j'ai appris que les ténèbres n'existent que pour permettre à la lumière de s'y exprimer. Je n'en ai connus que très peu, des êtres qui éclairaient ma nuit. En vérité, tu es l'un d'eux. Non : tu es le seul. Quoi que tu penses de toi-même, je peux te dire que tu es un homme bon. Voilà pourquoi je m'éloigne. Pour ne pas que tu t'éteignes à mon con-

tact. Car je suis juste bonne à ça, étouffer la lumière des autres. Nous ne nous reverrons jamais et je te demande de considérer mon départ comme une chance pour toi.

Et pour répondre à la question qui te préoccupe certainement, je peux te l'avouer : oui, je t'ai aimé. L'espace de quelques jours, j'ai été totalement, douloureusement sincère. Même en sachant le dénouement inéluctable, que l'arrachement serait au bout du chemin, je me suis donnée à toi corps et âme. Je savais qu'il n'y avait aucun avenir pour nous deux, mais je ne pouvais pas rater ces instants-là. J'en ai trop ratés dans ma vie. T'avoir connu, t'avoir serré dans mes bras, t'avoir aimé, même pour quelques heures, est le plus grand privilège qui m'ait été donné. Sache que ce souvenir, cette lueur à l'horizon, rien ne les fera mourir.

Ne me regrette pas. On ne regrette pas les ombres, on les regarde seulement s'éloigner.

De loin, pour toujours

Clarisse

Le garçon de café m'observe par-dessus son comptoir.
— Ça va, monsieur ?
Je sèche mes larmes d'un revers de main.
— Oui, tout va bien.
Il désigne la lettre du menton.
— Mauvaises nouvelles ?
Je range l'enveloppe dans ma poche en me forçant à sourire.
— Justement, non.
Je laisse un billet de cinq euros sur le zinc et je sors.

Dehors il fait un soleil radieux. Une belle journée commence. Je me dirige vers l'immeuble des éditions de l'Essor, les yeux mouillés mais le sourire aux lèvres.

Il y a des millions d'histoires qui m'attendent.

FIN

IMPRIM'VERT

Imprimé en France par le Groupe Corlet
Numéro d'impression : xxxxxxxx
Dépôt légal : octobre 2022.
pour le compte de IGB ÉDITION,
9, rue Anatole de la Forge. 75017 Paris.

IGB EDITION

Imprimé en France - R_46059 - août 2022 - 14110 Condé-sur-Noireau
RapidBook, une marque du Groupe Corlet Imprimeur